Clara Hermans

Klavier – schöön!

Herzlichen Dank an Raymund, ohne den dieses Buch nicht
zustandegekommen wäre.

Clara Hermans

Klavier – schöön!

BoD

Bibliographische Information der Deutschen Nationalbibliothek:
Die Deutsche Nationalbibliothek verzeichnet diese Publikation in der
Deutschen Nationalbibliographie; detaillierte bibliographische Daten sind
im Internet über http://dnb.d-nb.de abrufbar.

Herstellung und Verlag: Books on Demand GmbH, Norderstedt
Umschlaggestaltung mit Hilfe von Scribus
Layout mit Hilfe von LyX und LaTeX
ISBN 9783744854221

Klavier – schöön!

Wer glaubt, dass er ein Monster sei – schämt und verachtet der sich?
Hasst er Gott und die Welt?
Oder bettelt er nur um Mitleid?

Liebe unbekannte Cousine Kathi,
vielleicht hast Du schon einmal von mir gehört? Seit ich denken kann, werde
ich, schwer behindert, in diesem Heim als Vollwaise verwahrt. Nun teilte
man mir mit, dass ich – inzwischen achtzehn, erwachsen geworden – nicht
länger hier bleiben kann. Aber wo sonst? Ich habe ja keine Familie, die mich
aufnehmen könnte. Einen Krüppel, ein Monster wie mich. Ich bin ziemlich
verzweifelt. Weißt Du mir einen Rat?
In der Hoffnung, von dir zu hören, grüße ich dich!
Dein Cousin Arne.

Nein, er fragte nur nach einem Unterschlupf, einem Obdach, einer be-
scheidenen Bleibe. Er wäre, nach so vielen Jahren in einem städtischen
Behindertenheim, mit allem zufrieden. Und vielleicht wüsste sie ihm auch
einen Rat für die Zukunft? Ein Foto lag bei, es zeigte, nun ja, das Antlitz
des Briefschreibers, mit einem ganz in ein fernes Jenseits versunkenen, kaum
wahrnehmbaren Lächeln.

Es war fast ebensowenig erkennbar wie das weithin berühmte Lächeln
einer Dame des frühen 16. Jahrhunderts – der Mona Lisa im Louvre. Alle
Betrachter verunsicherte ihr Porträt. Auch Kathi. Auf einer Postkarte re-
produziert, hing es an ihrer Küchenwand. Jedes Mal, wenn sie einen Blick
darauf warf, fragte sie sich:

„Lächelt sie wirklich? Wenn ja, dann kaum mit den Lippen, eher vielleicht
mit den Augen. Aber wem lächelt sie zu? Mir? Kerzengerade sitzt sie auf
ihrem Armstuhl. Ihre rechte Schulter wendet der Maler leicht von uns ab.
Ihre linke dagegen, von einem Lichtstreif gesäumt, schiebt er voluminös nach

vorn in unsern Blick. Aus dem dunklen Obergewand treten goldschimmernd die Ärmelfalten hervor.

Ihre Hände legt der Maler übereinander. Eine Barriere?"

Oft schon hatte Kathi versucht, dieser Person – ein gutes halbes Jahrtausend älter als sie – eine geheime Botschaft abzugewinnen. Vergeblich.

La Gioconda – Lisa del Giocondo, Ehefrau eines Florentiner Kaufmanns. Deren Rätsel Leonardo da Vinci uns zeigt – und zugleich vorenthält? Nicht nur ihr Lächeln bleibt sein Geheimnis."

Genauer wollte Kathi es gar nicht wissen. Ihr Fazit war und blieb immer gleich:

"Sie wendet sich uns nicht zu, sie schenkt uns nur diesen einzigen Blick, schräg aus den Augenwinkeln – ihr angebliches, mysteriöses Lächeln."

Zuletzt wurde sogar die sanfte Kathi störrisch:

"Sie lächelt doch gar nicht! Nicht richtig. Das redet man uns nur ein! Und am Ende glauben wir's auch noch?"

Ähnlich ging es ihr jetzt mit der Fotografie ihres unbekannten Cousins.

"Genau so wenig wie das der Mona Lisa kann ich *sein* Lächeln deuten. Ob er ihr Bild wohl kennt?"

Was für eine Art Vetter war eigentlich dieser Arne? Wievielten Grades?

"Es gibt keine Familie, wir haben keine, wir brauchen keine und wollen auch keine. Basta!"

Sie konnte sich also nicht kundig machen, dafür hatte ihre verstorbene Mutter gesorgt.

Damit war sie aber auch diesem unbekannten Familienmitglied nichts weiter schuldig. Sie stellte sich keine Fragen mehr. Er mochte ja ganz nett sein, Aber was sagt einem so ein Foto? Und was sollte sie ihm antworten?

In Gedanken schrieb sie ein paar Zeilen, stellte sich vor:

"Seit einem halben Jahr arbeite ich, eben erst staatlich geprüft, als Erzieherin in einem Heim für schwerbehinderte Kinder und Jugendliche, betreue fünf, sechs, manchmal auch sieben, acht kleine Monster, wie du sie wohl nennen würdest, im Vorschulalter. Spiele mit ihnen, füttere sie, wechsle ihre Windeln, wische ihnen die Tränen, die Spucke ab, putze ihnen den Po. Ganz Liebe gibt es unter ihnen – aber natürlich auch ihr Gegenteil. Über die könnte ich manchmal verzweifeln, verwünsche sie, würde am liebsten davonlaufen.

Wer weiß, vielleicht bist du von der gleichen Sorte und tust nur so nett?"

Ihren Brief wollte sie sich noch ein paar Tage überlegen. Was erwartete sich denn der angebliche Vetter von ihr? Sie wohnte noch immer in einer Wohngemeinschaft. Wollte er sich da etwa einnisten?

Die Arbeit mit den behinderten Kindern war nicht leicht, sie forderte ihre ganze Kraft, anfangs fast bis zur Erschöpfung. Aus Tagen wurden so Wochen. Dann entfiel er ihr einfach, ihr sogenannter Cousin.

Kathi war ein sanftes Geschöpf mit einem Madonnengesicht und einem fast ebensolchen Herzen.

"Ich mag Kinder. Es gibt auch Menschen, die hassen Kinder, können sie nicht ausstehen. Meine Mutter zum Beispiel! Die hätte mich – ihr einziges Kind! – am liebsten ausgesetzt. So lästig war ich ihr. Eine Fessel! Als ich eines Tages auch noch gefragt habe: "Wo ist denn mein Papa? Alle Kinder haben doch einen Papa! Wo wohnt er? Warum nicht bei uns?" – da wurde die Mama ganz böse.

"Wozu brauchst du einen Papa? Er bringt nichts als Unglück.." Und dann deklamierte sie, langsam, mit erhobenem Zeigefinger, diesen furchtbaren Spruch:

> "Des Vaters Segen baut den Kindern Häuser,
> aber der Mutter Fluch reißt sie wieder ein!"

Sie wiederholte ihn, wohl wissend, dass ich ihn gar nicht verstehen konnte. Ich war ja noch so klein.

Zum Schluss warnte sie mich:

"Hüte dich vor deiner Mutter Fluch!"

Kathi hatte nicht zu fragen gewagt, was das sei – 'Fluch'.

"Jetzt aber wünschte ich mir erst recht einen Papa, der Häuser baute für seine Kinder. Auch wenn die böse Mama sie dann wieder einriss! Für wen hätte ich mich damals entschieden? Für den unbekannten Papa natürlich, nach dem ich eine so tiefe Sehnsucht empfand – und nicht für diese Mama, die mir so viel Angst einjagte? Aber ich hatte ja keine Wahl! Heute, wenn sie noch lebte, würde ich von ihr wissen wollen: Warum hast du mich so gehasst? Dass ich auf der Welt bin – daran bist doch du selbst schuld? Was kann *ich* denn dafür?"

Ohne mütterliche Wärme war Kathi aufgewachsen, es hatte auch kein freundliches Umfeld von Tanten, Onkeln, Vettern und Basen zum Einkuscheln gegeben. Da machte ihr jetzt das Schicksal mit diesem so plötzlich aus dem Nichts aufgetauchten Cousin ein wundersames Angebot: könnten sie beide sich nicht zusammentun – zu einer Familie en miniature?

Aber das fiel Kathi im Traum nicht ein!

Erst einmal musste sie sich aus jener Vereinsamung lösen, die sie seit ihrer Kindheit gefangen hielt. Nicht einmal eine beste Freundin hatte sie haben dürfen. Nicht, dass es ihr gradezu verboten war. Doch jagte Kathis Mutter wortlos, allein mit ihrer finsteren Miene, jedem Kind so viel Angst ein, dass sich bald niemand mehr zu Kathi ins Haus traute.

Wie aber kam sie, inzwischen erwachsen, mit der Erinnerung an diese schwierige Mutter zurecht?

Da war die Geschichte mit dem Kätzchen, das ihnen eines Tages zu Kathis Entzücken zulief.

"Eine Katze? Gibt's nicht! Hör auf mit dem Getue – sie muss weg!"

Gnadenlos verscheuchte Kathis Mama das kleine Tier, das erst vor kurzem seiner Obhut entlaufen schien. Schon am nächsten Tag miaute es wieder kläglich vor ihrer Haustür. Jetzt packte die Mama das hilflose Wesen in eine große Plastiktüte und machte sich, Kathi an der Hand, auf den nahe gelegenen Weg hinunter zur Isar. Unten angekommen, trat sie ganz nah ans Ufer. Während Kathi weinte: "Bitte nicht! Bitte nicht!" – schleuderte sie ohne Erbarmen die Tüte mit weitem Schwung in die Fluten.

Die Isar ist keine Sanfte, die Isar ist wild. Sie riss ihre Beute an sich, verschlang sie.

Am Ende ihrer Kindergartenzeit sollte Kathi zum Abschied eine Märchenprinzessin spielen. Welche Fünf-, Sechsjährige wollte das nicht? Wie ging das? Nun, man bekam ein Krönchen aufgesetzt. Aber natürlich machte das Krönchen nicht gleich eine richtige Prinzessin aus ihr. Es hätte keiner mütterlichen Ermahnung bedurft.

"Führ' dich nur ja nicht wie eine Prinzessin auf! Du bist bloß von irgendwo hergelaufen, merke dir das!" Und die Mama veranlasste, dass der kleinen Kathi unter einem Vorwand die Rolle entzogen wurde und ein anderes Kind sie bekam.

Und doch hütete Kathi auch eine versöhnliche Erinnerung an die Mutter.

In Giesing, unweit von Kathis Wohnung, gab es die öffentlich zugängliche *Orthopädie*. Auch sie war einmal als kleines Mädchen von der Mutter dorthin gebracht worden, um eine böse Wunde verarzten zu lassen. Zusätzlich wurde die Klinik damals als städtische Unterkunft für jugendliche Behinderte genutzt, eine Heimstatt, die ihren jungen Bewohnern eine für jene Zeit wahrhaft generöse Bewegungsfreiheit gewährte.

Jeden Tag nämlich zu einer bestimmten Zeit tobten die Jugendlichen auf ihren Rollstühlen los, eine fröhliche Bande, die sich lauthals in ihr nicht ungefährliches, wenn auch nur vorübergehendes Unternehmen stürzte. Sie eroberten sich die Welt – oder eigentlich nur die Straße, die vor dem Gelände der Orthopädie mit einem sehr breiten Gehweg verlief: das war ihre Rennbahn. Unter Anfeuern und Jauchzen fand hier der tägliche Wettkampf statt. Jeder konkurrierte mit jedem. Untereinander wurde dabei gerempelt, ausgebremst und hinterrücks festgehalten, dass es nur so schepperte. Aber nie kam es zu einem Unfall. Allesamt waren sie Rollstuhl-Artisten. Überdies wollte keiner dem anderen wirklich Böses.

So wurde eine gewöhnliche Straße für sie zum Inbegriff von Freiheit. Stets ohne begleitende Aufsicht, fuhren sie jeden Tag wieder drauflos. Jeder in Giesing kannte das Schauspiel. Es gehörte einfach zum Viertel. Manche nannten die Orthopädie noch, wie vor keineswegs unvordenklichen Zeiten, ganz selbstverständlich "das Krüppelheim". Doch niemand, der den "Krüppeln" gelegentlich ausweichen musste, fühlte sich von ihnen belästigt. Jeder gönnte den Rollstuhlfahrern ihr Vergnügen, das sie sich täglich, ihren Gebrechen zum Trotz, mit ihren nicht ungefährlichen Wettkämpfen verschafften Als die erwachsene Kathi sich später auf den Erzieherinnen-Beruf vorbereitete, kehrte ihr die Erinnerung an jene tumultuarischen Schauspiele zurück. Welch wunderbare Freiheit hatte man den Behinderten damals gegönnt! Eine Freiheit, die sie später wohl einbüßten, als sie in die Innenstadt oder wohin auch immer verlegt wurden.

Die Straße vorbei an der Orthopädie führte noch ein gutes Stück weiter, von großen Tennisplätzen gesäumt, der Grenze des Viertels entgegen.

Es bedurfte nur eines leichten, hügeligen Anstiegs, eines kleinen geologischen Akzents, um die beiden benachbarten und doch so gegensätzlichen Münchener Viertel – Giesing und Harlaching – voneinander zu trennen. Unmittelbar, urban ging hier das leicht erhöhte, noble Harlaching mit seinen

Villen, weiß ummauerten Gärten und hohen Bäumen aus dem tiefer gelegenen, noch fast dörflichen Glasscherbenviertel Giesing hervor. Unzugänglich für Rollstuhlfahrer – oder, wie Arne gesagt hätte, für Monster. Ihnen hatte selbst Kathis hartherzige Mutter damals zugebilligt:

"Für die wird's später im Leben noch schwer genug. Wenigstens haben sie jetzt ihren Spaß!"

Bis zuletzt besaß ihre Mama in Kathis Augen ein so beherrschendes, außergewöhnliches, fast majestätisches Format, dass sie sich noch lange – auch in ihrem Erwachsenenleben – dieser monströsen Mutterfigur unterwarf.

"Mach's gut, Kathi!" hatte sie sich kurz vor ihrem Tod von ihrer Tochter verabschiedet.

"Deine Mutter wird dich immer begleiten."

Für Kathi eine furchterregende Ankündigung!

"Wo sie mir so schon all ihre unseligen Gene hinterließ! Muss ich mich eines Tages sogar vor mir selber fürchten?" Würde irgendwann einmal jenes rätselhaft böse Etwas aus ihrem Ich hervortreten, das ihr von ihrer Mutter eingepflanzt worden sein könnte? Sie musste gut auf sich aufpassen, um diesem unliebsamen Erbe mit aller Kraft entgegen zu wirken, falls es jemals Gewalt über sie bekam,

Was hingegen diesen unbekannten Cousin Arne betraf: noch immer wusste die Kathi nicht, wie ihm zu helfen wäre. Hoffentlich fiele ihr mit der Zeit ein Ratschlag ein, den sie ihm dann in seiner Notlage zukommen ließe. In den Wochen und Monaten nach seinem Brief hatte sie allerdings genug damit zu tun, versöhnlich umzugehen mit der kleinen Schar, die zu hüten ihr aufgegeben war. Darunter befand sich auch der eine oder andere schlimme Geist, der nach Herzenslust pöbelte, mit Schimpfworten um sich warf und mit höchster Lust ein Getümmel veranstaltete, bei dem selbst Kathi kaum ihren Gleichmut bewahren konnte. Die Aufsässigkeiten gewisser Patienten hielt sie dann einfach für das eine oder andere Symptom ihrer Behinderung. Damit wurden sie verzeihbar und mit einem „Aber! Aber!" oder mit einem leisen "Pfui, wer sagt denn sowas!" beschwichtigt. Egal – mit der Zeit gewöhnte man sich daran.

Nach einer bewegten Phase des Einlebens kannte Kathi alle Eigenheiten ihrer kleinen "Familie": die Haupteigenschaften jedes Kindes, seine spezielle Behinderung, sein Herkommen, den familiären Horizont, der sich jeden Spätnachmittag und über das lange Wochenende für ihn auftat. Sie besaß auch längst ein Gespür dafür, wie viel Liebe, Verständnis, Geduld ihm dort zuteil wurde, wie viel Zeit man ihm gönnte – oder auch nicht. So hatte ihr Berufsleben seinen Anfang genommen, voraussichtlich würde es auch so weitergehen zu ihrer Zufriedenheit.

Da heiratete eine Kollegin nach Hamburg hinauf und kündigte. Kathi musste die ihr liebgewordene Gruppe verlassen, sie wurde auf die verwaiste Stelle versetzt. Anstatt mit Vorschulkindern bekam sie es jetzt mit Burschen von zehn, zwölf, vierzehn Jahren zu tun. Das waren andere Kaliber! Wobei einer in dieser neuen Gruppe, der sich anfangs völlig im Hintergrund hielt, ihr bald besondere Sorgen bereitete. Erik, ein blondlockiger, recht ansehnlicher Knabe. Als einziger stimmte Erik gegen einen demnächst geplanten Ausflug. Auf den Boden stampfend, schrie er wütend: "Nein! Nein! Nein!" Diese drei Neins waren eine Kriegserklärung, und falls Kathi das nicht begriff, würde Erik es ihr schon noch beibringen, keine Sorge!

Inwiefern war dieser Erik überhaupt behindert? Dem Anschein nach gar nicht Vielleicht psychisch? So las es sich wenigstens bei Durchsicht seiner Papiere.

Befindet sich gastweise im Heim. Keine körperliche Behinderung. Neigt jedoch zu krassen Wutausbrüchen, totaler Widersetzlichkeit und fast krankhafter Aggression. Für unser Entgegenkommen revanchiert sich Eriks Mutter mit äußerst großzügigen Spenden. Es ist Vorsicht geboten.

Irgendwie würde Kathi sich mit diesem Erik arrangieren müssen. Er war ein Sonderfall. Das wusste sie jetzt. Sich bei der Heimleitung über ihn zu beklagen, wäre sinnlos. Als "Neue" würde sie sowieso, wie ihr die Kolleginnen ankündigten, in allernächster Zeit von Eriks Mutter, der sogenannten Donna Elvira, inspiziert werden, die regelmäßig im Heim auftauchte, um, wie sie sagte, ein Auge auf ihren Sohn zu werfen. Man erlaubte es ihr im Hinblick auf ihre finanzielle Großzügigkeit. Auch gab sie sich keineswegs als unangenehme oder arrogante Person, sondern höchstens ein wenig sonderbar, "verrückt", wie man sich zuflüsterte, sie gleichwohl bemitleidend. Erik lebte nämlich nicht bei ihr, sondern, weil angeblich kein Auskommen mit ihm war, tagsüber im Heim, nachts und übers Wochenende bei Pflegeeltern. Aber auch sie mussten unentwegt beschwichtigt und Jahr für Jahr durch finanzielles Hinzutun neu motiviert werden.

Nach und nach erfuhr Kathi Näheres: Eriks Mutter, ein berühmter Sopran, war in ihren späteren Jahren, nachdem sie letztmals an der New Yorker Met als Mozarts *Königin der Nacht* triumphiert hatte, endgültig nach Europa zurückgekehrt – einerseits zum dritten Mal geschieden, andererseits als Mutter eines soeben in aller Eile noch schnell adoptierten Sohnes, der, wenn auch schon zweijährig, noch fast in den Windeln lag.

Wie aber war sie zu ihrem Namen gekommen?

Aus der scherzhaften Frage eines Besuchers: "Wie heißt du denn, kleine Donna?" – hatte sie als kleines Mädchen "Ich heiße Donna Elvira!" gemacht. Ihr etwas spinöser Vater heftete ihr den selbsterfundenen Doppelnamen als familiäres Attribut an. Sie wurde ihn nie mehr los. Ganz nach Bedarf wandte man ihn mit respektvollem oder respektlosem Unterton an – in der Familie, in ihrem Bekanntenkreis und natürlich erst recht hier im Heim.

Sie ließ nie erkennen, was ihr dies legendäre Anhängsel bedeutete. Fest aber stand, sie war eine Dame.

Vom ersten Augenblick an glaubte Kathi, den Widerstand Eriks zu spüren.

So versuchte sie gar nicht erst, sein Zutrauen zu gewinnen. Schon ein paar freundliche Gesten hatten Eriks Feindseligkeit noch befeuert. Also verhielt sie sich neutral, war aber im Grunde jede Sekunde angespannt, auf eine Attacke gefasst. Das kostete Nerven! Doch was blieb ihr übrig? Sie beobachtete dieses Ungeheuer aus den Augenwinkeln, um nicht überrascht oder gar angefallen zu werden. Ein einziges Mitglied ihrer neuen Gruppe war imstande, sie zu verunsichern. Unbegreiflich!

"Was sieht denn dieser Erik in mir? " fragte sie sich.

"Was reizt ihn zum Widerstand ? Besitzt er vielleicht einen besonderen Spürsinn? Ahnt er meine böse Mutter, die in mir steckt? Werden das bald auch die anderen merken? Wird er sie drauf hinweisen? Und was geschieht dann mit mir?"

Der körperlich völlig gesunde Erik hörte nicht auf, sein Spiel mit ihr zu treiben.

Im Verlauf einiger Jahre – seit seinem elften Lebensjahr hier untergebracht – hatte sich der jetzt Vierzehnjährige eine Mischung angeblicher

Behinderungen zugelegt, die er abwechselnd zur Schau stellte. Manchmal gab er sich als taubstumm, manchmal imitierte er das Petit Mal, das epileptische Zittern. Und einmal simulierte er, nach dem Vorbild eines vor seinen Augen stattgehabten Grand Mal, einen richtigen epileptischen Anfall – und diesen so täuschend echt, dass Kathi wirklich erschrak. Mit Häme quittierte er hinterher ihre Besorgnis, nachdem der herbeigerufene Arzt Eriks dramatisches Schauspiel mit einem Machtwort beendet hatte. Wenn's ihm gerade Spaß machte, quälte er die einen, belustigte die andern mit Augenverdrehen. Gelegentlich gab er auch den von allen dauernd herumgeschubsten, aufgrund eines Herzschadens eigentlich schonungsbedürftigen, wehrlosen Down-Syndrom-Willy. Jedoch grotesk überdreht: mit blödem Gesichtsausdruck, zugekniffenen Schlitzaugen, sinnlos lächelnd, zum Mongo entstellt.

Und dies, obgleich sich doch Erik gerade zu diesem Willy mit aller Kraft, einfühlsam, liebevoll hingezogen fühlte!

Der Down-Syndrom-Willy war, mit Erik verglichen, die reine Unschuld. Und daher das ideale Schwarze Schaf. Kathi bekam schnell heraus, dass man diesem Unschuldsengel alles in die Schuhe schob, was irgendwann kaputt-, verlorengegangen oder mit Absicht zerstört worden war, kurz, alles, wofür man einen Sündenbock brauchte. Sobald jedoch ein paar Gelangweilte eine Schubserei mit Willy anfingen, mischte sich, noch ehe Kathi eingreifen konnte, Erik ein, postierte sich vor Willy, verteidigte ihn mit Händen und Füßen und spuckte dem letzten Schubser noch schnell ins Gesicht.

Natürlich war Eriks Sonder-Status bekannt: Sohn eines Weltstars! Alle in Kathis Gruppe waren mit Rauswurf bedroht, die ihn nicht respektierten. Man wollte die großzügige Gönnerin nur ja nicht abschrecken! So bildete die Mutter indirekt einen Schutzschild für ihren Sohn. Dankbar wäre er ihr gewiss nicht dafür gewesen! Er hasste seine Mutter. Unverblümt zeigte er ihr das auch. Jeder konnte es sehen, wenn Donna Elvira wieder einmal zu Besuch kam und mit freundlichem Gruß nach allen Seiten den Aufenthaltsraum betrat. Demonstrativ drehte sich Erik dann von ihr weg. Sie dagegen, sich anmutig in die Mitte bewegend, ihren Sohn mit den Augen suchend, winkte behandschuht dem Abgewandten einen Gruß zu, sprach ein paar Worte und verabschiedete sich, liebenswürdig lächelnd, auch schon wieder. Eine immer noch schöne, schlanke, alterslos scheinende Frau. Allen soeben in die Pubertät gelangenden Knaben hinterließ sie einen tiefen Eindruck von strahlender Eleganz.

Vom ersten Tag an, nachdem sie seine Gruppe übernommen hatte, mochte Kathi den Down-Syndrom-Willy. Ein kleines Wunder war er für sie. Mit unglaublichem Eifer, geradezu ekstatisch, versuchte er, alles, was man ihm beibringen wollte, sich anzueignen. Zum Beispiel bei Tisch manierlich mit Messer und Gabel zu hantieren, sich immer nur kleine Bissen von Fleisch oder Wurst einzuverleiben. Als ein noch größeres Wunder jedoch erschien es Kathi, wie ausgerechnet Erik dem Willy beim Lernen behilflich war, es ihm immer wieder vormachte und mit unendlicher Geduld Willys Ungeschicklichkeit hinnahm.Wenn Kathi beobachtete, mit welcher Fürsorge Erik den hilflosen Willy umgab, dann kam ihr schon manchmal der Gedanke: Nicht nur für mich, auch für Erik ist Willy nicht blöd. Erik und ich, wir beide teilen uns ein Geheimnis: für uns ist der Willy ein Prinz!

Sie statuierte das einfach so, und dabei blieb es. Erik zu fragen, wagte sie nicht. Vielleicht hätte er ihr sogar zugestimmt? Was ihre Mutter damals verhindert hatte: dass aus ihr eine kleine Prinzessin wurde, das vollzog Kathi jetzt am Down-Syndrom-Willy, sie verlieh ihm eine Aura.

Als eines Tages Donna Elvira, Eriks Mutter, wieder einmal auftauchte – diesmal von der Heimleitung begleitet – hielt sie sogar eine kleine Ansprache an Kathis Gruppe.

"Ihr kennt mich ja, ich bin Eriks Mama und von Beruf Sängerin. Und was braucht ein Sänger? Nicht nur eine schöne Stimme, er braucht auch ein Klavier!

Was haltet ihr davon, wenn bald in eurer Turnhalle ein Klavier steht und ihr könnt, wenn ihr wollt, darauf spielen? Es gibt überall Menschen, die gerne klavierspielen würden, wenn sie eins hätten. Vielleicht ist so einer unter euch? Dem widme ich das Klavier und wünsche mir, dass der Geist der Musik in ihm erwacht! Ansonsten könnt ihr an allen Fest- und Feiertagen zum Klavier singen und tanzen!"

Ein allgemeines Murmeln hob an – und dazwischen dröhnte Eriks "Kein Klavier! Kein Klavier!" Aber, oh Wunder! ihm folgte, laut und deutlich, Willys Stimme. Wie immer, wenn er sich aufregte, stotterte er:

"K' K' Kla' Klavier – sch' sch' schööööön!"

Und alle, bis auf Erik, klatschten in die Hände und riefen "Klavier – schööön!"

Schon seit Jahren bekam dieser Erik, Sohn, wenn auch nur Adoptiv-Sohn einer einzigartig musik-begnadeten Mutter, privaten Klavierunterricht, der eine eventuell verborgene musikalische Veranlagung zum Vorschein bringen sollte. Bei seinen Pflegeeltern stand für ihn ein Klavier. An den Wochenenden, die Erik nicht im Heim, sondern bei ihnen verbrachte, sollte er gerade in dieser Hinsicht besonders gefördert werden. Klavierlehrer kamen und gingen. Der letzte allerdings kündigte schon nach der ersten Unterrichtsstunde. Erik besitze nicht die geringste Begabung und er, akademisch gebildeter Musikpädagoge, werde sich keinesfalls dafür missbrauchen lassen, einem derart unerzogenen Burschen, der ihn schon beim ersten Kennenlernen mit dem Satz begrüßt habe: "Klavierspielen ist Scheiße! Scheiße! Scheiße!", auch nur eine einzige, weitere Unterrichtsstunde zu gewähren.

Worauf Erik dann an den folgenden Wochenenden das Klavier stundenlang so malträtierte, dass die völlig entnervten Pflegeeltern die Mutter anriefen: sie würden jetzt die Polizei einschalten, wenn Erik mit seinem Terror nicht aufhöre. Erik hörte nicht auf, er ließ es kaltblütig darauf ankommen. Als die Polizei anrückte, stahl er sich durch den Hinterausgang davon – und die Pflegeeltern sahen sich blamiert.

Das von Erik veranstaltete häusliche Klavier-Desaster sprach sich bis zu Kathi herum. Sie hätte eher erwartet, Erik werde seine Wut, wenn schon, dann an ihrem Turnhallen-Klavier austoben. Das aber hätte Erik niemals getan, denn er sah doch: für seinen Freund Willy war dieses Klavier ein Wunder, einzigartig, das er fortan wie einen Schatz behütete, jeden Tag aufsuchte, seine Tasten streichelte, sie hin und wieder auch einmal ganz sachte anklingen ließ und seine Töne vernahm, als kämen sie aus einer anderen Welt.

Während seiner von Kathi genehmigten täglichen Ausgehzeit saß der Willy also nur einfach träumend vor dem Klavier. Aber nicht lange blieb er mit seiner stillen Andacht allein. Schon bald gesellte sich Erik zu ihm, stellte einen Stuhl neben Willy, und sie schwiegen gemeinsam. Auch das hielt Erik dann nicht mehr aus; mit einem rauschenden C-Dur-Akkord griff er in die Tasten. Rein und strahlend ging es, nach seinen Umkehrungen zurück in

die Tonika. Willy war sprachlos. Das waren keine einzelnen Töne. Nein –
Akkorde! Zusammenklänge! Harmonien! Sie gingen weit über seine Träume hinaus! Er versuchte sogleich, es Erik gleichzutun. Natürlich misslang
es. Aber dann brachte Erik dem Willy mit unendlicher Geduld jenen Dreiklang bei, der Willy aufjubeln ließ. Nach und nach prägte er ihm auch noch
seine Umkehrungen ein, das Höchste an Harmonie für den beseligten Willy.

Außer den beiden fand sich niemand, der am Klavier interessiert war.
Anfangs spielte Erik dem Willy kleine, dann mit der Zeit größere Stücke von
Mozart vor. Es war nur ein Versuch: langweilte sich der Willy damit? Nein,
andächtig hörte er zu, konnte das Gleiche nicht oft genug hören. Immer
und immer wieder verlangte er eine Wiederholung. Mit der Zeit mogelte
Erik dann ein Stückchen Schubert, eines von Beethoven darunter, aber der
Willy hörte es heraus und begriff: Es gibt vielerlei wunderbare Musik. Sie
hat keine Grenzen, hört nicht bei Mozart auf. Der Willy besaß also ein Ohr!
Er konnte unterscheiden, hatte Lieblingsstücke. Stellte Fragen. Erik freute
sich.

Natürlich erfuhr auch Donna Elvira davon. Plötzlich stand sie eines Tages
überraschend in der Turnhalle hinter den beiden am Klavier. Sie erschraken
zutiefst, als sie in die Hände klatschte und ''Bravo! Bravo!'' rief. Sie hatten
sie nicht kommen gehört. Erik stand sofort auf und rannte weg. Auch Willy
erhob sich, machte eine kleine Verbeugung, wie man es ihm zum Spaß beigebracht hatte. Elvira setzte sich auf Eriks Stuhl und präludierte beidhändig
auf dem Klavier. Andächtig hörte Willy zu.

Nach einem kleinen Vorspiel begann sie mit ihrer Glockenstimme zu singen:

Sah ein Knab' ein Röslein stehn,
Röslein auf der Heiden.
War so jung und morgenschön,
Lief er schnell, es nah zu sehn,
Sah's mit vielen Freuden.
Röslein, Röslein, Röslein rot,
Röslein auf der Heiden.

Willy hielt es vor Begeisterung nicht auf seinem Stuhl. Im Stehen begann
er schon nach der ersten Strophe leidenschaftlich zu klatschen, konnte gar
nicht mehr damit aufhören. Donna Elvira ließ es daher mit Singen genug

sein. Sie stand auf und bedankte sich für den Beifall mit einem kleinen, frivolen Knicks.

"Ist gut, Willy, ist gut! Wenn du willst, komm ich mal wieder und sing' dir die beiden nächsten Strophen vor. Ja?"

Willy konnte, wie immer, wenn er aufgeregt war, nur noch stottern.

"Ja, bi- bi- bi- bitte! Bi-bitte!"

"Dann Grüß Gott und Leb' wohl bis zum nächsten Mal!"

Damit entschwand sie.

Was sie ihrem Sohn Erik soeben angetan hatte – seine Tastenkünste mit ihrem verführerischen Gesang weit in den Schatten stellend – darüber machte sie sich keine Gedanken: In solchen Augenblicken war sie noch immer die Diva, der Weltstar, dem soeben noch einmal ein Triumph widerfahren war, wenn auch nur vom leidenschaftlich applaudierenden Down-Syndrom-Willy.

Die ganze Zeit stand Erik hinter der Tür, war Zeuge von Willys Jubel und wusste, gegen seine Mutter käme er niemals an. Sie hatte ihn übertrumpft, seinen einzigen Freund die wahre Herrlichkeit, das Wunder "Musik" hören lassen. Und wie der Willy zugehört hatte! Was war Eriks Klavierspiel gegen Donna Elviras Zauberstimme?

Er wartete, bis sie verschwunden war, dann ging Erik in die Halle zurück. Willy stand immer noch da, selig lächelnd, die Augen geschlossen. Weit ausholend schlug Erik dem Willy mit aller Gewalt die geballte Faust ins Gesicht. Willy stürzte rücklings zu Boden, mit dem Hinterkopf schlug er auf. Besinnungslos lag er da. Tot?

Erik flüchtete. Rannte, rannte. Hörte gar nicht mehr auf. Aus dem Haus, die Straße entlang, die nächste Straße. Ohne anzuhalten, durchs ganze Viertel. Fand eine S-Bahn-Haltestelle, stieg ein, blieb sitzen, bis es irgendwo nicht mehr weiterging. Rannte weiter. Fuhr irgendwann ein Stück mit einem Omnibus. Wollte weiterrennen. Konnte nicht mehr. Konnte kaum mehr gehen. Ließ die letzten Häuser und Gärten hinter sich. Schleppte sich nur immer weiter. War erschöpft. Es wurde Nacht. Wo bleiben? Wo etwas zu trinken bekommen? Wo ein warmes Plätzchen finden? Wo schlafen?

In der Ferne sah er die Lichter der S-Bahn. Wo kam sie her? Wo fuhr sie hin? Da – da – ganz in der Nähe verliefen ihre Schienen! Wenn er sich jetzt daraufleglte, wäre alles vorbei. Die S-Bahn kam näher. Die Schienen vibrierten unter seinem Körper. Im allerletzten Moment wälzte er sich zur Seite. Die S-Bahn donnerte vorüber. Er zitterte, krümmte sich, blieb einfach liegen. Gab es nirgendwo einen Unterschlupf? In der Ferne sah er ein niedriges Dach, vielleicht eine Hütte? Er kam nicht mehr hoch. Mit unendlicher Mühe kroch er auf allen Vieren in jene Richtung, wo er das Dach zu sehen glaubte. Er wusste später nicht mehr, wo und wie er die Nacht überstanden hatte. Am anderen Morgen gelang es ihm, wieder auf die Beine zu kommen, sich mühsam, Schritt für Schritt, zurück in die bewohnte Welt der Häuser, Gärten und Menschen zu bewegen. Dort fand er zwar keine S-Bahn-Haltestelle, aber wenigstens einen wartenden Omnibus. Egal, er stieg ein. Der Fahrer sah auf den ersten Blick, da brauchte einer Hilfe. Ein Junge, halb noch ein Kind! – ausgebüxt? Er gab der Polizei einen Wink. In kürzester Zeit wurde Erik von zwei freundlichen Polizisten abgeholt; er war bereits als vermisst gemeldet.

Kathi war es, die den besinnungslosen Willy fand.

Mit schwerer Herzattacke lag er dann – in ständiger Gefahr des Herzversagens – wochenlang auf einer kardiologischen Intensivstation. Er überlebte und kam anschließend in eine mehrwöchige Kur.

Im Heim wurde über den schrecklichen Unfall betont geschwiegen. Man hegte zwar einen starken Verdacht gegen Erik, doch einem Verhör unterzog man ihn nicht. Man wusste einfach nicht, was mit Willy passiert war. Vielleicht wollte man es so genau auch gar nicht wissen? Es gab ja keine Zeugen. Und Willy konnte nicht reden, er war lange bewusstlos.

Auch als er nach vielen Wochen zurückkehrte ins Heim, redete Willy nicht. Er hatte sich verändert, war schmal, still und ernst geworden, wo er doch früher jedermann freundlich zugelächelt hatte. Nie mehr suchte er Eriks Nähe, offensichtlich ging er ihm aus dem Weg. Ängstigte er sich vor ihm? Es entging Kathi nicht, dass umgekehrt auch Erik seinem Freund auswich. Das bestätigte ihren Verdacht, Erik habe mit Willys lebensbedrohlichem Sturz zu tun.

Nur – wie, was, weshalb?

Auch Erik konnte seine Gefühle nicht verbergen. Allzu schwer lastete auf seiner Seele der furchtbare Hieb, den er Willy versetzt hatte. Erik litt. Eines Tages ertrug er seine Schuld nicht mehr. Vor dem Mittagessen schlüpfte er ins Esszimmer und schob dort unter Willys Teller einen Zettel: *Verzeih mir, Willy! Bitte verzeih mir!* Erik hatte am Tisch einen festen Platz unweit von Willy, ihm gegenüber.

Gespannt beobachtete Kathi, ob Willy den Zettel bemerkte, der ein klein wenig unter dem Teller hervorlugte. Ja, Willy nahm ihn – las ihn – schaute Erik an und – nickte ihm zu. Ganz langsam, mit großem Ernst, immer noch einmal nickte er. Ja, er verzieh! Erik nickte zurück, dankbar – und ebenso ernst. Es war, als sprächen sie sich feierlich ein gegenseitiges Gelübde zu. Kathi atmete auf. Die beiden waren versöhnt. Obgleich eifersüchtig, gönnte sie Erik den Frieden.

Ein paar Tage danach, während sie einander wieder nah und näher kamen, riss Erik plötzlich im Vorübergehen den Willy an sich, hielt ihn fest in seinen Armen, küsste ihn leidenschaftlich – rechts, links auf die Backe, auf den Mund. Es war ein Augenblick unaussprechlicher Seligkeit!

Das aber war der Kathi dann doch zu viel. Sie hatte die Szene von fern beobachtet – mit Abneigung.

"Der Down-Syndrom-Willy gehört erst einmal mir. Er ist *mein* Willy, *meiner*! Glaubt denn der Erik, dass er den Willy jetzt ganz für sich haben kann? Aber ich gebe ihn nicht her! Schon gar nicht dem Erik! Was hat er denn neulich noch mit ihm gemacht? Und heute umarmt und küsst er ihn!"

"Recht so! Wehr' dich!" empörte sich ihre innere Stimme. "Dieser Erik ist böse! Lass dir nur nichts von ihm gefallen! Zeig ihn an! Jawohl, *er* hat den Willy fast totgeprügelt! Warum sonst wäre er weggelaufen? Auch die Heimleitung verdächtigt ihn! Aber sie schweigen. Sie haben natürlich Angst, ihr guter Ruf könnte leiden."

Musste also jetzt sie, die Kathi, dafür sorgen, dass Erik bestraft wurde?

"Erik, ein Beinahe-Mörder! Ins Gefängnis mit ihm!"

Nein, dahin käme er, als Jugendlicher, ja nicht. Aber im Heim könnte er keinesfalls bleiben. Von heute auf morgen müsste er es verlassen. Für immer wäre Kathi ihren Peiniger los. Willy jedoch? Willy, der gerade Frieden geschlossen hatte mit Erik, seinem besten, nein, seinem einzigen Freund? Willy würde verzweifeln.

"Nichts da! Dieser Erik muss angeklagt werden. Wenn von niemand sonst, dann von mir!"

Aber Kathi klagte den Erik nicht an. Kathi lieferte den Schuldigen nicht aus. Sie ging auch nicht zur Heimleitung.

Verzweifelt versuchte sie, sich dafür zu rechtfertigen: dem Willy zulieb unterließe sie es – wem sonst?

Aber zuletzt stritt sie es auch vor sich selbst nicht mehr ab: "Das bin nicht ich! Da spricht meine Mutter aus mir? Der Erik ist doch fast noch ein Kind! Ihn ausliefern, verurteilen, kaputtmachen?"

Nein! Ihre innere, hartherzige Mutter mochte es noch so sehr von der Tochter verlangen – sie brachte es nicht übers Herz! Sie hatte grade zum ersten Mal mit ihrer schrecklichen Mutter gekämpft und sie besiegt!

Monate vergingen. Der Brief ihres unbekannten Cousins, in dem er Kathi um Rat gebeten hatte, war längst vergessen. Da bekam sie eines Tages von Arnes Wohnheim die Nachricht, Arne habe sich umzubringen versucht. Er liege im Harlachinger Krankenhaus, und man wisse nicht, ob er den hohen Blutverlust überleben werde. Sie sei vermutlich seine einzige Verwandte. Ob sie ihn nicht besuchen und ihm Mut zusprechen wolle? Alle im Heim mochten Arne und seien sehr traurig, dass er sich das angetan habe.

Das Krankenhaus war nicht allzu weit von ihrer Giesinger Wohnung entfernt. Zur Not hätte sie auch zu Fuß hingekonnt, aber mit dem Taxi ging's natürlich schneller. Und es konnte Kathi gar nicht schnell genug gehen. Unendlich schwer lag ihr ihre Versäumnis auf dem Gewissen! Der Brief war doch ein Hilferuf gewesen! Allzu lange vergeblich auf ihre Antwort wartend, war Arne verzweifelt.

"Ist er ansprechbar?" fragte sie die Schwester, die ihr die Tür von Arnes Zimmer wies.

"Und *wie* er darauf wartet, dass irgendjemand für ihn ein paar Worte findet. Das ist ein ganz Armer, der keine Hoffnung mehr hat."

Mit weit offenen Augen schaute Arne ihr aus seinem Bett entgegen.

"Ich bin Kathi, die dich so furchtbar lange hat warten lassen. Und du bist Arne."

Er nickte, schloss die Augen.

Kathi holte sich einen Stuhl ans Bett, setzte sich.

"Möchtest du mit mir reden?"

Er schaute sie an, schwieg.

"Ja, ich war ganz gemein, Arne. Kannst du – willst du – mir verzeihen? Bitte!"

Er nickte.

"Ja? – Gut, dann erzähle ich dir einfach von mir, und du erzählst mir von dir. Einverstanden?

Ich bin – noch nicht lange! – Erzieherin in einem Heim für behinderte Kinder und Jugendliche. Ich betreue sechs, sieben Halbwüchsige. Einer von ihnen ist ein Engel und einer ein Teufel. Die beiden lieben sich. Sie sind ein Paar.

Jetzt du, Arne!"

"Ich bin kein Zögling mehr, sondern Hilfs-Betreuer und Hilfs-Lehrer im Behindertenheim Dort bin ich seit meinem vierten Lebensjahr aufgewachsen. Ich wohne in einer Dachkammer und bekomme Verpflegung, aber keinen Lohn. Ich würde so gerne studieren. Habe aber kein Geld und kein Abi. Der frühere Heimleiter hat mir immer die Schulbücher geschenkt, die sein Sohn im Gymnasium nach und nach ablegte. Ich durfte mir auch, was immer mich interessierte, aus seiner Bibliothek ausleihen. Zuletzt, als er in Pension ging, hat er mir sogar seinen Computer geschenkt! Das Internet ist meine Bibel geworden.

Jetzt du, Kathi!"

"Ich wohne noch immer in meiner alten Studentenbude und fürchte, du bist mir an Wissen haushoch überlegen. Du bist einer, der sich alles selbst beibringen kann, ein Genie!"

"Erzähl' mir von deinem Engel und deinem Teufel."

"Willy, der Engel, ist nicht behindert, aber ein Downie. Erik, der Teufel, ist ein hochintelligenter Psychopath. Seine Mutter, eine berühmte Opern-diva, ist auf ihre Weise verrückt. Von ihrem einzigen Sohn wird sie gehasst und verachtet. Das ignoriert sie souverän. Na ja, der Erik ist eh nur von ihr adoptiert. Ach, manchmal verzweifle ich an diesem ganzen psychologisch-psychosomatisch-traumatischen Scheiß und sehne mich nach einer ganz ein-fachen, normalen, harmonischen Welt. Falls es die überhaupt gibt?"

Arne überhörte den Seufzer. Ihn interessierte der Fall.

"Könnte man reinblicken in diesen Erik, dann wäre vielleicht seiner Seele zu helfen, raus aus ihrer Hölle?"

"Nein, Arne, dem hilft keine Therapie, der gehört schon fast in die Psychiatrie. Den armen Willy hätte Erik in seiner Eifersucht beinahe umgebracht – und wahrscheinlich am liebsten auch noch sich selbst.“

“Einem wie Willy zu helfen ist keine Kunst, es muss dein Ehrgeiz sein, einen wie Erik vor sich selber zu retten! Deine beiden Schützlinge würde ich gern einmal kennenlernen.“

“Was hältst du von einem Fernstudium, Arne, per Computer?“ Sie lenkte mit aller Kraft ab:

“Wie soll ich’s bezahlen?“

“Vielleicht könnte ich dir da, wo ich arbeite, eine Stelle verschaffen? Mit Verpflegung, Unterkunft, Lohn! Als Aufsichtsperson, die die Erzieher entlastet. Solche Hilfen, die es offiziell gar nicht gibt, braucht man immer. Aber hoch bezahlt sind sie natürlich nicht.

Arne schien nicht besonders angetan.“

”Du hättest eine Bleibe und ein Existenzminimum, um dich auf dein Fernstudium vorzubereiten. So würdest du auch meinen Teufel kennenlernen – und meinen Engel, Willy, den Downie. Der ist was Besondres, für den hat sich sogar die verrückte Opern-Diva mal produziert – an unsrem Turnhallen-Klavier.“

Kathi merkte, schlagartig war Arne interressiert. Aha! das Klavier! Offenbar reizte es ihn?

”Du spielst Klavier?”

Arne fühlte sich bloßgestellt. Nur ungern gab er es zu.

”Na ja … ”

In Wirklichkeit wollte er sich neben einem Wirtschaftsstudium so intensiv auf dem Klavier weiterbilden, dass er vielleicht eines Tages seinen Brotberuf aufgeben und nur noch *für die Musik* und vielleicht sogar *von ihr* leben könnte.

Sein endgültiges Ziel war das Klavier, das Klavier, das Klavier!

Nur dem Turnhallen-Klavier zuliebe nahm Arne dann Kathis Angebot an.

”Arne, welch ein Glück, wenn mit dir ein Klavierspieler bei uns einzieht! Dann steht das Klavier endlich nicht mehr so sinnlos in der Turnhalle rum! Wie wird sich Donna Elvira freuen! Sie hat das Klavier gestiftet, alle waren zuerst begeistert davon. Aber keiner kann spielen, keiner will’s ’s lernen.”

”Kein einziger – wirklich?”

"Doch – Erik. Der hat zuhause selber ein Instrument. Und merkwürdig! Genau dieser Erik hat damals wie ein Verrückter gegen das Turnhallen-Klavier protestiert: "Kein Klavier! Kein Klavier!'

Aber dann hat der verzweifelte Down-Syndrom-Willy das Klavier für uns gerettet – mit seinem unvergesslichen "Klavier – schööön! Klavier – schööön!" Wir bekamen es schließlich doch.

Willy liebt es, es wurde sein Heiligtum. Jeden Tag sitzt er davor, betet es an. Drauf spielen kann unser guter Willy natürlich nicht. Aber er hat ja seinen Freund Erik, der nur ihm, ihm allein vorspielt. Zuerst selten und ganz geheim. Aber inzwischen jeden Tag. Es ist wie ein Lebenselixier für den Willy. Wenn ich mich manchmal einschleiche, hört Erik sofort auf. Ein Teufel ist er halt nach wie vor, dieser Erik!

Weißt du was, Arne? Wenn du wirklich zu uns kommst, könntest du ja auch mir das Klavierspielen beibringen? Dafür würde ich dir doppelt gern zu einem Platz bei uns verhelfen!"

Man reagierte mit Vertrauen auf Kathis Vorschlag.

Dass Arne behindert war und im Rollstuhl saß, begünstigte ihn in den Augen der Leitung sogar, denn das drückte den Lohn, und sparen musste man ja unentwegt. Eine leere Dachkammer stand zur Verfügung, gebrauchte Möbel gab es genug. So wurde nach einigem bürokratischen Hin und Her eine für Arne positive Entscheidung getroffen. Ein kleines Einkommen konnte ihm sein Fernstudium ermöglichen.

Er war zwar körperlich eingeschränkt, trieb aber im Rollstuhl Sport mit den Jugendlichen. Mit den Kleinen machte er Spiele, wenn auch nur mit Klatschen und Hüpfen, ganz oft mit Klavierbegleitung. In kürzester Zeit war er allseits beliebt. Auch Kathi erkannte sofort, wieviel Kommunikation in einem richtig bespielten Klavier steckt, weit mehr als in jeder Geige oder Flöte.

Arne versammelte denn auch die verschiedenen Altersgruppen in der Sporthalle rund ums Klavier. Sehnsüchtig wünschte er sich, der Geist der Musik möge in diese Turnhalle einziehen und sich in den Herzen der Kinder verbreiten. Ihm hatte die Musik das Leben unter der Fessel seiner Behinderung erträgbar gemacht, und das wollte er an die Kinder weitergeben.

Es freute ihn auch, dass er – immerhin ein paar Jahre jünger als Kathi

– ihr Klavierlehrer sein durfte. Er besorgte ein Heft für Anfänger und versprach ihr: "Sobald du die kleinen Stücke beherrschst, machen wir etwas besonders Schönes zusammen – aber was, verrate ich nicht."

Die Spannung feuerte Kathi an. Stück für Stück – garniert von Arnes unerbittlicher Vorschhrift "Fingersatz! Fingersatz! – übte sie brav.

Schon nach zwei, drei Monaten hatte Kathi die leichten, für Kinder gedachten Anfängerstücke durch. Sehnsüchtig wartete sie jetzt auf das angekündigte, geheimnisvolle Ereignis. Arne zauberte ein neues Heft herbei, wiederum eines für Anfänger. "Vierhändig!" kündigte er an.

Zuvor übte er mit Kathi noch ihren Part solo ein. Er hörte sich nicht nach etwas Besonderem an.

Dann war es endlich so weit. Vierhändig!

Jetzt aber wurde Kathis Teil – das Thema, die Melodie – unter Arnes Händen von Wogen herrlicher Dissonanzen umspielt, umjubelt. umrauscht. Die sich in Wohlklänge auflösten, in Harmonien. Bei jedem Akkord sanken sie dann ineinander – Kathi in Arne, Arne in Kathi – tiefer und tiefer. Ein Engelskonzert. Es trug beide hinweg in ein vielstimmig orchestrales Wunder, ein tönendes Jenseits – in eine andere Welt.

Sachte steuerte Arne dem Ende zu. Eine Weile verhielten sie stumm. Endlich sagte Arne:

"So was passiert nicht oft, schon gar nicht jeden Tag. Vielleicht sogar nur einmal im Leben. Ist unwiederholbar.""

"Aber das wäre ja schrecklich!" sagte Kathi traurig." Unwiederholbar? Es war doch so schön."

"Ja, grade deshalb. Du weißt ja, Klavier schöön! Der Willy wusste, da steckt was dahinter! Ein Wunder! Vielleicht widerfährt es uns irgendwann nochmal im Leben, Kathi? Aber keineswegs heute, und auch nicht morgen, Wir sollten es nicht zerreden. Lass uns darüber schweigen."

"Mein Traumpaar! Willy und Erik!" Ihre beiden Zöglinge zeigte Kathi dem Arne erst einmal nur von weitem.

Erik hatte dem Downie am Klavier das Kinderlied "Hänschen klein" beigebracht – mit allen fünf Fingern. Den Text konnte er auswendig. Mächtig stolz war Willy darauf.

Als Arne im Heim auftauchte, nahmen Erik und Willy ihn anfangs kaum wahr. Doch als Arne Eriks Gruppe zum ersten Mal in die Sporthalle rief, war

Erik sofort alarmiert. Dieser Arne war keine Donna Elvira, keine Möchtegern-Mama! Arnes erste Akkorde auf dem Klavier überzeugten Erik sofort: Arne war ein Rivale für ihn am Klavier! Damit war er gewarnt. Falls jemals wieder ein Mensch versuchen sollte, ihm Willy mit seiner Kunst abspenstig zu machen, dann wäre das Arne! Erik seufzte: "Ach, Willy! Dass du – ausgerechnet durch die Musik – so leicht zu verführen bist. Kannst ja nichts dafür. Bist halt ein Downie!"

Willys "K' K' Kla' Klavier – *sch' sch' schöööön!"* damals ... Unvergesslich!

Ein dumpfer Schmerz legte sich auf Eriks Seele.

Willy strahlte vor Freude, als er Arne zum ersten Mal am Klavier hörte: welch wunderbare Läufe und Dissonanzen, die sich in Harmonien auflösten!

"Diesmal bring' ich mich um", dachte Erik. "Steh' nicht mehr auf. Bleib' auf den Schienen liegen".

Willy stieß einen kleinen Jauchzer aus und Arne haute auf dem Klavier eine Kadenz hin, dass die Gruppe zu jubeln und zu klatschen anfing. Erik hatte den Turnsaal bereits verlassen. Binnen weniger Stunden wurde der Herumirrende diesmal von der Polizei aufgegriffen und im Heim abgeliefert.

Kathi war außer sich, ihr Madonnenherz bebte:

"Arne, fällt dir nichts Besseres ein als den Erik auszustechen auf dem Klavier? Um dich vor dem Willy hervorzutun? Ihr eitlen Musiker! Ihr könnt immer nur Unfrieden stiften!

"Ich werde mit Erik reden, Kathi."

"Ha! Reden! Reden, nachdem es zu spät ist! Wäre er in ein Auto gerannt, hätte er sich vor die U-Bahn geworfen – was hättest du da gemacht?"

Noch am selben Tag suchte Arne den Flüchtling in seinem Zimmer auf, das Erik mit Willy teilte. Erik lag auf dem Bett, war allein. Arne setzte sich zu ihm.

"Tust du mir einen Gefallen, gehst mit mir in die Turnhalle? Ich möchte dir etwas zeigen."

Erik, zweimal von der Polizei eingefangen und im Heim abgeliefert, tief gedemütigt, erhob sich ohne Widerspruch und folgte Arne auf dem Weg zur Sporthalle.

In stiller Wut setzte er sich auf den Stuhl, den Arne ihm ans Klavier stellte.

"Was will er von mir? Er soll mich in Ruhe lassen!"

Arne bemerkte das wohl, aber er zog sein Vorhaben jetzt durch. Er wollte ja keineswegs Erik auf dem Klavier übertrumpfen. Nein, und schon gar nicht Willy dem Erik abspenstig machen. Er wollte ganz einfach diesen Jungen für sich gewinnen. Sein Vertrauen, seine Zuneigung. Ihn umarmen, ihn überwältigen. Erik war ihm viel, er war ihm alles wert.

Sein einziger Wunsch: er sollte seine Liebe zum Klavier mit ihm teilen!

Denn nur so, nur mit ihm wäre dieser junge, verzweifelte Mensch heilbar.

In Erik glaubte er seine eigene Einsamkeit, seine Sehnsucht nach Verstehen und Verständnis wiederzufinden, vielleicht sogar noch verzweifelter als die seine. Selber noch so jung, hatte er Erik nur ein paar wenige Jahre, aber unendlich viel Wissen, Einsicht, Erkenntnis voraus. Diesen kostbaren Schatz wollte er mit ihm teilen. Er war auch bereit, ihm all seine Gefühle, Erfahrungen, Enttäuschungen, Verwundungen zu offenbaren. Und ja, auch seine innerste Seele und ihren verborgensten Schmerz.

Doch zuvor musste er Erik gestehen, dass die Liebe zur Musik, zur Klaviermusik sein einziges, großes Herzensanliegen war. Und welcher pianistische Ehrgeiz ihn beseelte. Unbedingt mussten sie die Liebe zum Klavier, zur Klaviermusik miteinander teilen.

Endlich ging er das letzte Hindernis an:

"Ich möchte dir etwas vorspielen, ein Bach-Präludium. Vielleicht gefällt es dir? Johann Sebastian Bach, kennst du den Namen?"

Erik nickte.

"Immerhin ... " dachte Arne und begann.

Erik versuchte, so gut wie möglich wegzuhören. Gegen die ersten paar Takte konnte er sich noch wehren, dann gab er auf. Bach ist streng, er überwältigt, er zwingt! Man kann ihn nur ablehnen, oder man geht auf in seiner Musik. Mit Ohr, Herz und Kopf. Mit Fleisch und Gebein! Ganz.

"Jetzt die dazugehörige Fuge."

Gegen die kam Erik mit seiner Wut schon gar nicht mehr an; ihre mathematische Schönheit, ihre geheimnisvolle Symmetrie, Transparenz und Polyphonie, mit der sich die Töne – Fuga, Flucht! – gegenseitig verfolgten, verfolgte auch ihn. Atemlos.

Nach etlichem Stolpern gab Arne mittendrin auf.

"Schade ... " murmelte Erik.

"Oh!" entschuldigte Arne sich. "Lieber zum Schluss noch einer, der ein klein wenig besser Bach spielt als ich – der berühmte kanadische Pianist Glenn Gould." Er schaltete sein Aufnahmegerät ein.

Bei seinem Spiel hielt Erik den Atem an.

Arne beobachtete ihn. Erik bestand die Probe.

Er umarmte ihn.

"Und jetzt du. Irgend etwas, was du zufällig grade auswendig kannst." Erik wand sich. Gab vor, ohne Noten nicht spielen zu können.

"Nein? Dann halt nur ein paar Töne, bitte, Erik!"

Erik legte die Hände auf die Tasten, schien sich zu besinnen. Und dann wiederholte er, was eben erst Arne gespielt hatte, und nach ihm Glenn Gould: *Bach. Die Fuga.* Es wurde für Arne ein Weltuntergang! Ein musikalischer Laie hätte vielleicht den Unterschied gar nicht so aufregend gefunden. Arne hingegen fragte sich:

"Werde ich jemals *so* Bach spielen?" Nie würde er, was ihn da ein Vierzehnjähriger hören ließ, erreichen. All seine Träume zerstoben in einem Moment. Es zerriss ihn, ihm kamen die Tränen, während Erik spielte und spielte. Erst als er die Fuga beendet hatte, wandte Erik sich Arne zu, bemerkte seine Verzweiflung, sah ihn weinen. Wie sollte er sich das erklären? So umarmte er ihn spontan, versuchte, ihn zu trösten.

"Lass gut sein, Erik, danke. Ich erkläre es dir ein andermal, was mit mir passiert ist. Jetzt kann ich es nicht." Dann schwieg er lange. Unerklärlich lange. Endlich:

"Ach, Erik, viel lieber als dein Erzieher wäre ich dein Bruder. Überleg' es dir, ob du es mir erlaubst."

Arne hatte also mit Erik einen jungen, weit überlegenen Rivalen gefunden. Vielleicht sogar einen jungen Glenn Gould?

"Stop!" sagte Arne, als er endlich allein war. Erst einmal musste er sich auf sich selber besinnen.

"Da kommt so ein Knabe daher und zeigt mir, was eine Bach-Fuge ist."

Er lauschte ihr nach, unentwegt hörte er sie, sie verstummte einfach nicht.

"Ich schaue auf euch, meine lieben Hände. Ihr könnt nichts dafür. Habt immer brav geübt nach den Noten in meinem Kopf. Denn im Kopf, da klingen die Noten, da klingt die Musik zuerst, unüberhörbar. Sind das denn falsche Klänge gewesen? Dabei hab' ich immer geglaubt, ich gäbe nicht nur mein Gehör, meine Hände – nein, ALLES, Herz und Seele für die Musik. "

Genügte das nicht?"

Wochenlang horchte er in sich hinein, hörte sich spielen. Wie klang, was er da mit seinem Rivalen verglich? Ja, irgendwie klang es anders. Aber klang es auch falsch?

"In der Kunst gibt's nur ein Weiter so oder ein Aufhören. Bin ich ein Klavierspieler – oder bin es nicht? Dann aber weg vom Klavier!"

"Was meinst du?" fragte er die Kathi, von sich selbst überrascht, "soll ich aufhören mit dem Klavierspielen, weil ich es nicht gut genug kann?"

"Das meinst du nicht ernst?" Die Kathi fasste es nicht.

"Doch, selbstverständlich! Da gibt's diesen Erik. Teuflisch gut ist der auf dem Klavier, viel besser als ich.

"Arne, was ist denn plötzlich in dich gefahren? Ich glaub's nicht!"

"Wieso?

"Weil – wenn man was anfängt mit der Kunst, dann ist das wie mit einer Person. Man spielt ihr die große Liebe nicht vor, man liebt sie wirklich. Und wenn der Spaß aufhört, wirft man sie auch nicht einfach weg. Man liebt sie für immer und hält ihr die Treue!"

"Ja, grade deshalb hört man doch auf! Plötzlich begreift man, man hat einfach nicht genug Potential."

"Aber du hast doch nicht heute weniger Begabung als gestern und die ganzen Jahre zuvor?""

"Schon, schon. Ich hab's halt nur jetzt erst kapiert. Schau, wenn ich ein Maler wäre und es Picasso gleichtun wollte, da würde mir kein Wille, kein Üben helfen. Es fehlten mir einfach das Können. Ich müsste den Pinsel weglegen – und resignieren."

"Also gibst du die Kunst nur auf, weil du niemals ein Picasso sein wirst auf dem Klavier? Und weil du natürlich dann auch weniger Glanz und Ruhm erntest als so ein Klavier-Picasso? Man dient der Kunst ja nicht nur, sie gibt einem auch was zurück: Ansehen, Beifall, Ruhm – einen Namen! Darum geht es doch wohl? Der Herr kriegt zu wenig ab von der heiligen Kunst?"

"Von jetzt an reicht mir das Klavier als Hobby. Am Feierabend, nach des Tages Mühen, wie man so sagt. Hobby – ein scheußliches Wort!"

"Und was wird aus meinem Klavierunterricht? Hört der auch auf?"

"Es wird wohl so kommen, Kathi. Es gibt ja genug Klavierlehrer, übergenug. Lauter verkrachte Karrieren, wie mich. Alle vierzehn Tage kannst du dir wohl eine Stunde leisten?"

"Arne, ich sag's nicht gerne. Du hast mich einmal um Hilfe gebeten und du hast sie von mir bekommen. So vergiltst du sie mir?"

Langes Schweigen.

"Niemals mehr vierhändig? Wie traurig, Arne! Du bist ein Verräter!""

Kathi drehte sich um und verschwand.

Arne begab sich in die Turnhalle. Er wollte noch einmal allein sein mit seinem Instrument.

"Ach, mein liebes Klavier!" Er streichelte es.

"Du mein größtes Opfer, mein kostbarstes Geschenk an die Kunst – abgeschoben in die dunkelste Ecke meines Herzens! *Lebe wohl, mein für immer verstummtes Klavier ...* Mit inständiger Trauer sage ich dir Adieu."

Viele Tage vergingen, bis Arne sich so weit gefasst hatte, dass er wieder das Gespräch mit Erik suchte.

"Eines möchte ich gern von dir wissen, Erik: Warum hängst du so sehr am Willy?"

Erik dachte lange nach. Es sah nicht so aus, als wolle er antworten – ja, konnte er das überhaupt? Arne gab die Hoffnung schon auf, da sagte Erik:

"Weil der Willy ein guter Mensch ist, der einzige gute Mensch, den ich kenne. Nur die Willys, das sind die wirklich guten Menschen auf dieser Welt! Ausnahmemenschen. Vielleicht sind sie sogar irgendwie heilig? Entweder fehlt den Willys ein Gen – oder sie haben eins mehr als wir andern? Weißt du, woran ich das merke beim Willy? Daran, wie er mir zuhört, wenn ich ihm vorspiele. Hingegeben, ganz fromm, als würde er beten, hört er mir zu. Und wie der sich freuen kann an der Musik! Manchmal muss ich ihm auch ein Stück "mit schwarzen Tasten" spielen – in Moll. Dann weiß ich, jetzt ist er traurig. Aber warum, sagt er mir nicht, auch wenn ich ihn frage. Jedesmal hilft ihm die Musik, macht ihn wieder froh. Ich weiß ja nicht, ob's in der Menschheit noch mehr so besondere Typen gibt wie die Willys.

"Und du? Für wen oder was hältst du dich selber, Erik?"

"Mich halten alle für schlecht. Also wird's wohl so sein, dass ich ein schlechter Mensch bin." Arne war erschüttert.

"Das meinst du nicht ernst?"

"Doch. Natürlich. Ich hänge ja so am Willy, weil durch ihn vielleicht doch noch ein besserer Mensch aus mir wird. Kein richtig guter natürlich, das geht ja nicht, wegen der Gene, aber wenigstens ein Stück weit ..."

"Vielleicht könntest du zum Beispiel damit beginnen, deine Mutter nicht mehr zu hassen? Schon dem Willy zuliebe, der sie von ganzem Herzen verehrt.

"Lass den Willy aus dem Spiel. Er ist ein Engel. Meine Mutter muss ich nicht mögen. Sie ist ja auch gar nicht meine richtige Mutter. Gekauft hat sie mich, von irgendeiner Amerikanerin. Geld hat sie ja drüben genug verdient. Und hat mich dann nicht einmal großgezogen. Fremden Leuten überlässt sie mich, die sich aufspielen, als wären sie meine Ersatz-Eltern. Dabei sind das früher bloß ihre Dienstboten gewesen.

"Erik, sie war war wohl gerade erst vierzig, als sie dich adoptierte, ihre Stimme war noch Jahre und Jahre makellos, ihre Karriere noch längst nicht beendet. Sie reiste weiterhin durch die Welt, von Opernhaus zu Opernhaus, von einem Konzertsaal zum andern. Hätte sie dich überall mitschleppen sollen, sag'!"

"Am einfachsten wäre gewesen, sie hätte mich gar nicht erst adoptiert, ich hätte in Amerika vielleicht eine bessere Kindheit gehabt."

"Erik, es ist wohl nicht alles so glücklich verlaufen, wie sie es sich bei der Adoption vorgestellt hat?"

"Und wo ist eigentlich mein Adoptivvater geblieben? Für sich allein konnte sie mich doch gar nicht adoptieren!" "Erik, ich habe keine Ahnung. Ich bin doch erst kurz hier im Haus. Es steht mir auch gar nicht zu, in der Familie deiner Mutter rumzuschnüffeln. Für mich ist sie eine sehr respektable Person. Nur eines weiß ich: dein Hass gegen sie, der tut dir selber am meisten weh! Ich wollte, ich könnte dich befreien von ihm.

Nun steht Weihnachten vor der Tür. Wir haben viel für unsre Feier geprobt. Ich freue mich darauf. "

"Ist das nicht alles Kitsch? Der Weihnachtsmann und das Krippelein?
Arne ging vorerst nicht darauf ein.

"Die Heimleitung hat deine Mutter gebeten, auch heuer bei unserer Weihnachtsfeier Händels 'Tochter Zion, freue dich' zu singen.

Erik, der anscheinend religiös abstinent aufgewachsen war – oder sich da gegen gewehrt hatte? – verzog nur noch das Gesicht, jedes weiteren Kommentars enthielt er sich. "Ein Heide!" dachte Arne. "Auf diesem Gebiet ist er verhungert. Aber wenn er schon nicht glauben gelernt hat, die Kraft der Worte und die Schönheit der Töne, die wird er spüren. Einer, der so Bach spielt wie er!

Das Weihnachtsfest des Heims fand immer am vierten Advenssonntag statt. Die Heimleitung grüßte die eingeladenen Eltern und Spender herzlich.

Am herzlichsten jedoch "Unsere verehrte Gönnerin! Die plötzlich heiser gewordene Frau Kammersängerin kann uns das Fest nicht verschönen durch ihren Gesang. Ihr Sohn Erik, einer unserer Schüler, singt heute an ihrer Stelle die erste Strophe von Georg Friedrich Händels wunderbarem Choral. Natürlich kann er mit seiner unvergleichlichen Mutter nicht konkurrieren. Der 14-Jährige hatte noch nie Gesangsunterricht! Er will ja auch nur ein bescheidener Lückenbüßer sein."

Durch die Schar der Zuhörer ging ein Raunen. Arne legte die Hände auf die Tasten. Blickte auf zu Erik, schaute ihm so lang und so eindringlich in die Augen, als wolle er ihn beschwören. Arne begann mit einem Vorspiel. Dann ertönte, noch zurückhaltend, ein Knabensopran:

Tochter, Zion –

aber schon mit *freue dich* schwang sich die Stimme jubelnd und mit seiner solchen Kraft hinauf auf den hohen, den höchsten Ton:

Jauchze laut, Jerusalem!

Überwältigend strahlte sie von da an weiter. Dieser schmächtige Bursche ließ Töne hören, die niemand ihm zugetraut hätte.

Sieh, dein König kommt zu dir,
Ja, er kommt, der Friedefürst.

Und dann der Refrain, der einzigartige Jubel, seine Wiederholung zum Schluss:

Tochter Zion, freue dich,
Jauchze laut, Jerusalem!

Einen Augenblick herrschte andächtige Stille. Dann überschlugen sich die Gäste mit Beifall. So wurde, dank des Verzichts der Frau Kammersängerin auf ihren Beitrag, die Weihnachtsfeier des Heims ein wahrhaft sensationeller Erfolg.

In den folgenden Tagen leerte sich rasch das Haus. Wer von den Kindern und Jugendlichen nahe Angehörige hatte, verbrachte bei ihnen die Weihnachtsferien. Nur ganz wenige, die Vollwaisen, blieben stationär zurück. Auch Erik bat, im Haus bleiben zu dürfen. Aber die Heimleitung erlaubte es nicht; sie fürchtete, es könne Donna Elvira missfallen. Erik klagte Arne sein Leid und Arne, ziemlich respektlos, dachte im Stillen:

"Diese Person muss ja echt eine Schreckschraube sein!"

Über die Ferien wollte er es sich in seinem Kammerl mit Lesen gemütlich machen. Nach den beiden Weihnachtstagen ließ jedoch ein Brief, der seinen Absender äußerlich nicht zu erkennen gab, keine Gelassenheit mehr zu. Er kam von Donna Elvira. Zufällig höre sie, wie gut er das Klavier beherrsche. Ob er nicht Lust habe, sie zu besuchen, um sie am Klavier zu begleiten?

Welch eine Ehre! Dagegen von ihrem Sohn Erik, seinem Erfolg, kein Wort. War ihr der nicht zu Ohren gekommen? Könnte nicht er sie begleiten? Sie lud ihn also ein, sie an Silvester zu besuchen, schon vormittags, um in Ruhe das eine oder andere Lied ihres Repertoires mit ihr zu probieren.

Arne war sprachlos. Schriftlich dankte er ihr aufs Ergebenste. Das gehöre sich so. das sei er ihr schuldig, meinte der Unerfahrene. Dabei hatte er doch dem Klavier für immer entsagt. Abgesehen von Sport und Spiel mit den Kindern und den paar Liedern an Heiligabend. Würde er sich von ihrer Bitte nun wieder zurück ans Klavier zwingen lassen?

Es gab kein Ausweichen. Sie schickte ihm pünktlich zum Abholen ein Taxi. Am späten Silvester-Vormittag stand er zum ersten Mal dieser Frau gegenüber, die ihre kaum verblühte Schönheit noch immer diskret, doch äußerst wirkungsvoll darzustellen vermochte – noch weit über fünfzig, ja, beinahe sechzig Jahre alt. Nie zuvor war Arne, ein junger Mann von gerade zwanzig Jahren, der bis jetzt noch kein Mädchen umarmt hatte, einer solchen Frau so nah gekommen.

Sie fuhr ihn in seinem Rollstuhl zum Flügel und bat ihn, ihr doch erst einmal etwas vorzuspielen. Darauf war er mit einem Bach-Stück vorbereitet. Sie schien beeindruckt.

"Aber jetzt gibt's erst eine Tasse Tee und ein Stück Kuchen und wir plaudern ein wenig!"

Das Plaudern zog sich bis zum Nachmittag hin. Eriks Auftritt, sein sensationeller Triumph kam nicht zur Sprache und Arne wagte auch nicht, Donna Elvira von sich aus damit zu konfrontieren – zum Beispiel, indem er ganz einfach einen Glückwunsch ausgesprochen hätte. Plötzlich erinnerte sich Donna Elvira dann erschrocken, sie sei ja gleich mit ihrem Arrangeur verabredet, (wer auch immer das sein mochte). Ihr nicht zum Einsatz gelangter Klavierbegleiter verabschiedete sich daraufhin. Donna Elvira lud ihn für den gleichen Tag der kommenden Woche ein zweites Mal ein.

"Aber dann üben wir fleißig, nicht wahr?"

Ehe sie Arne den geheimnisvollen Brief ohne Absender aushändigte, hatte Kathi mit Überraschung den Duft eines teuren Parfüms wahrgenommen. Erzieherinnen leben nicht auf großem Fuß. Kathi jedoch hatte es einmal geschenkt bekommen. Sie fand es dann viel zu schwer, unjung, absolut uncool.

Wollte sich jetzt mit dieser kostbaren Essenz eine nicht mehr ganz junge Anonyma aus der Reihe alleinerziehender, berufstätiger Mütter ins Herz des Empfängers mogeln? Deren Sohn oder Tochter tagsüber im Behindertenheim untergebracht war? Den Klavierspieler Arne hatten sie allesamt angehimmelt und mit Rührung bemerkt, wie Arne, der neue Hilfslehrer, dem jungen Solisten Erik mit einem tiefen Blick noch einmal Mut zusprach. Keine einzige Mutter hatte übrigens ein paar persönliche Dankesworte für die liebevolle Betreuung gefunden, welche die Erzieherinnen ihren Schützlingen jeden Tag zuteil werden ließen. Ein freundlich-pauschaler Gruß und ein kleines Geschenk mussten genügen.

Kathi wusste ja, die meisten Menschen waren vom Schicksal zum Dienen bestimmt. Es gab natürlich auch Menschen, die ihresgleichen noch zusätzlich etwas voraushatten: seine Stimme der Erik, sein Klavierspiel der Arne. Ihm zum Beispiel war gelungen, was man nicht erlernen, was man wohl nur geschenkt bekommen konnte. Er hatte sein Versprechen wahrgemacht, Erik aus seiner Hölle herauszuholen. Hatte einen Teufel zwar nicht in einen Engel, aber doch in eine höchst erträgliche Person verwandelt. Wie hatte er das nur geschafft? Eine Gnadengabe, die der gelernten Pädagogin Kathi versagt war.

Schnell gingen die Weihnachtsferien vorbei. Kathi wohnte nicht im Heim. Sie hatte allerdings auf Arnes Anruf gewartet, um gemeinsam mit ihm etwas zu unternehmen? Schließlich waren sie ja Cousin und Cousine, und er hatte ihr nicht wenig zu verdanken! Außerdem hatte er sich mit der Zeit als ein sehr netter Bursche erwiesen, sie hätte gerne mit ihm die öden, einsamen Ferientage verbracht. Arne aber hockte in seinem Kammerl und überlegte verzweifelt, wie er den Fesseln Donna Elviras entkommen könne.

Diese Frau sollte er auf dem Klavier begleiten – auf einem Instrument, das er nur noch spielen wollte, wenn er unbedingt musste? Es ließ ihn einfach nicht los! Sollte es zu seinem Albtraum werden? Nie hätte er gedacht, Donna Elvira könnte auch nur einen Blick auf ihn werfen. Wie musste das auf Kathi, wie auf die Heimleitung wirken? Er schwor sich, ihr keinen zweiten Besuch abzustatten. Aber als der besagte Tag herankam, rief sie ihn vorher an und erinnerte ihn an ihre Einladung. Diesmal – die Ferien waren schon vorüber – bat sie, erst spätnachmittags zu kommen, nachdem die auswärtigen Behinderten schon das Heim verlassen hatten und ihm der Feierabend zustand.

Es gab weder Kaffee noch Kuchen, Donna Elvira schob Arne gleich zum Flügel. Das erste Lied war aufgeschlagen und sie begann sofort, ihm zu erklären, wie sie es gestaltet haben wollte. Sie intonierte ein kleines Vorspiel und schon der Anschlag der Tasten zeigte Arne den Klang, den Donna Elvira sich für ihre Begleitung wünschte. Was verstand denn er von Liedbegleitung? Er hatte nicht die mindeste Ahnung von dieser besonderen Kunst. Mit großer Geduld verpasste ihm seine Lehrmeisterin nun die erste Lektion. Es gab kein einziges persönliches Wort, kein Lächeln, schon gar keinen Scherz, und nach einer guten Stunde endete der Unterricht mit einem freundlichen "Das haben Sie gut gemacht, Arne! Bis zum nächsten Mal!" Arne hatte auf dem Nachhauseweg das Gefühl, etwas wirklich Substanzielles bei ihr gelernt zu haben – aber auch, dass er wie eine Fliege im Spinnennetz der Donna Elvira klebte. Ein weniger banaler Vergleich fiel ihm momentan nicht ein.

So ging es weiter. Länger als ein Vierteljahr, einmal die Woche – und beinahe wochenlang ein und dasselbe Lied. Jede winzige Schwingung wurde ihm explizit dargelegt. Sie war eine unerbittlich perfekte Lehrmeisterin, und sie verstand von Klavierspiel weit mehr, als Arne gedacht hätte, vor allem weit mehr als er selbst. Auf keinem Konservatorium hätte er eine bessere

Einführung in die Kunst der Liedbegleitung erfahren können.

An vielen freien Abenden traf er sich mit Erik am Klavier, ließ sich vorspielen von ihm. Regelmäßig brachte Erik den Willy mit, der, nicht im mindesten störend, sehr andächtig dabeisaß. Vieles, was Arne bei Donna Elvira lernte, konnte er unauffällig, nebenher, an ihren Sohn weitergeben. Wenigstens das war für Arne eine Genugtuung: ihr Sohn profitierte, ohne dass er oder sie es wusste, vom musikalischen Wissen und der pianistischen Kultur seiner Mutter, auch wenn sie bloß eine ungeliebte Adoptiv-, eine Scheinmutter war.

Das Osterfest nahte. Donna Elvira schlug vor, falls sie zur Vorfeier für Ostern eingeladen würde, alle drei Strophen des Händel-Chorals zu singen – nachdem ihr eigener Sohn, wie sie gehört habe, an Weihnachten nur die erste so glorios zelebriert hatte.

Arne hatte indessen nichts weiter für Ostern vorbereitet. Natürlich, man könnte ein Ostereiersuchen veranstalten, aber da so viele Insassen eher schwerer behindert waren, hatte die Heimleitung Bedenken. Es wäre vielleicht doch allzu riskant. Man einigte sich aufs Übliche. Für jeden Heimbewohner ein Körbchen mit gefärbten Eiern und Süßigkeiten auf dem festlich geschmückten Tisch.

Wie jedes Jahr wurde Ostern im Heim am Palmsonntag vorgefeiert. Die Gäste wurden begrüßt, "insbesondere die Frau Kammersängerin, die heute zu unsrer Freude nachholen wird, was sie uns bei der Weihnachtsfeier vorenthalten musste."

Arne saß schon bereit am Klavier.

"Darf ich bitten!"ˣ

Und dann sang Donna Elvira die weihnachtlich bejubelte Darbietung ihres Sohnes in Grund und Boden. Die Begeisterung der Zuhörer war frenetisch. Lächelnd verneigte die Sängerin sich, reichte Arne zum Dank ihre Hand. Und er? Zur eigenen Überraschung beglückwünschte er sie spontan mit einem angedeuteten Handkuss, was den Beifall noch anfeuerte. Erik musste alles aushalten, ohne dass seine Mutter ihm auch nur einen einzigen Blick schenkte. Er wäre noch ein drittes Mal entwichen, aber er hatte keine Chance. Kathi, die alles sehr genau registrierte, dachte fast mit Abscheu: "Sie duldet keine anderen Götter neben sich. Nicht einmal den eigenen Sohn.

Eine Schlange! Gott strafe sie!"
Letzteres bereute sie kurz darauf.

Am Ostersonntag, eine Woche danach, blaute der Himmel über der Stadt, als verspräche dies Blau der so gottlos gewordenen Welt ein Wunder. Doch Arne stand eher eine unangenehme Überraschung bevor. Telefonisch teilte Donna Elvira ihm mit, sie plane in nächster Zeit ein Konzert.

"Einen Liederabend. Vielleicht meinen letzten. Und wer wird mich begleiten? *Sie!*"

Da musste natürlich jetzt seine "Beziehung", oder wie immer man sein Verhältnis zu ihr bezeichnen wollte, der Heimleitung zu Ohren kommen. Arne graute vor einem eventuellen Skandal. War er doch eigentlich hier nur geduldet, ein Gast in diesem Heim!

Aber sie nahm die Sache selbst in die Hand. Sie rief an und bat so liebenswürdig und bescheiden darum, den Hilfspfleger Arne als Begleiter für ein kleines Konzert ausleihen zu dürfen, weil ihr eigentlicher, offizieller Begleiter verhindert sei. Niemand im Heim fand etwas Anstößiges an Arnes Nebenbeschäftigung und die Heimleitung erteilte selbstverständlich ihr Einverständnis.

Jeden Abend saß Arne jetzt, nach Dienstschluss, wie immer von einem fest engagierten Taxi transportiert, an Donna Elviras Flügel, um mit ihr seine Begleitung zu den von ihr ausgewählten Liedern einzustudieren. Es fiel kein überflüssiges Wort. War überaus anstrengend. Donna Elvira zog die Zügel noch an, ihre Ansprüche stiegen. Sie hatten noch ein paar Wochen Zeit bis zum Termin. Erbarmungslos nutzte Donna Elvira sie aus.

Erik hatte, ohne dass seine Mitmenschen davon Kenntnis erhielten, endlich mit seinem heimischen Klavier Freundschaft geschlossen. Ein neuer Klavierlehrer war aufgetaucht, ein sehr alter Herr, früher ein berühmter Pianist, der schon lange nicht mehr auftrat. Von seinen Altersbeschwerden zutiefst frustriert, vom Tod vergessen geglaubt, fühlte er sich als gespenstisch-uralten Greis. Unbedingt wollte er deshalb etwas mit jungen Menschen unternehmen – und das am besten an einem Klavier. Durch Zufall hörte er von Eriks weihnachtlichem Singen und beschloss, ausgerechnet ihm das Klavierspielen beizubringen. Der alte Professor stellte sich den Ersatzeltern vor und bat, ihm Erik zu überlassen. Erik selbst war vor Überraschung nicht zu protestieren imstande. Schon nach der ersten Unterrichtsstunde, die ihm dieser steinalte Mann, noch immer ein Meister, erteilte, gab es für Erik keinen Zweifel, bei diesem Lehrer würde er bleiben.

Sein Lehrer war aber nicht nur ein Virtuose, er war auch ein begnadeter Pädagoge und obendrein ein Prophet. Nach wenigen Unterrichtsstunden sagte er: "Erik, du wirst einmal ein Großer, ein ganz Großer sein!" Erik dankte ihm seine Ermutigung mit Fleiß. Er übte, übte, übte. Im Heim ließ man ihn gewähren. Vormittags ging er sowieso ins Gymnasium, war außer Haus. Das Schicksal hatte ihn ja privilegiert, unter lauter Behinderten war er als einziger heil.

Kathi bemerkte mit Freude, Eriks Verhalten verändere sich. Er öffne sich. Sein Klavierlehrer musste ein wahrer Zauberer sein.

Einmal nahm Kathi ihren ganzen Mut zusammen: :

"Würdest du auch mir einmal vorspielen, Erik, nicht nur dem Willy?"

Erik wusste, Willy wurde Kathis ganz besondere Fürsorge, ja, Neigung zuteil. Sie wachte über Willy, beschützte ihn vor den Aggressionen seiner Gruppe, sah fast einen Engel in ihm. Willy zulieb erfüllte er Kathis Wunsch.

Beim Zuhören erschrak Kathi. Wie konnte ein so junger, unerfahrener Bursche aus dem angeblich so verspielten, anmutigen Mozart so viel Tiefe heraushören? Ein einziges Mal wurde die so ganz und gar unromantische Kathi von jenem Klavierzauber berührt, dem der Down-Syndrom-Willy vom allerersten Augenblick an verfallen war. Aber eigentlich nicht was sie hörte, nein, was sie sah, seine Haltung – die gab ihr zu verstehen: dieser junge Mann war total auf das Klavierspiel konzentriert. In diesem Augenblick gab es für ihn nur die Musik.

Als Erik mit seinem Stück fertig war, stand er auf und wollte einfach gehen. Kathi hielt ihn auf.

"Es ist wunderbar, was du aus dem Klavier herausholst.. Ich wollte, ich könnte das auch."

Es war peinlich für Erik. Vor lauter Verlegenheit sagte er: "Es ist nichts Besonderes. Man muss nur üben. Das können Sie auch!"

"Nein, niemals. Das hat dir der liebe Gott geschenkt, Erik – oder die Natur."

"Fragen Sie rum, jeder Pianist wird Ihnen sagen: Es ist Arbeit. Manchmal Schwerarbeit. Probieren Sie's halt auch mal!"

"Aber dazu braucht man doch auch einen Lehrer?"

"Ja, das stimmt. Ich habe sogar einen wunderbaren."

"Würdest *du* mir das Klavierspielen beibringen, Erik – wenigstens ein bisschen?"

Erik war sprachlos, wusste nicht, wie antworten, wie "Nein!" sagen. Dann fiel ihm ein:

"Ein bisschen gibt es nicht, leider. Bitte nehmen Sie es mir nicht übel." Und geistesgegenwärtig setzte er hinzu::

"Es gibt ja auch nicht ein bisschen Erziehung, oder ein bisschen heiraten, oder ein bisschen Geburtstag. Man muss alles richtig machen, total. Wie bei Ihnen, in Ihrem Beruf. Da haben Sie bestimmt nicht mittendrin aufgehört, sondern all die Jahre so lange gelernt, bis Sie alles gewusst haben, was zu Ihrem Beruf gehört. Sonst wären Sie jetzt nicht hier und hätten auch keine Autorität."

"Habe ich denn Autorität, Erik?

"Und wie! Mehr als alle, die hier im Haus sind. Aber ich muss jetzt wirklich gehen. Entschuldigen Sie mich!"

Er floh.

Das also war Erik, der Teufel. Hatte sie ihm die ganzen Jahre Unrecht getan?

Sie begriff, dieser Erik war seiner Jugend weit voraus mit seiner Intelligenz, seinen Interessen, seiner Leidenschaft, seiner Hingabe an die Musik. Er verfolgte seinen Weg, geleitet von seinem Mentor, diesem Ausnahmelehrer eines Ausnahmeschülers. An Weihnachten, wo er gesungen hatte, so strahlend und rein, da hatte sich sein Genie zum ersten Male gezeigt. Sie dagegen, die schon so lange im Rätselgarten der Psychologie umherirrte, um sich vor sich selbst zu identifizieren – wer war sie? Eine Person ohne Talente und besondere Gaben, wie viele, wie die meisten! Wollte sie sich nicht endlich abfinden damit? Kathi, eine Irgendwer aus irgendwoher – wie es die Mutter ihr einst eingeprägt hatte? Ohnehin ließ sich diese Mutter nicht wegdrängen, sie drohte mit ihrem Fluch noch immer in manch schlafloser Nacht.

Im Weggehen überlegte Kathi noch: hätte sie Erik auf Donna Elviras Konzert ansprechen sollen? Mit Arne als ihrem Begleiter! Ach, besser, sie hielt sich heraus. Nur ja keinen Unfrieden stiften!

Im Heim, unter den Angestellten, wurde schon zur Genüge gemunkelt. Auch Arne bekam das zu spüren, von Tag zu Tag mehr. In eine höchst fatale Situation hatte Donna Elvira ihn, den weitaus Jüngsten, bei seinen Kollegen gebracht. Ihr Klavierbegleiter? Ha! Als ob ihr nicht die berühmtesten Vertreter dieser Kunst zur Verfügung stünden! Und da suchte sie sich diesen Laien aus, einen gerade Zwanzigjährigen, sie, die ewig fünfzig Jahre alt blieb ... Das roch nach Skandal!

Aber der Heimleitung hatte sie überaus plausibel erklärt: das sei das letzte Konzert in ihrem Leben! Ein Abschiedskonzert. Sie habe es lange, vielleicht zu lange hinausgeschoben – es sei schon fast zu spät dafür. Ihr früherer Begleiter habe ihr keinen Termin mehr anbieten können, er habe nicht mehr erwartet, dass sie noch einmal auftreten würde. Sie sei sehr dankbar, dass Arne sich zur Verfügung stelle und das viele Üben auf sich nehme. Für ihn eine Schinderei! Nun werde geprobt, geprobt, geprobt.

Donna Elvira bot aus ihrem großen Repertoire natürlich nur solche Lieder von Schubert und Hugo Wolf, die ihrer Stimme besonders lagen. Glanzstücke, mit denen sie noch immer prunken konnte. Um jegliches Risiko auszuschließen, hatte sie einige klavieristische Schwierigkeiten Arne zuliebe ausgemerzt. Für eine Zugabe kam das von ihr so geliebte Schubert-Lied "Sah ein Knab' ein Röslein stehn" in Frage.

Donna Elvira begeisterte das Publikum dann wirklich, sie wurde stürmisch gefeiert, es war ein glanzvoller Abend.

„Und jetzt, Arne, haben wir alle Sorgen hinter und alle Freuden vor uns! Der Champagner wartet!"

Sie hatten schon die Nacht von gestern auf heute in einem Münchner Hotel verbracht, um sich von allen häuslichen Banalitäten ab- und ganz und gar der Kunst zuzuwenden. Zum Abschluss ließ Donna Elvira jetzt in ihrem Appartement ein pompöses Nachtmahl servieren.

Vielleicht schüttete Arne in den folgenden Stunden, noch immer tief frustriert, viel zu viel ungewohnten Alkohol in sich hinein. Später konnte er den weiteren Verlauf dieser Nacht nicht mehr rekonstruieren. Er erwachte am anderen Morgen in ihrem Bett, neben sich, ebenso unbekleidet wie er, Donna Elvira. In völlig eindeutiger Situation.

Donna Elvira schlief noch. So lag er also jetzt neben ihr, körperlich wie seelisch hilfsbedürftig. Was kündigte sich da für ihn an? Jahre der Abhängigkeit, ja, der Gefangenschaft? Wie hätte er sie lieben können, diese zwar immer noch jugendliche Frau, genauer: die sich immer noch *jugendlich fühlte,* sich immer noch *jugendlich gab?* Die nicht nur für ihre drei kurzen Ehen und drei hoch profitable Scheidungen, sondern auch für ihre viele Jahre währende Präsenz auf jeder großen Bühne und in allen berühmten Konzertsälen der Welt als gefeierter Star reichen Lohn davongetragen hatte. Die sich alles leisten konnte, was immer sie begehrte. Auch ihn, Arne – einen Krüppel, der nicht imstande war, ihr davonzulaufen, vielleicht nicht einmal, sie zu befriedigen? Oder hatte er diese Leistung in der vergangenen Nacht bereits erbracht?

Um was ging es ihr denn, was begehrte sie wirklich von ihm? Dieses Konzert war doch nur ein Vorwand gewesen. Um ihn, Arne, einzufangen ... Aber warum gerade ihn? Er war doch ein Nichts neben ihr, ein Garnichts. Vielmehr, wie er einst an Kathi geschrieben hatte, ein Monster!

Ohne ihre Hilfe würde er jetzt so rasch wie möglich aufstehen, sich in seinen Rollstuhl setzen, in die Dusche fahren, sich ankleiden.

Jetzt klebte er jedenfalls nicht mehr in ihrem Spinnennetz, die Spinne hatte ihn bereits verschluckt.

"Du fühlst dich von mir überrumpelt, Arne?"

Mit geschlossenen Augen sprach sie ihn an. Plötzlich, unerwartet, sie schien ja noch zu schlafen. Er erschrak so sehr, dass er keine Antwort fand. Was kam jetzt noch weiter auf ihn zu?

"Wenn wir gefrühstückt haben und du dich ein bisschen gefasst hast, kannst du mich alles fragen. Auch wenn du denkst, ich habe hinterrücks ein Netz ausgelegt, um dich als mein Spielzeug einzufangen. Ich werde dir ehrlich antworten. Wollen wir es so halten, Arne? Und jetzt helfe ich dir in dein Alltagsgewand?"

Das kam so sachlich, als wäre ihr Beisammensein hier im Bett völlig normal – und nicht etwa der Ausklang einer Liebesnacht, an die sich Arne beim besten Willen nicht zu erinnern vermochte. Wie ihm Donna Elvira später erklärte, hatte sie in der Nacht, als „alles" vorbei war, ihm und sich selbst ein Schlafmittel eingetränkt, damit sie beide, einerseits immer noch hoch erregt, andrerseits völlig erschöpft, zur Ruhe kamen.

"Darf ich dir einen Kuss geben?" fragte sie weiter. Es war nicht ironisch und schon gar nicht zynisch gemeint. Sie fragte so einfach wie ein Kind, das zum Fragen erzogen wurde und das keinen Schritt unternimmt, ohne höflich um Erlaubnis zu bitten.

Nach dem Frühstück, wie versprochen, redete sie weiter, immer in diesem überaus höflichen Ton.

"Jetzt möchte ich dir erklären, warum wir hier beisammen sind. Habe Geduld, es dauert ein bisschen.

Beruflich habe ich in meinem Leben alles richtig gemacht und als Sängerin gewiss unzählbar viele Menschen erfreut. Privat dagegen, menschlich, als Ehefrau und als Mutter, ist mir alles misslungen. Ich will dich jedoch nicht als Beichtvater missbrauchen. Du sollst nur wissen, was mit uns beiden passiert ist.

Wir haben heute Nacht miteinander geschlafen, obgleich du ein behinderter Mann bist."

Tief gekränkt zuckte Arne zusammen. Warum sagte sie nicht gleich: Obwohl du ein Monster bist?

"Nun meint man bei euch im Heim und überall sonst, wo man mich kennt, ich sei ein wenig verrückt. Das bin ich wohl auch. Ich habe dich, gerade dich erwählt, nicht nur, weil ich mich in dich verliebt habe – sondern auch, um mir selbst zu beweisen, dass ich kein sexbesessenes altes Weib bin. Ich dachte ja, aufgrund deiner Behinderung seist du vielleicht gar kein wirklicher Mann. Und gerade deshalb besonders liebenswert! Weil du ja auf etwas verzichten musstest, auf was man heutzutage den allergrößten, ja, fast den einzigen Wert legt – auf Sex.

Gerade darauf wollte auch ich verzichten, dir zuliebe keine echte Frau mehr sein.

Und nun hast du, Arne, mir heute Nacht bewiesen: ich bin immer noch eine Frau. Und du bist ganz und gar ein Mann. Wie stehe ich also jetzt da, vor dir, vor mir, vor der Welt?"

Arne war erst einmal sprachlos.

"Sie hat mich missbraucht! Erst auf dem Klavier – und jetzt auch noch im Bett! Ich könnte sie umbringen, erwürgen!"

Es war wohl nicht schwierig, seine Gedanken zu lesen.

"Nein, Arne, lass mich leben! Wir haben uns heute Nacht mit allen Sinnen geliebt. Was ist daran schlimm? Wir waren beide so unschuldig wie Kinder. Und dabei soll es bleiben. Du wirst mich niemals mehr so sehen, niemals mehr so berühren, mir so nah sein wie heute Nacht. Das muss dir genügen. Du könntest dich doch darauf hinausreden, ein verrücktes, in dich verliebtes altes Weib habe dich betrunken gemacht und verführt? Damit kämest du doch auch vor dir selber zurecht, nicht wahr?"

"Nein!" schrie Arne wütend. "Ich will mich vor niemand herausreden, am wenigsten vor dir oder mir! Und du - du liebst mich auch gar nicht. Hast mich in Wirklichkeit nur prostituiert. Und ich, ich habe dir nur einen Sexdienst geleistet. Bezahlst du mich jetzt auch dafür – und wie hoch?"

"Ich war heute Nacht selig in deinen Armen. Es hat einfach so kommen müssen – irgendwann, aber wohl nur für mich. Wie kann ich dich entschädigen für diese Nacht, die mich so unendlich beglückte und dich jetzt so wütend macht, Arne?"

"Lass mich frei! Ich will auch nicht mehr klavierspielen. Ich bin und ich bleibe ein schlechter Pianist. Ich habe deinen Sohn Erik Bach spielen gehört und daraufhin dem Klavier für immer entsagt. Du hast mich dann, gegen meinen Willen, wieder ans Klavier gezwungen. Ja, so kann man es sehen: du hast mich gezwungen – sowohl zum Sex wie ans Klavier!"

Jetzt lächelte sie auf einmal:

"Wie schön, dass wir uns jetzt du sagen! Schließlich haben wir heute Nacht miteinander geschlafen. Ich heiße übrigens Elvira."

Arne, aufs neue vollkommen überfordert, verstört, wütend und zugleich eingeschüchtert, fragte sich: bin ich wirklich wach – ist das ihr Ernst? Ja, sie schien das Spiel, das kein Spiel war, immer noch weiter treiben zu wollen. Ach, wäre das alles doch bloß geträumt! Aber es war Wirklichkeit und es sollte sein Leben verändern. Er hatte ja nie eine Mutter gehabt. Was jetzt von Elvira ausging, war nicht das Feuer einer Geliebten, es war sanfte, mütterliche Wärme. Wie viele Gesichter, Masken besaß Donna Elvira? wie viele konnte sie tragen? welche Rollen hatte sie noch parat? was war in Zukunft von ihr zu erwarten?

"Jetzt sag' mir als erstes: du willst studieren? Welches Fach?"

Darauf hatte Arne sofort eine Antwort. Die vergangenen Monate in seinem neuen Heim hatte er ausschließlich mit Behinderten, mit seinesgleichen, verbracht. Nicht nur mit Kindern und Halbwüchsigen getobt, gesungen und gelernt, sondern auch manches ernste Gespräch mit jenen geführt, die gerade erwachsen wurden – und er hatte sich endgültig für den Erzieher-Beruf entschieden. Für einen Beruf, den er indirekt nun schon eine Weile ausprobierte. Er hatte sich auch bereits erkundigt: eine langjährige und anspruchsvolle Ausbildung stand ihm bevor. Wie würde Donna Elvira darauf reagieren? Schicksalsgöttin spielen? Auch das noch?

"Dann bleibe wohnen und leben im Heim und sie sollen es dir als Praktikum anrechnen. Und wir beide, haben wir noch einen festen Wochentag, an dem wir zusammen musizieren? so lange ich noch eine Stimme habe? Überlege es dir, du musst nicht! Sag' mir Bescheid. Zum Abschied bitte ich dich nur um eines: gib acht auf Erik! Arne, du bist der erste, dem ich mich anvertraue, ich habe es noch nie jemand gesagt: Erik ist mein Sohn, mein richtiger, echter, er weiß es nur nicht." Ihr kamen die Tränen.

Kein Adoptivsohn? Es traf ihn wie ein Blitz. Hatte er nicht schon oft gedacht: dieser Junge ist so begabt, als wäre er nicht adoptiert, sondern wirklich ihr Sohn und hätte ihre Gene geerbt? Zum ersten Mal empfand Arne Mitleid für diese Frau. In diesem Augenblick brachte er es nicht übers Herz, sich für immer von ihr zu trennen. Also blieb vorerst alles beim alten...

"Es muss auch Menschen geben wie mich", sagte Kathi. Sie hatte es, seit sie nun schon eine ganze Weile berufstätig war, zuweilen schwer, sich ihre Sanftheit zu bewahren und nicht auch einmal um sich zu schlagen. Manchmal nannte sie sich dann "eine total unleidige Person!" Es fehlte ihr eben Arnes und Eriks Souveränität - - und erst recht Donna Elviras Charme. Nein, die Menschen waren nicht alle gleich!

"Man ist halt Durchschnitt – und damit ein bisschen weniger wert. Man wird nicht nur so behandelt, man gibt sich auch selber so. Duckt sich intuitiv. Und wäre dabei so gern was Besonderes, nicht immer nur unschuldig-brav."

Sie dachte eine Weile über das Urteil nach, welches sie soeben über sich gefällt hatte. Stimmte es denn?

Sie erinnerte sich plötzlich der geheimnisvollen Pariser Gioconda. Lächelte sie? Lächelte sie nicht? Aber war nicht gerade dies Hin und Her zwischen Sichtbar- und Unsichtbarkeit dieses Lächelns das Allerkostbarste, was sie besaß – kostbarer als alles, was sie sonst von sich herzeigte? Mit wie vielen Menschen mochte es sich ähnlich verhalten? Ihr Kostbarstes war so verrätselt, dass man es nicht einmal vermutete. Man bemerkte es nur, wenn man sehr tief, sehr nachhaltig in ihr Wesen eindrang – falls sie das überhaupt zuließen! Ob wohl jeder Mensch irgend so eine verborgene Gabe besaß?

Auch sie – Kathi?

"Die Menschen unterscheiden sich. Manche nehmen alles so hin, wie's grade kommt. Andere protestieren, tun aber nichts dagegen. Wieder andere versuchen, Ungutes zu ändern. Mutig, tapfer, unbemerkt, in der Stille? Sie, Kathi, wäre gern eine solche Person. Ein Löffelchen Honig aus dem Honigtopf neben ihr erfüllte sie mit seiner wunderbaren Süße und zugleich mit der Zuversicht, sie sei auf dem richtigen Denkweg.

Seit Wochen, wenn nicht seit Monaten fühlte sie sich skandalisiert durch Donna Elviras Beziehung, ihr Verhältnis, ihre Affäre mit Arne, vielmehr den Missbrauch, den sie damit trieb. Eine Alte, die sich diesen wehrlosen jungen Mann, fast noch einen Jüngling, als Sexsklaven hielt. Wenn sich also in ihr, Kathi, auch nur ein Hauch von Verantwortung regte, dann musste sie Widerstand leisten, erbitterten Widerstand. Musste Donna Elvira das Handwerk legen, Krieg führen gegen diese sogenannte Wohltäterin, die sich schon viel zu lange ihre Wohltaten mit Unterwürfigkeit und Kriecherei vom Heim abgelten ließ!

Genau das wäre jetzt Kathis Rolle! Sozusagen aus Humanität, aus Fürsorglichkeit hinsichtlich Arne? Na ja, viel älter als Arne war sie nun auch wieder nicht. Trotzdem: er war ihr Schützling. Oder mehr? Ihn einfach umsorgen – mit Abstand natürlich, unsichtbar – genügte ihr das? Sie waren sich anfangs freundlich, verwandtschaftlich begegnet. Bei der gemeinsamen Arbeit dann näher und näher gekommen. *Wie nah, Kathi?* fragte sie sich selbst. Pass auf, dass dir nicht jemand dazwischen kommt . . ."

Wie zum Beispiel diese schamlose Donna Elvira!

Die wie ein Engel singen konnte, aber kein Herz hatte. Oder ein falsches!

"Ich werde ihr einen Brief schreiben!"

Weiter als bis zu diesem Entschluss kam sie jedoch vorläufig nicht. Sie musste ja erst ihre Gedanken sammeln, den Wortschatz sortieren. Was bedeutete ihr Arne denn? Viel – oder ein bisschen zu viel schon, möglicherweise? Was ging die ganze Sache sie überhaupt an? Er war ihr Cousin. Schluss.

Schade.

Vorerst zögen sich ihre Briefe wohl noch eine Weile hin ...

Auch mit Willy lief nicht mehr alles glatt. Wie seine Altersgenossen war auch er nach und nach in die Pubertät gelangt. Eines Tages versuchte er, sich Kathi auf den Schoß zu setzen. Anfangs wehrte sie sich gar nicht dagegen, war zu sehr überrascht von der Attacke. Aber dann fasste er auch noch an ihren Busen und fragte: "K'- k'- kann ich das mal sehen?" Bei jedem anderen Jungen hätte sie höchst professionell darauf reagiert. Aber bei ihm!

"Ach, Willy, warum gerade du?" Plötzlich wurde der gute Willy, wie es allen Jungen in seinem Alter zustand,"normal", war kein Engel mehr.

Und sie begriff, alles in der Welt änderte sich. Nicht nur die großen Dinge, auch ihre engste Umgebung, die Menschen, die ihr mehr oder weniger vertraut waren, genau genommen sogar sie selbst. Hätte sie sich noch vor kurzem ihren Ekel vorstellen können – Ekel vor dem unbarmherzig von seiner erwachenden Sexualität heimgesuchten Down-Syndrom-Willy?

Oder dass sie Donna Elvira Krieg androhte? Deren Bett Arne ja durchaus als angenehmes Ruhelager empfinden könnte? Und sich von ihr, Kathi, nur gestört fühlen würde? Eine Vorstellung, über welche Kathi zurecht natürlich entrüstet war? Weil *ein* Mensch auf dieser Welt ihr doch unbedingt treu *sein* und treu *bleiben* musste: ARNE!

Ja, schon – aber weshalb gerade er?

Erik machte Kathi längst keine Probleme mehr. Erik hatte einfach Fortune! Zwar war sein uralter Klavierlehrer vor kurzem gestorben. In den eineinhalb Jahren, in denen der fast Neunzigjährige ihn betreut und ihm ein Fundament fürs Leben geschenkt hatte, war er ihm Freund, Lehrer, Ziehvater, Alles gewesen. Er hatte aus Erik einen anderen Menschen gemacht. Vor seinem Tod hatte er noch einen neuen Lehrer für Erik besorgt, der sowohl des Professors pianistischem, wie seinem pädagogischen und menschlichen Anspruch genügte.

Uneinholbar war Erik von Anfang an Arne, seinem Erzieher, auf dem Klavier voraus. Als Arne ihn wieder einmal, noch während Eriks Lehrzeit beim Professor, im Turnsaal spielen hörte, traute er seinen Ohren nicht: das hatte mit seinem früheren Spielen nichts mehr gemein. Erik war technisch wie musikalisch noch einmal gewachsen. Sein Lehrer hatte aus ihm einen kommenden Meister gemacht. Das zu verwinden, brauchte Arne Wochen, Monate, Jahre.

Das Klavier!

Er hatte es doch längst aufgegeben! Trotzdem: das Klavier war sein größter, vielleicht niemals zu stillender Schmerz

Kathi hatte im Kopf schon zahlreiche Briefe an Donna Elvira geschrieben. Auf Papier missfielen ihr die Entwürfe dann allerdings. An jedem hatte sie etwas auszusetzen. Ärgerlich!

Der Zufall ließ ihr eines Tages das Wort "Kreuzzug" begegnen. Es gab ihr Auftrieb! Genügend Leute reden ja auch bei einem säkularen Problem von "Kreuzzug". Auch Kathi fand das Wort wie geschaffen für ihre Attacke gegen Donna Elvira. Eine Überhöhung, ja, Weihe verlieh es ihr.

Kreuzzug! Vor mehr als neun Jahrhunderten erdacht und bis zum heutigen Tag als ungeheures historisches Schauspiel legitimiert! Hinsichtlich ihrer Blutrünstigkeit und Habgier gelten die Kreuzzügler heute zwar größtenteils als ganz üble Gesellen, roh und raubgierig. Einige Zivilisiertere unter ihnen gewahrten wohl auch manches kulturell Nützliche auf ihrer interkontinentalen Tour. Ihrem vergleichsweise rückständigen Europa brachten sie es dann aus dem Orient als Präsent mit nachhaus.

War also der leicht anrüchig gewordene Begriff noch anwendbar auf Kathis Privatkrieg gegen Donna Elvira? Eigentlich nicht! Aber sie wollte die jahrhundertelang geheiligte Definition "Kreuzzug", die ihrem Vorhaben einen beinahe religiösen Anstrich verlieh, dann doch nicht so schnell aufgeben. Auf Leib und Leben der Donna Elvira hatte sie es ohnehin nicht abgesehen. Sie war ja nur verliebt in das Wort – und seine Anwendung daher ein eher semantischer Gag. Geblendet von diesem halb sanktionierten, halb verurteilten Wortgebilde "Kreuzzug" geschah ihr, was vielen Menschen widerfährt, die sich mit Bezeichnungen und Begriffen – anstelle von Taten und Untaten – letztendlich zufrieden geben. Sie kapitulierte. Dazu trug auch noch eine von ihrer Mutter geerbte Platte mit Opernarien bei.

"So singt kein Unmensch, so singt nur ein Engel", sagte sie entzückt, als sie die uralte Aufnahme endlich einmal anhörte. Allerdings hatte die Sängerin, Donna Elvira, sich längst aus einem jungen Engel in ein unjunges Ungeheuer verwandelt, das unschuldige junge Männer ins Unglück riss.

Immerzu tönte fortan diese silberne Stimme in ihrem Kopf. Bezaubert von Donna Elviras wundervollem Gesang und durch ihre eigene, seltsame Logik verführt, fand Kathi schließlich, inzwischen habe sie die Verhasste durch ihre monatelang stillschweigend praktizierte Verachtung genug gestraft.

"Schluss! Das ewige Umformulieren der Briefe hört auf!"

Ein Sieg der Vernunft.

Arne hielten zur gleichen Zeit eigene Probleme gefangen.

An den arg von ihm vernachlässigten Erik, mit dessen eventuellen Misslichkeiten er sich, neben seinen eigenen Sorgen, nicht auch noch abgeben konnte, dachte er nur mit schlechtem Gewissen. Hätte er sich das je vorstellen können: er, Arne – nur noch mit seinem Ego beschäftigt! Widerlich!

Oft hatte er sich Gedanken über sein Leben, über das Leben schlechthin gemacht! Sprunghaft. Mal so, mal so. Nun aber, nachdem er sich unendlich mühsam vom weit entfernten, heiß ersehnten Ziel eines Pianisten verabschiedet hatte, begann er, sich zu prüfen. Obgleich noch immer zutiefst enttäuscht, hielt er Ausschau, was ihm für Bach, Beethoven, Mozart als Ersatz dienen könnte. Was beglückte ihn, nachdem ihm das Klavierspiel versagt war? Welche Gaben brachte er überhaupt mit, für was interessierte er sich? Er liebte Bücher, liebte das Lesen, liebte Geschichten, liebte Gedanken. Er mochte Kinder, mochte vor allem die, die gleich ihm vom Schicksal so unfair behandelt worden waren.

Was vermisste er also an sich?

"Na gut, Arne", sagte er, "du hast deinen Platz auf dem Klavierstuhl einem Besseren überlassen. In Zukunft betreibe, was du wirklich kannst: behinderten jungen Menschen ins Leben zu helfen – so, wie du selbst Hilfe erfahren hast. Ist das etwa nichts?"

Endlich rechnete er auch mit seiner Einsamkeit ab.

"Als du noch Pianist werden wolltest, Arne, da passte das Alleinsein zu dir. All deine Zeit hast du der Kunst gewidmet. Deine Liebe war die Musik. Deine Welt war das Klavier.

Aber diese Welt hast du verlassen.

Du solltest dich jetzt verpaaren, wie sich's gehört. Adam, such' sie dir endlich, deine Eva! Musst du überhaupt suchen? Ist da nicht die Kathi? Die so gerne weiter von dir Klavierspielen gelernt hätte? Du hast sie abgewiesen. Seither zeigt sie dir die kalte Schulter, ist bitter von dir enttäuscht. Sie hat dir einmal in einer schwierigen Situation selbstlos geholfen. Zum Dank lehnst du ihre Bitte egoistisch ab.

Aber vielleicht lässt sie doch wieder mit sich reden? Nur mach' dir keine Illusionen. Ihre Liebe einzutauschen gegen deine abgestorbene Leidenschaft fürs Klavier – das ist eigentlich eine Zumutung für die Kathi. Vielleicht, wenn du Glück hast, wächst ihre Neigung zu dir wieder nach? Manchmal hat man es ihr schon wieder ein bisschen anmerken können … "

Darüber war Arne sich keineswegs sicher. Es tröstete ihn nicht.

Erik indessen – anders als von Arne befürchtet – wurde vom Schicksal mit sanfter Hand durch die für jeden jungen Menschen schwierigen Jahre seiner Pubertät geleitet. In seinem neuen Klavierlehrer, im Hauptfach neben Komposition auch Klavier, hatte er einen interessanten, hochsensiblen Lehrer gefunden, der ihm ganz neue musikalische Perspektiven erschloss. Rodrigo, ein Spanier, ließ ihn jedes Klavierstück nicht nur nach den beiden Notensystemen für die rechte und linke Hand lesen, sondern interpretierte es gewissermaßen orchestral. Er arbeitete mit ihm Stimmen, Linien, eine quasi symphonische Ordnung aus dem Stück heraus, komponierte es für ihn gleichsam neu, öffnete Erik die Ohren für ein ganz besonderes Hören.

Es dauerte nicht lange, da hatte Erik die Lust am musikalischen Erfinden für sich entdeckt und zugleich in Rodrigo einen Hinweisgeber, Anführer, aber auch Mahner gefunden.

"Ich will auf keinen Fall einen Abweichler aus dir machen, Erik. Ich will aber auch nicht sagen: Schuster, bleib' bei deinem Leisten! Es gibt kein 'Beschränke dich aufs Klavier!' Spiele also ein wenig mit Komponieren herum. Aber immer werde ich dir vorsagen: du bist ein geborener Interpret, kein Komponist. Eindeutig! Glaube mir, auf höchstem Niveau ist der eine so kreativ wie der andre. Damit gib dich zufrieden, Erik."

Willy, der Bedauernswerteste von allen, war jenen, die ihn angeblich besonders ins Herz geschlossen hatten, inzwischen fast ganz aus dem Blick geraten. Erik hatte für ihn keine freie Minute mehr. Die jungfräuliche Kathi spürte noch immer einen leisen Ekel vor Willy, der – in aller Unschuld? – ihre Brust hatte anfassen wollen.

Auf Arnes Seele lag Donna Elvira als schwere Last.

Erik erschien fast nur noch zum Mittagessen im Heim, und dann auch noch mit Verspätung. Vormittags ging er zur Schule, nachmittags machte er daheim seine Hausaufgaben und saß danach am Klavier, übte. Er schlief auch nicht mehr im Heim, sondern zuhause in seinem eigenen Bett. Wie jeder Jugendliche, der sich einer ernsthaften Passion hingibt, sei es Sport, Wissenschaft oder Kunst, hatte auch er als erstes gelernt, sich seine Zeit diszipliniert einzuteilen.

Alle verband ein sorgfältig gehütetes, feines Gespinst diskreten Wissens des einen über den andern.

Arne wusste jetzt, Erik war nicht adoptiert, sondern Donna Elviras wirklicher Sohn.

Kathis Wut-Brief? Er hatte sich erübrigt.

Und Erik? Auch er verschloss – schon viele Jahre – ein Geheimnis in seiner Brust. Er wusste schon lange, wer er in Wirklichkeit war. Daher sein durchaus begreiflicher Hass auf Donna Elvira.

Nur der Down-Syndrom-Willy besaß nichts dergleichen, er war furchtbar mit sich allein. Vereinsamt, vernachlässigt, verloren – so fühlte er sich. Auch das *Hänschen klein, geht allein* auf dem Klavier, dem niemand mehr zuhören mochte, half nichts. Bei wem hätte er sich beklagen können? Jeder in diesem Heim war körperlich gezeichnet, manche waren verunstaltet, alle waren behindert, am wenigsten noch Willy, abgesehen von seinem Syndrom. Und gerade damit eignete er sich ja so gut für fast alle im Heim, ihn zum Narren zu halten. Seine Altersgenossen machten sich nach wie vor ein besondres Vergnügen daraus.

Angehörige, Fürsprecher hatte er keine. Doch: immer noch Kathi! Aber gerade das machte den Willy, der niemand auch nur das Geringste zuleide tat, erst recht unbeliebt.

Je sommerlicher die Tage sich anfühlten, desto näher rückte das alljährliche Sommerfest des Heimes. Es fand stets im gleichen, für diesen Tag vorbestimmten Biergarten statt, weit draußen, am Rande Münchens, und es vereinte, wie Weihnachten und Ostern, alle Behinderten mit ihren Angehörigen zu einem geselligen Nachmittag – in freier Natur, bei angenehm warmer Temperatur und hoffentlich ohne Blitz, Donner und Gewitterregen. Alle freuten sich auf Essen, Trinken und Spiele.

Am vorgesehenen Tag wurden die Heiminsassen mit Omnibussen an Ort und Stelle gebracht. Arne hatte eine Art musikalische Begrüßung vorbereitet, sich Spiele überlegt, sie vorher ausprobiert und vorbesprochen. Mit ihnen konnte man sich gut einen Nachmittag lang unterhalten. Außerdem sollten die Behinderten sich ausgiebig der liebevollen Anteilnahme ihrer Eltern und Geschwister erfreuen, gerade weil nur einmal im Jahr dieser Ausflug der Heim-Insassen ins Grüne zusammen mit all ihren Angehörigen stattfand. Auf eines legte die Leitung des Hauses besonderen Wert: an diesem Tag und bei dieser Gelegenheit sollte sich die Familiarität ihres privaten und somit exklusiven Heimes, das Gemeinschaftsgefühl, ja, die Beinahe-Verschwisterung ihrer Pfleglinge untereinander als besonders eng und harmonisch darstellen.

Nun war es schon Tradition, dass die jeweiligen Absolventen, die das Heim in Bälde verließen, sich an diesem Tag von ihrem langjährigen Zuhause mit einem lustigen Streich verabschiedeten – Schabernack wurde das genannt. Sie mussten sich ihren Plan nicht einmal von der Heimleitung vorher absegnen lassen. Kein einziges Mal war bisher jemand dabei zu Schaden gekommen. Nie hatten stolze Streicheerfinder irgendwelche technischen Hilfsmittel benützt. Auch diesmal genügten ihnen ein paar Blätter aus einem Schulheft.

Beim Mittagessen teilten sich in bunter Reihe die Behinderten die Plätze am Tisch mit ihren Angehörigen. So gelang dieser Tag jedes Mal wunderbar leicht. Natürlich gönnten sich die Erwachsenen ein Bier, man befand sich schließlich in einem echten, bayerischen Biergarten und damit, nach Meinung der Einheimischen, im irdischen Paradies. Man saß unter den weit ausgebreiteten Armen uralter Linden, ließ zwischen ihrem Grün die Sonne auf sich herabschimmern – aus einem bayrisch blauen, mit weißen Wölkchen garnierten Himmel.

Für die Jugend gab es Apfelsaft und natürlich Cola. Für alle hinterher Eis. Und ein, zwei Stunden später würden Kaffee und Kuchen serviert.

Momentan war ein kleiner Spaziergang durch Wald und Feld angesagt, für die Behinderten in ihren Rollstühlen ein seltenes Vergnügen. Die Tische leerten sich also. Jetzt kam die Chance der Streich-Planer: auf allen Tischen standen noch unabgeräumte, halbvolle Biergläser herum, von den Bedienungen respektiert. Man hielt eine leere Colaflasche bereit. Mit Hilfe eines aus zwei Bogen Papier gerollten Trichters wurde erst ein großes Glas Cola eingegeben, dazu kam aus einzelnen halbvollen Gläsern die ungefähr gleiche Menge Bier. Einer probierte: wie schmeckte das Gemisch? Nach Bier – aber verführerisch süß! Jawohl! Jetzt kam es darauf an, den Ahnungslosen, für den diese Mixtur gedacht war, nicht nur zu einem Schluck, sondern quasi zum Austrinken zu überreden.

Das Opfer hatte sich bequem im Baumschatten ausgestreckt, zusammen mit ein paar ebenfalls anhanglosen Leidensgenossen döste er vor sich hin. Man machte sich vorsichtig an ihn heran, nahm mit großer Geste einen Schluck aus der Colaflasche, seufzte selig über den Hochgenuss, besann sich – und bot die Flasche dem Willy an. Der hatte eigentlich gar keinen Durst, abzulehnen wagte er aber nicht. Erfahrungsgemäß war das nicht ratsam. So ergriff er die Flasche.

Schon nach dem ersten Schluck stöhnte er auf vor Wonne. Das war ja Bier! Aber ein wunderbares, ein süßes! Und, so schien es Willy, von unbeschreiblichem Wohlgeschmack!

"He du! Sauf' mir nicht alles weg!" rief der Verführer, wohl wissend, Willy würde jetzt erst recht schlucken, was nur in ihn reinging. Ja, er stand sogar auf, um samt Flasche abzuhauen! Genau darauf hatte man es abgesehen! Man ließ also den Down-Syndrom-Willy flüchten, der ja nicht körperlich, sondern nur geistig behindert war. Ihm folgte auf Rollstühlen und unter Johlen und Jauchzen die ganze Horde. Sie hatten diese Untat gemeinsam ausgeheckt, sie wollten nun auch gemeinsam mit einer grandiosen Hetzjagd über Stock und Stein ein scharfes Finale hinlegen!

Die Bande wäre kaum imstande, den Willy mit ihren Rollstühlen auf dem holprigen Waldboden einzuholen. Auch er selbst konnte sich, außerhalb des Biergartens – vorbei an Baum, Busch und Gestrüpp – nur noch mühsam einen Weg bahnen. So stolperte und rannte, rannte er immer weiter, atemlos. Zuletzt fiel er um, blieb einfach liegen. Noch ein paar Herzschläge, dann war Schluss.

Es lief also anders, als die jungen Leute es sich gedacht hatten.

War es überhaupt noch ein Spiel, war es nicht vielmehr Vergeltung, Rache? Sie wollten dem Down-Syndrom-Willy, diesem Liebling ihrer Erzieherin doch etwas heimzahlen, und das war ihnen gelungen! Doch schon ehe sie erfuhren, Willy sei tot, schworen sie sich, nie sollte sich einer allein irgendwelche Schuld aufbürden lassen. Auf sieben, acht, neun Schultern lag sie verteilt. Eine anderslautende Aussage würde kein Gericht der Welt aus ihnen herauspressen.

Genau so geschah es dann auch. Zuletzt wurde sogar ganz offiziell anerkannt, niemand sei schuld an Willys Tod. Irgendeiner von ihnen, wer genau
ließ sich nicht mehr eruieren, hatte zwar die Idee zu diesem Jux gehabt.
Aber als Jux und nichts anderes war alles geplant. Dass der Spaß kein gutes
Ende für ihn nahm, daran war der Willy selber schuld: er war von sich aus
davongerannt. Das bestätigten die, die im Schatten der Bäume zurückge-
blieben waren. Auch sie hatten sich über den Willy geärgert, weil er ihnen
von dem mutmaßlichen Göttertrank keinen Schluck überließ.

Nicht nur für das Heim, auch für vier Menschen war Willys Tod eine Katastrophe. Erik brach zusammen, er hatte den einzigen wirklich geliebten
Menschen verloren, ihn nicht gerettet vor den Unholden, die ihm nachstell-
ten. Denn Erik wusste nur zu gut: Willy hatte sich schon lange den Neid
und Hass seiner Gruppe zugezogen. Es ging um Kathi. Zwar hatte Kathi
ihn nie privilegiert, aber alle wussten: Willy war ihr Augenstern, der Engel
seiner Erzieherin. Kathi hatte sich das nie anmerken lassen, dazu war sie viel
zu professionell. Aber schon wenn sie ihn mit den Augen verfolgte, verriet
sie sich. Erik empfand das genau so wie die andern in seiner Gruppe. Nur
mit dem Unterschied, dass er seinem Freund Willy diese Zuwendung einer
verborgenen Liebe von Herzen gönnte. Jetzt hatte Willy mit seinem Leben
dafür bezahlt! An einem strahlenden Sommertag, als Erik höchst widerwil-
lig im Gefolge seiner berühmten Mutter im Grünen umherschweifte, statt
sich um Willy kümmern zu können, welcher derweil der Missgunst seiner
Leidensgenossen zum Opfer fiel.

Sehr feierlich wurde Willys Begräbnis begangen. In der Kirche sang Donna Elvira zu Beginn und zum Schluss gemeinsam mit der Trauergemeinde
einen Choral. Ihr strahlender Sopran schenkte dem Gefühl tiefster Trauer
einen Beiklang himmlischen Trostes.

"Ich glaube," sagte Erik nach dem Abschied unter Tränen, "wenn er mich
schon nicht mehr begleiten und mein Freund sein kann, dann passt er wenigstens von oben herab auf mich auf. Das kann er ja jetzt. Willy ist ein
Engel geworden. Mein Schutzengel – für immer!"

Drei der vier Leidtragenden fanden sich schon kurze Zeit später in alle
Winde zerstreut: Arne hatte sich nach Afrika als einfacher Helfer zu jeder

Arbeit verdingt, die bei der internationalen Hilfsorganisation anfallen würde – so weit er körperlich dazu imstande war. Kathi hatte gekündigt und um vorzeitige Entlassung gebeten. Sie war in Norddeutschland auf Stellungssuche unterwegs. Erik hatte sich ebenfalls vom Heim getrennt und war endgültig zu seinen Pflegeeltern gezogen.

Und Donna Elvira? Auch sie hatte sich für immer vom Heim und ihren Zuwendungen mit einem verbindlichen, aber eindeutigen Brief verabschiedet. Erschüttert von Willys Tod, war sie dem Dreigestirn Kathi, Arne und Erik sehr nahe gekommen. Die traurige Runde hatte sie stillschweigend akzeptiert.

Zum Abschied gelobten sie sich:

"In vier Jahren, am Todestag Willys, treffen wir uns wieder – hier, in München, im Ostfriedhof, an seinem Grab."

Alle empfanden das Gleiche: Der Tod dieses einzigen, der Welt so wenig und ihnen so viel bedeutenden Menschenkindes hatte sie vollkommen aus der Bahn geworfen. Während ihnen die Tausende, die Tag für Tag durch Krieg, Verfolgung, Hunger- und Naturkatastrophen ihr Leben verloren, kaum einen Atemzug lang Mitgefühl abnötigten.

.Beim ersten Wiedersehen – nach vier Jahren, an Down-Syndrom-Willis Grab – fielen sie sich erst einmal in die Arme: der Erik dem Arne, die Kathi dem Erik – dem Arne die Kathi. "Am liebsten würde ich sie gar nicht mehr loslassen … ", dachte Arne. Und wie durch Gedankenübertragung verblieb Kathi noch lange in seinen Armen und fragte vergnügt: "Ich mag mich gar nicht mehr von dir trennen, Arne, wo wir uns so lange nicht gesehen haben! Hoffentlich bleiben wir jetzt wieder ganz nah beisammen!"" Die langjährige Trennung hatte alle Bitterkeiten vergessen gemacht, alle Enttäuschungen besiegte die überströmende Freude des Wiedersehens. Der Jubel war groß,

Im Lauf ihrer vierjährigen Abwesenheit hatte sich jeder beruflich verbessert: Arne kehrte als angesehener Manager jener Hilfsorganisation aus Afrika zurück, war obendrein durch ärztliche Kunst seinem Rollstuhl entronnen, konnte aufrecht stehen und mit Krücke auch ein paar Schritte gehen.

Kathi nahm eine leitende Position in einem staatlichen Heim für Behinderte ein.

Erik hatte Abitur gemacht, studierte schon an der Musikhochschule. Und zwar genau das, was ihm sein Klavierlehrer so oft auszureden versucht hatte: neben Klavier auch Komposition. Was Erik anbot, war interessant. So versuchte sein Lehrer inzwischen auch nicht mehr, ihn davon abzuhalten.

Das Dreigestirn hatte also Grund genug, sich seiner Erfolge zu freuen.

Nur Donna Elvira, in loser Verbindung mit ihnen und bemüht, sie nicht abreißen zu lassen, unterzog ihre Existenz einer strengeren Prüfung.

Ein mehrmals wiederkehrender Traum brachte sie darauf. In ihm war sie zum Vogel geworden, mit Flügeln, mit denen sie nur flattern, nicht fliegen konnte. Hüpfend versuchte sie, hoch zu kommen. Doch die Luft trug sie nicht, sie blieb dem Erdboden verhaftet. Enttäuscht hockte sie sich – warum bloß? – auf einen rundlichen Stein, der neben ihr lag – so, als wolle sie ihn bebrüten. Und wirklich! Nach einer Weile merkte sie mit Entsetzen, etwas begann sich unter ihr zu regen. Der Stein lebte! Sie stand auf – und siehe da: sie hatte einem Etwas ins Dasein verholfen, das ebenfalls Flügel besaß wie sie. Das sich aber sofort damit in die Lüfte schwang, über ihr kreiste und endlich triumphierend entschwand.

Schweißgebadet von der Anstrengung und Mühe, sich ebenfalls – flügelschlagend, vogelgleich – emporzuschwingen, erwachte Donna Elvira. Von Anfang an und bei all seinen Wiederholungen wusste sie: das war ein symbolischer Traum. Eine Warnung? Am Ende vielleicht eine Drohung? War sie dabei, ihre Stimme zu verlieren? Oder was sonst stand ihr bevor? Vielleicht sogar ihnen allen?

Und was war denn das für ein illegitimes Geschöpf, dies steingeborene Lebewesen, von dem sie hoch in den Lüften überflügelt wurde und das sie da unten einsam zurückließ?

Ihr Resümee: "Alle haben es zu etwas gebracht. Kathi, Arne und Erik, keiner von ihnen ist gescheitert, nur ich! Ach, Erik!" Sie brachte den Namen kaum über die Lippen, wagte kaum, an ihren Sohn zu denken.

Sie fragte sich: "Was war neben dem Singen mein wirklicher, mein geheimer Wunsch, der Gegenstand meiner Sehnsüchte, Hoffnungen? Mehr, viel mehr als jeder Erfolg im Beruf?"

Ein Mensch!

Ehrlicher: ein Mann. Oder noch eindeutiger: die Liebe. Dieses verlogene Romantik-Gespenst!

Stattdessen – Produkt einer rauschenden New Yorker Premierenfeier war ihr Schicksal eine viel zu spät erkannte, nicht mehr abwendbare Schwangerschaft, dann die Geburt. Der illegitime Sohn eines unbekannten Vaters: das verzweifelt geleugnete Andenken an eine einzige Nacht.

Zwei Jahre später, nach ihrem endgültigen Abschied von der Met, hatte sie ihn zuhause als angeblichen Adoptivsohn, Amerikas Abschiedsgeschenk, präsentiert.

"Lügen", sagte sie, "das ist die Hölle, da kommst du nie, nie mehr heraus!

Und dann versuchte sie endlich, mit einem Brief in Verbindung mit Erik zu treten.

Mein lieber Sohn Erik,

wie ich höre, bist du dabei, ein exzellenter Pianist zu werden. Ich selber befinde mich in der wohl letzten Phase meiner sogenannten Gesangskunst. Es ist mir nur noch wenig Zeit beschieden, jeden Tag kann es mit meiner Stimme vorbei sein. Würdest du mir den Gefallen tun, mich zuhause ab und zu einmal bei einem Lied zu begleiten? Singen ist mein Leben, aber ohne Begleitung ist es ein Nichts.

Ich bitte dich also um deine Hilfe, mein Sohn, aber nicht umsonst. Du kannst mir jedes Mal eine Rechnung stellen, ich halte das ab einer gewissen Professionalität, die du ja beanspruchen kannst, für selbstverständlich.

Ich hoffe, du überwindest deinen begreiflichen Widerstand gegen mich und erfüllst meine Bitte?

In Liebe grüßt ihren Sohn Erik
seine Mutter, Elvira.

Genau genommen las sich der Brief schon wie das Geständnis, Erik sei Donna Elviras wirklicher, echter Sohn.

Was erwartete sie sich also vom merkwürdig intimen Beiklang dieses Briefs?

Erik ließ sich Zeit mit der Antwort, aber eines Tages bekam Donna Elvira dann doch das Gewünschte. Erstaunlicherweise griff Erik den Ton ihres Briefes auf:

Sehr geehrte Mutter Elvira,

als dein Sohn kann ich dir deine Bitte nicht abschlagen. Auch erleichtert dein verlockendes finanzielles Angebot es mir, meine wahren Gefühle zu unterdrücken. Ich bin aber nicht billig: einen Nachmittag oder Abend, für den du mich als Begleiter beanspruchst, würde ich dir mit fünfhundert Euro berechnen.

Falls dir das nicht zu viel ist, komme ich gerne.
Freundlich grüßt seine Mutter Elvira
ihr Sohn Erik.

Ungefähr in diesem geschraubten Ton antwortete wiederum Donna Elvira:

Mein lieber Sohn,
Du legst es also strategisch darauf an, mich an den Bettelstab zu bringen? Du beherrschst ja das Schlachtfeld souverän! Mal sehen, wer von uns beiden untergeht, oder ob es vielleicht eines Tages doch zu Friedensverhandlungen kommt? Nun gut, ich unterwerfe mich deinen Bedingungen und betrachte sie als unumgängliche Bußübung.

Hättest du inzwischen irgendwann einmal Zeit für eine Probe? Ich richte mich selbstverständlich nach dir.
Mit liebem Gruß
deine Mutter Elvira

Dann jedoch sollte Schluss sein mit den unnatürlichen, den geschraubten Allüren und Faxen, mit denen einer den andern zu übertreffen versuchte.

Im Stillen wussten beide doch längst, dass sie im Grunde verzweifelt einen Weg zueinander suchten und dass dieser Weg nur sachlich, ernsthaft und respektvoll vom Sohn zu seiner Mutter, von der Mutter zu ihrem Sohn führen würde. Wenn Donna Elvira jenen rätselhaften Stein ausbrüten wollte, musste sie in Demut auf ihm sitzen bleiben – und am Ende den Vogel fliegen lassen, hoch und weit über sie hinaus.

Als sie zum ersten Mal zusammen trafen, versuchte Erik nun doch, seine Mutter durch technische Brillanz am Klavier zu beeindrucken, vielmehr: sie zu erniedrigen. Sie ließ ihn gewähren und erklärte ihm so stringent ihre Partie, dass Erik auf Anhieb begriff: ihr ging es um Musik, um Gestaltung, um Schubert – und nicht um gegenseitiges Schlägeausteilen.

Ab hier gab es sowohl für Donna Elvira wie für ihren Sohn Erik keine persönliche Auseinandersetzung, keinen Krieg mehr zwischen ihnen. Das einzige, was zählte, war Kommunikation, war tiefe Übereinstimmung zwischen Text und Klang, zwischen Gesang und Klavier, zwischen Mutter und Sohn, und die Teilhabe des einen an der Kunst des andern.

Anfangs markierte Donna Elvira nur. Als jedoch Erik mit seiner Begleitung mehr und mehr ihre musikalische Auffassung übernahm, sich zuletzt ganz und gar mit ihr identifizierte, ja, sich ihr unterwarf, ließ auch sie ihre Stimme aufblühen bis zu einer in ihrem Alter kaum vorstellbaren Vollendung. Alles andere, nur das nicht, hatte Erik erwartet. Am Ende wollte er dann nur noch eines: sein eigenes Können sollte in ihrer Kunst aufgehen, eins werden mit ihr. Und damit verschmolzen, auf geheimnisvolle Weise, dann letztlich auch Mutter und Sohn.

Nur einen Augenblick hielt sie sich, aufatmend, nach dem letzten Ton noch im Stehen, dann sank Donna Elvira mit einem leisen Seufzer zu Boden und wehrte Erik ab, der ihr aufhelfen wollte.

"Schon gut! Bin halt nicht mehr die Jüngste ..."

So hielten sie beide eine Weile die Stille fest. Es war schön, tat ihnen gut. Dann erhob sie sich, verschwand kurz, kam mit einem Kuvert in der Hand zurück.

Erik sagte, kaum dass er es erblickte:

"Ich will das nicht!"

"Wir haben einen Vertrag!"

"Zerreiß ihn!"

"Nein, Erik, in dieser Schlacht steht mir die Verliererrolle zu. Verzichte *du* nicht auf das Geld, und *ich* nicht auf meine verdiente Strafe! Ich will sie!"

"Wofür?"

"Ich bin doch für meine Schuld an dir, Erik, noch lang nicht genügend gestraft. Muss ich es auch noch aussprechen?"

"Ja! Ja! Sag' es! Ich will's endlich wissen! Wie es passiert ist! Wer ist mein Vater?"

"Das wirst du niemals erfahren. Ich weiß es doch selbst nicht.

Alles andere sollst du jetzt hören.

Es geschah nach einer grandiosen Premiere. Wir feierten, tanzten, tranken Champagner im exklusivsten Hotel New Yorks. Dieser Mann war faszinierend. Irgendwann in der Nacht ging ich mit ihm auf sein Zimmer. Irgendwann früh am Morgen, gegen drei oder vier, rannte ich weg. Niemand ist mir begegnet, ich glaube, nicht einmal der Nachtportier hat mich gesehen, es hat mich also auch niemand erkannt.

Ein paar Monate später stellte ich fest, ich war schwanger. Für eine Abtreibung war's schon zu spät.

Ein Kind – von einem vollkommen Unbekannten, einem Mann ohne Namen, ohne Beruf, Herkommen, Ruf, Religion, Staatsangehörigkeit – und sogar ohne Gesicht. An das konnte ich mich schon nicht mehr erinnern. Ich habe mich so entsetzlich geschämt. Habe in meiner Verzweiflung, bei meiner Rückkehr nach Europa, aus dir, meinem Sohn, ein Adoptivkind gemacht. Jetzt weißt du's.

Nur zu, Erik! Ich habe unendlich viel Strafe von dir verdient!"

"Wie konntest du damit leben?"

"Mein ganzes Leben habe ich Liebe gesucht. Der einzige, den ich hätte liebhaben sollen und der mich vielleicht wiedergeliebt hätte, warst du. Stattdessen habe ich geheiratet, geheiratet und nochmals geheiratet. Einen Italiener, einen Franzosen, einen Amerikaner. Vergeblich. Und noch immer damit nicht genug. Hab's noch einmal vor kurzem mit Arne probiert. Der konnte dann nicht schnell und nicht weit genug vor mir davonlaufen, ist gleich bis Afrika gerannt.

Dich aber habe ich lebenslang aus meiner Nähe verbannt, mich deinetwegen geschämt. Du, ein Kind ohne Vater.

Du weißt es doch eh schon lange, Erik – nicht erst seit kurzem, seit meinem Brief. Irgendjemand, deine Pflegemutter vermutlich, hat dich vor langer Zeit aufgeklärt, noch als du ein Kind warst. Jahre und Jahre wusstest du, dass du wirklich mein Sohn bist. Wurdest weiterhin aber von mir als Adoptivsohn ausgegeben und durftest nicht einmal bei mir wohnen. Warum wohl? Ich konnte es einfach nicht ertragen, dir Tag für Tag ins Gesicht zu lügen – die Adoptivmutter zu spielen.

Und deshalb verstehe ich nur zu gut deine Wut, deine Verachtung, deinen Hass auf mich."

Ein langes Schweigen legte sich über beide.

Dann sagte Donna Elvira:

"Ich will nicht, dass du mir verzeihst. Ich habe mich lange genug und viel zu oft vor mir selber herausgeredet. Arne habe ich es dann eingestanden. Vielleicht ist da mein Trotz, mein Widerstand, meine Kraft zu lügen zer brochen. Ich konnte es einfach nicht mehr für mich behalten. Am liebsten hätte ich es ins Internet geschrieben, mich an den Pranger gestellt. Aber das wäre ja dann noch weit schlimmer für dich gewesen. Du hast wahrhaftig genug gelitten durch mich.

Ich habe dir deine Kindheit, deine Jugend gestohlen. Eines konnte ich dir mit all meinem verfluchten Egoismus nicht vorenthalten: meine Gene. Wir beide haben heute zum Schluss wunderbar miteinander harmoniert – nicht nur musikalisch, Erik, sondern auch mit unseren Seelen. Du kannst mich bestrafen bis an mein Ende, aber die Erinnerung an diesen Einklang, die lasse ich mir nicht nehmen. Gesegnet sei das Klavier, es hat uns zusammengeführt!

Ob du ein weiteres Mal zu mir zum Probieren kommst? Ich fürchte, nein?"

"Natürlich werde ich dich besuchen! An den Sonntagen, nur vielleicht nicht jede Woche. Ich muss ja lernen, lernen, üben, üben. Ich werde dich von jetzt an regelmäßig begleiten und du singst für mich".

Friedlich, erlöst hätte sich Donna Elvira jetzt dem Herbst ihres Lebens hingeben können. Ihr so lange düsterer Horizont hatte sich gelichtet, gönnte ihr den Ausblick auf ein sorgloses Alter. Doch von irgendwoher fühlte sie sich bedroht. Jenes ausgebrütete Vogelwesen war ihr in ihren Träumen davongeflogen, nie zu ihr zurückgekehrt. Sie selbst blieb hocken, kam nicht von der Stelle. Was immer ihr bevorstehen mochte, sie könnte sich nicht davor retten.

War denn noch immer nicht alles gut? Erik hatte sich doch mit ihr ausgesöhnt, ihr verziehen?

Arne dagegen hatte schlichtweg bei Willys Tod die Flucht vor ihr ergriffen.

Und Kathi? Kathi hatte sich stets, wenn auch höflich, von ihr distanziert.

Wenn sie jeden in einem Brief um Verständnis, um Frieden bäte? Vielleicht könnte sie dann doch ihr Glück mit ihnen teilen?

Da kehrte der mysteriöse Traum noch einmal zurück. Wieder war sie geflügelt, konnte nicht fliegen, nur flattern. Sie hockte am Boden, kam nicht hoch. Das von ihr ausgebrütete Wesen hob sich mühelos in die Lüfte und flog davon.

Solche Träume durfte man nicht ignorieren. Man musste sie ernst nehmen. Sie bedeuteten etwas. Sie machten Angst.

"Mir ist schon so viel Schicksal widerfahren", sagte sie. "Ist es denn immer noch nicht genug?"

Arne hatte in Afrika viel gelernt, sehr gut verdient, sein organisatorisches Geschick überaus erfolgreich zur Geltung gebracht. Vielleicht durch Zufall hatte er anfangs genau den richtigen Einstieg zu jener Arbeit gefunden, die ihm besonders lag und ihn weiter und weiter nach oben führte. Aber richtig tief befriedigte sie ihn trotzdem nicht. Oft warf er sich vor, seinen ursprünglichen Plan, Erzieher zu werden, verraten zu haben. Und das war ja nicht einmal sein erster. großer Verrat!

Da war ja auch noch, in weiter Ferne, das einst so geliebte Klavier! Dem er die Treue aufgekündigt, das er aus seinem Leben verbannt, dem er jeden Anschein von Treue versagt hatte. Was bedeuteten ihm, nach so vielen Jahren, heute noch die Musik, das Klavier?

Und was war statt eines Künstlers, oder besser: eines Verehrers der Kunst aus ihm geworden? Immerhin ein Manager der Extraklasse. Er saß – mit entsprechendem Einkommen – in der Chefetage eines weltweit verbreiteten amerikanischen Unternehmens.

Im Stillen jedoch liebäugelte er schon eine Weile mit seiner Rückkehr nach Europa. Einfacher wäre für ihn ein Wechsel nach den USA gewesen, wo er in bestimmten Kreisen einen Namen besaß – vor allem könnte er dort nicht von Donna Elvira verfolgt werden, wie in Germany.

Es kam hinzu: er hatte zwar eine Reihe interessanter Frauen kennengelernt – keine einzige schien aber wirklich zu ihm zu passen. So gab er alle Beziehungen rechtzeitig auf, ehe es für diesen Schritt zu spät war. Auch das hatte er schnell gelernt: man musste sich immer den Rückweg offen halten, durfte sich nur ja nicht locken lassen in eine Falle. Wer aber, wie er, die Ehe von vornherein für eine Falle hielt, tat gut daran, ihr gleich aus dem Weg zu gehen. Oder anders: wem immer nur eine bestimmte Person vor Augen stand, sehnsüchtig, in weiter Ferne, der blieb für jedes andere weibliche Wesen letztlich unerreichbar.

Beim Wiedersehen an Willys Grab erfuhr er dann, Donna Elvira bedrohe ihn nicht mehr. Sie habe ihren Sohn Erik anerkannt und lebe in Frieden mit ihm. Sie konnte ihm also nichts mehr anhaben. Das kam so plötzlich für ihn, dass er wieder einmal ins Schwanken geriet: War er damit endlich nah seinem Ziel? Oder hing der Apfel im Paradies noch immer viel zu hoch?

Erik hatte gegen Ende des letzten Schuljahrs fast gleichzeitig das Abitur, sowie einige schwierige Zwischenprüfungen an der Musikhochschule absolviert.

Dass er irregulär so früh, noch während der Schulzeit, sein Studium an der Musikhochschule beginnen konnte, verdankte Erik der Fürsprache seines bald darauf verstorbenen uralten Professors. Rodrigo, sein Nachfolger, eigentlich primär Professor für Komposition, blieb auch an der Hochschule Eriks Klavierlehrer. Manchmal schmuggelte sich Erik in eine seiner Vorlesungen. Bald eiferte er ihm im Komponieren nach, auch wenn Rodrigo ihn anfangs verzweifelt davon abzuhalten versuchte. Irgendwann resignierte er, Eriks erste Versuche waren vielversprechend. So galt Erik nicht nur als Rodrigos Schüler; irgendwann könnte er vielleicht sogar mit ihm konkurrieren?

Für Donna Elvira gingen die Wochen, Monate und Jahre schnell und immer schneller dahin. Ältere Menschen kennen und fürchten dies unheimliche Tempo. Donna Elvira schalt und ärgerte sich:

"Dass mir die Zeit so davonrennt, beweist nur: ich *werde* nicht alt, ich *bin* es bereits! Eine alte Frau in den sechziger, bald in den siebziger Jahren! Wie schrecklich!"

Da ahnte Donna Elvira noch nicht, irgendwann, vielleicht sogar bald, würde sie nicht mehr über sich selbst und ihre Zeit verfügen, weil der Begriff "Zeit" jeden Sinn und alle Bedeutung für sie verloren hätte. Sie konnte vielleicht noch ein, zwei Jahre ignorieren, dass sie begonnen hatte, mehr und mehr Dinge, Namen, Orte, Zusammenhänge zu vergessen. Sie wollte es einfach nicht wahrhaben: alles in ihrem Kopf geriete womöglich mehr und mehr in Vergessenheit und sie selbst würde nur noch dahindämmern.

Sie hatte zum Beispiel die ganzen Jahre in New York nicht im Hotel, sondern immer bei Freunden gewohnt. Wie hießen die denn? Und ihre Schneiderin? Ihr Friseur? Sie hatte ihre Namen vergessen. Da überfiel sie die Angst. Sie überfiel sie mit solcher Gewalt, dass sie beschloss: Ich bringe mich um! Aber das unterließ sie dann doch. Langsam, entschlossen, bewusst, doch fast unmerklich für ihre Umwelt ging sie stattdessen Alzheimer entgegen. Jetzt wusste sie jedenfalls, warum sie in ihrem Traum nur noch flattern und nicht mehr fliegen konnte.

Sie nahm ihr Schicksal an wie eine neue, nie zuvor gesungene, schwierige

Opernpartie, die sie erst einmal Note für Note auswendig lernen musste, ehe sie sie auf der Bühne verkörpern konnte. Sie verstummte gegenüber ihrer Umwelt, doch kontrolllierte sie sich ständig, fragte sich ab: Wie weit bin ich mit dem Gehen? Dem Lächeln? Dem Reden? Dem Schweigen? Ganz langsam wuchs sie in diese neue Rolle hinein, verinnerlichte sie, wie sie es von ihrem Beruf gewöhnt war, und machte so, während sie es einübte, für ihre Umwelt das Dement-Werden kaum bemerkbar und damit auch erträglicher für sich selbst.

Nie hatte sie auch nur einen Hauch weiblicher Emanzipation benötigt, sie war immer ernst genommen worden als professionelle Künstlerin. So war die ganze Genderisierung fast unbemerkt an ihr vorübergegangen. Sie hatte stets die Anweisungen ihres Dirigenten oder Regisseurs diszipliniert befolgt. Diesen Gehorsam im Dienste der Kunst hatte sie so souverän absolviert, dass niemand je auf die Idee kam, sie unterwerfe sich. In dieser Haltung wollte sie auch ihrem Ende entgegengehen, ungebeugt. Sie wusste jedoch: um die Anfänge ihrer Demenz zu beglaubigen, war Schweigen am einfachsten und erfolgreichsten. Wenn sich auch manchmal Zustimmen, Verneinen, Antworten – kurz: Reden – als unumgänglich erwies.

Als sie dann eines Tages die scheinbar unschuldige Frage an Erik richtete: "Bitte, wer sind Sie?" da schien es Erik so weit. Er erschrak zutiefst. Erfahrungsgemäß war die Entwicklung der Krankheit unumkehrbar.

Er hatte sich ja schon eine Weile mit dem stets unterdrückten Verdacht gequält: Sie werde mehr als nur ein wenig vergesslich, sie werde dement. Jetzt hatte er Gewissheit und wusste, er musste dafür sorgen, dass seine Mutter in Würde ihren Verstand verlieren durfte. Es wurde vielleicht nur sehr langsam schlimmer, gewiss würde man sie noch für eine Weile bei ihrer bewährten Haushälterin zuhause lassen können. Sie lief dann auch nicht weg, erwies sich als überaus fügsam, machte es ihrer Umgebung leicht.

Jeden Sonntag, wenn Erik sie besuchte, umarmte und küsste er sie und sagte:

"Ich bin dein Sohn Erik, du bist meine Mutter, Donna Elvira, und ich habe dich lieb!"

"Wie schön!" sagte sie darauf jedes Mal, und "Ich danke dir!"

Dann stellte er am Flügel einen Stuhl neben den seinen:

"Jetzt machen wir beide Musik!"

Darauf spielte er ihr eine Mozart-, eine Beethoven-Sonate vor, manchmal auch nur die Klavierbegleitung zu einem ihrer Schubert-Lieder. Andächtig hörte sie zu, niemals unterbrach sie ihn. Bei Schubert schien es Erik, als kämpfe sie mit den Tränen.

Schon als Dozent wurde Rodrigo hemmungslos von den Studentinnen umschwärmt. Verzweifelt wehrte er sich dagegen. Im Nu hatte er seinen Spitznamen "Don Rodrigo" weg. Doch zum spanischen Hallodri machen ließ er sich nicht!

Und nun, wo seine Dozentur sich inzwischen zur Professur gemausert hatte, gab es erst recht keinen Grund, an seiner Ernsthaftigkeit zu zweifeln. Im Gegenteil! Er war, als inzwischen begehrter Lehrer, verschlossen, fast abweisend gegenüber all seinen neu hinzugekommenen Schülern (und vor allem Schülerinnen). Ebenso streng wie schon immer mit seinem ehemals einzigen privaten Klavierschüler Erik, den er als Sechzehn-, Siebzehnjährigen von seinem eigenen, ehemaligen Professor übernommen hatte.

Aus dem halbwüchsigen Erik war mit den Jahren ein junger Mann geworden, der nur allzu gerne das Leben mit Donna Elvira genossen hätte, war sie doch erst seit kurzem seine wirkliche Mutter. Er hätte sich außerdem gerne einmal unsterblich in eine seiner Mitstudentinnen verliebt und überhaupt den lieben Gott einen guten Mann sein lassen. Stattdessen lastete jetzt Elviras Alzheimer-Problem schwer auf seiner Seele.

Don Rodrigo gab ihm mit seiner gewohnten Strenge Halt in dieser schwierigen Zeit. Erik hatte ebenso viel Respekt vor seinem ja doch noch recht jungen Lehrer wie damals vor seinem sehr alten. Mittlerweile erwachsen geworden, nahm er Rodrigos bemühten Abstand vom Lehrer zum Schüler als Auszeichnung. Manchmal hatte er sogar das Gefühl, er werde als beinahe gleichberechtigt behandelt, eher sogar schon als künftiger Kollege? Nach wie vor erteilte ihm Rodrigo Klavierunterricht und machte keinerlei Miene, das junge Genie Erik in eine angemessene Selbst- und Eigenständigkeit zu entlassen.

Seit so vielen Jahren hatte Don Rodrigo nun schon, unbemerkt von seiner Umgebung und anstatt mit einem weiblichen Wesen anzubandeln, immer nur seinen Schüler Erik begehrt. Erst den Heranwachsenden, jetzt den jungen Mann. Zuletzt verführte er ihn, um sich von seiner Qual zu befreien und zugleich zu beweisen, wie absolut ungeeignet er als Frauenheld sei. Endlich hatte dieser steife Rodrigo – schon so lange dem selig-unseligen Gefühl "Liebe" verfallen – mit fast verzweifeltem Mut Erik zwischen Tür und Angel an sich gerissen, ihn wortlos umarmt. Erik, so würde man es früher beschrieben haben, sank ihm einfach ans Herz, ohne dass er richtig begriff, was da mit ihm geschah. In der folgenden Nacht brachte Rodrigo es ihm dann bei.

Nicht nur er, Rodrigo, verwandelte sich in dieser einzigartigen Nacht. Alles änderte sich zwischen ihnen. Seit Eriks achtzehntem Geburtstag hatte Rodrigo ihn gesiezt. Natürlich duzten sie sich jetzt. Der in jeder Hinsicht völlig unerfahrene, schüchterne Erik war wie berauscht. Er – Rodrigos Geliebter!

Geheimhalten ließ sich das nur für kurze Zeit. Dann schwirrten unter Professoren wie Studenten Gerüchte nur so durchs Haus. Dieser junge Kerl war nicht nur ein phantastischer Klavier-Eleve, er komponierte auch, grub seinem Lehrer Rodrigo vielleicht sogar bald das Wasser ab, und war nun auch noch sein Liebling, sein Favorit!

Welch eine Laufbahn!

Nur allzu gern hätte er es Donna Elvira in aller Unschuld wenigstens angedeutet, überzeugt, eine Liebe zwischen Männern sei für seine Mutter kein Stein des Anstoßes, sondern in ihren Kreisen schlicht normal. Aber leider war sie ja nicht mehr imstande, sich mitzufreuen. Erik gab jedoch die Idee nicht auf, sie an seinem Glück teilhaben zu lassen. Nur wie?

Und er fand einen Weg!

Schon am nächsten Sonntag brachte er Rodrigo zu Donna Elvira mit.

Don Rodrigo, von Kopf bis Fuß Spanier, beugte sich tief herab zu der kleiner gewordenen Person und nannte seinen Namen. Da sie ohnehin stets im Zweifel war, wen sie kannte und wen nicht, hatte sie sich's in ihrer Verwirrung angeeignet, einfach zu erwidern: "Guten Tag, ich grüße Sie!" Und wenn sie diesen Satz nicht mehr vollständig rausbrachte, half Erik nach. Und dazu knickste sie, als stünde sie auf der Bühne in einer Mozart-Oper.

Fortan begrüßte Rodrigo Eriks Mutter jedes Mal mit tiefer Verbeugung, mit Handkuss und mit den Worten: "Guten Tag, verehrteste Donna Elvira!" Immer spielten sie ihr dann, erst der eine, dann der andere, ein Musikstück vor, und zum Schluss improvisierten sie manchmal vierhändig ein kleines Opern-Recital. Nach ein paar Besuchen hatte Rodrigo eine Idee. Erik besorgte die nötigen Noten und am folgenden Sonntag, nachdem das Konzertieren am Flügel beendet war, schlug Erik nach einigen vollen Akkorden seine Noten auf, während Rodrigo Donna Elvira behutsam aus ihrem Sessel heraushalf.

"Darf ich bitten, Donna Elvira?"

Rodrigo nahm sie in seine Arme und legte sich die ihren auf seine Schultern.

"Alles Walzer! Die Ballsaison ist eröffnet! Mit Strauß Vater und Sohn!" rief Erik.

Donna Elvira wiegte sich und ließ sich führen wie zu ihren Glanzzeiten, als sie, wie so oft! Ballkönigin gewesen war. Erstaunlich! Diese Reflexe waren erhalten geblieben!

Dann wurde gewechselt. Rodrigo ging ans Klavier.

Jetzt führte Erik seine Mutter. Sie kam nun schon ein wenig außer Atem, aber sie leuchtete von tief innen. Einmal noch erlebte sie an diesen Abenden Musik mit ihrem Körper, nicht nur mit ihrer Seele.

Eines Sonntags wandte sie sich nach Eriks üblicher Begrüßung "Du bist meine Mutter und ich bin dein Sohn" an Rodrigo, streichelte sein Gesicht, fragte: "Und du? Bist du auch mein Sohn?" Rodrigo, erschüttert, sank vor ihr auf die Knie.

"Wie gerne wäre ich es, verehrteste Donna Elvira."

Erik sagte: "Jawohl, liebe Mutter, auch er ist dein Sohn."

Und zu Rodrigo: "Darüber wollen wir schweigen. Mit Reden macht man es nur kaputt. Auch eine Mutter, die schon keinen Verstand mehr hat, kann noch Wunder vollbringen. Es soll unser Geheimnis sein."

Es nahte ein weiterer, abgesprochener Jahrestag von Willys Tod. Pünktlich von ferner kommend, trafen sich Kathi und Arne mit Erik, im Hintergrund Rodrigo, zur verabredeten Stunde an seinem Grab. Donna Elvira hatten sie nicht mitgebracht, sie fürchteten, die vielen Gräber würden sie verwirren.

"UNSER WILLY" stand auf seinem Grabstein.

Unabhängig voneinander hatten beide, Kathi wie Arne, zuvor ihre bisherige Arbeit gekündigt. Kathi verzichtete damit auf ein ordentliches Gehalt, Arne auf ein geradezu fürstliches Einkommen. Keiner weinte dem Ort und der Arbeit nach, die er hinter sich ließ. Eigenartig: hatte Willy sie beide zurückgeholt?

Für Kathi hatte Erik schon ein Angebot bereit: Würde sie zu seiner Mutter ziehen? Donna Elvira gemeinsam mit der Haushälterin und notfalls mit einer Pflegeschwester betreuen, damit sie nie, nie in einem Heim untergebracht werden musste, sondern in ihrem gewohnten Ambiente ihr Leben behütet zu Ende leben durfte?

Leise erbittert dachte Kathi: "So ist es halt, wenn man reich ist! Das ist jetzt ihr Lohn! Dem Erik hat sie die ganze Jugend verdorben. Und er? Achtet, ehrt, liebt und versorgt sie." Dagegen wehrte sich nun wieder ihr Madonnenherz.

Noch vor wenigen Jahren hatte sie sich mit wahrer Inbrunst in ihre Rolle als geharnischte Jungfrau gestürzt. Statt jedoch ihre Attacke gegen Donna Elvira jemals in Gang zu bringen, erlahmte sie allmählich, kam zur Besinnung, Schließlich hatte Arne längst seine Freiheit wiedererlangt und Erik lebte inzwischen in Frieden mit seiner Mutter. Wie gut, dass niemals ein feindseliger Brief an Donna Elvira geschrieben und abgeschickt worden war!

"Habe ich Donna Elvira Unrecht getan?"

Erik hatte sowohl Arne wie Kathi angeboten, sie könnten alle in der Villa seiner Mutter wohnen. Kathi oben mit Donna Elvira. Er, Erik im Parterre mit Arne und Rodrigo. Leben sollte ins Haus kommen. Auch Arne sollte so oft wie möglich am Flügel sitzen und seine eingerosteten klavieristischen Künste wiederbeleben.

"Nicht kneifen, Arne!" ermunterte er ihn. "Weißt du noch? Mein lieber Willy? Klavier – schöön?"

Inzwischen litt Arne nur noch selten unter seinem Beschluss, für immer dem Klavier zu entsagen. Fast wunderte ihn das, aber das lag ja auch Jahre zurück. Eigentlich war Arne sogar froh darüber. Er war ein erfolgreicher, solider Geschäftsmann geworden. "Dies Künstlervolk!" dachte er. "Gut, dass ich damals die Konsequenz gezogen und das Klavier aus meinem Leben gestrichen habe. Mit einem Künstler wie Erik oder dem spanischen Professor Rodrigo hätte ich niemals gleichhalten können."

.Man stellte Donna Elvira, obwohl sie ja Arne und Kathi schon so lange kannte – und auch mit Rodrigo vertraut war – formell als ihre künftigen

Mitbewohner vor. Mit freundlichem Lächeln ergriff Donna Elvira Kathis Hand, ließ sie nicht mehr los, zog Kathi zum Flügel. Dort klimperte sie mit einem Finger *"Hänschen klein, geht allein ..."* und sagte leise: "Willy ..."

Kathi war so gerührt, dass sie in Tränen ausbrach. Schluchzend umarmte sie Donna Elvira, die es lächelnd über sich ergehen ließ, wie alles, was sie neuerdings an Gesten, Worten und Berührungen nicht mehr zu verstehen schien. Es war ein wunderbares Erlebnis. Würde es der etwas engstirnigen Kathi helfen, sich zu befreien von ihrer schrecklichen Bravheit, ihrer rigorosen Moral?

Als sie von Arne erfuhr, er werde ihr früheres Behindertenheim, das gerade in Konkurs ging, aufkaufen und neu in Gang bringen, entschied sie spontan, sie wolle wieder bei ihm als Erzieherin arbeiten – wenigstens stundenweise. Endlich wieder mit Arne zusammen! Wenn auch nur an zwei Tagen die Woche ein paar Stunden jeweils. Aber immerhin ... Auch Arne war hocherfreut. Er hätte Kathi nicht zu fragen gewagt – und nun kam sie von sich aus. Sie einigten sich auch beide rasch mit Erik, nahmen sein Wohn-Angebot dankend an. Kathi würde sich so viel wie möglich um Donna Elvira kümmern und das tote Haus auf ihre Weise neu beleben. Sie würde ja nur ein paar Stunden die Woche im Behindertenheim arbeiten, ansonsten Elvira vorlesen, mit ihr spazieren gehen, irgendwo einkehren, zu Mittag essen, Kaffee trinken, Leute gucken. Elvira sollte nicht in lähmendem Nichtstun versinken, egal, ob sie das Gehörte oder Betrachtete verstand. Sie sollte gefordert werden und jeden Tag die fremde, hübsch herausgeputzte Dame, die ihr da im Spiegel gegenüberstand, lächelnd begrüßen.

Manchmal besuchte Kathi mit ihr eine Kirche. Sie nahmen an einer Kunstführung teil, gingen ins Theater. Nie schien Elvira überfordert. Sie saßen stets auf der Seite, am Rand, konnten den Ort schnell verlassen, falls es nötig schien. Oft wunderte sich Kathi, wie selbstverständlich man Donna Elvira Platz machte, sie durchließ, ihr höflich auswich, einen Sitzplatz anbot. Welch eine Anziehung strahlte sie immer noch aus – ihrer Sinne, ihres Verstandes angeblich nicht mehr mächtig. Schön geblieben, schlank, fein, zart. Und immer freundlich, oft lächelnd. Wie Willy, musste Kathi denken, so hatte sie ihn in Erinnerung: immer mit einem Lächeln.

Auf einmal fiel ihr auch das geheimnisvoll unsichtbare Lächeln der Gioconda wieder ein. Jetzt erst, in diesem Augenblick, begriff sie, wie zauberisch kunstvoll der Maler mit diesem magischen Rätsel- und Fragespiel: Lächelt sie? Lächelt sie nicht? den Betrachter fesselte an sein Bild. Kein Auge konnte sich davon lösen!

Auch auf Kathi hatte Donna Elviras Präsenz, mit der sie ihre Umwelt noch immer beeindruckte, eine erstaunliche Wirkung: Kathi begann, Donna Elvira ähnlich zu werden. Nicht physiognomisch, aber auch nicht allein durch ihre Aufmachung. Absichtlich nämlich legten es beide jetzt auf ein fast geschwisterliches Erscheinungsbild an. Aus dem Aschenputtel Kathi schälte sich so, an der Seite einer sehr eleganten Dame, eine zweite, ebensolche heraus, eine Art jüngeres Imitat. Denn ihre Frische hatte Kathi natürlich Donna Elvira voraus.

Vor allem machte Kathi eine erstaunliche Erfahrung: Das Leben im oberen Stock hatte sie mit der Zeit auf wunderbare Weise von ihrer ewigen Sucht zum Grübeln befreit. Sie hatte jetzt Wichtigeres zu tun, als immer nur über sich selbst nachzudenken. Auch der unseligen Bindung an ihre Mutter schien sie – endlich – entronnen.

Aber Kathi versuchte eben auch, sich ganz auf die inseitige Elvira – Geist, Seele, Gemüt – einzustimmen. Von jetzt an registrierte sie jede einzelne Bewegung Elviras: was mochte in diesem, in jenem Augenblick in ihr vorgehen? Warum legte sie gerade die offenen Hände zusammen als würde sie beten? Betete sie wirklich? Wortlos? Inständig? Verzweifelt? da sie ihr Anliegen ja nicht mehr auszudrücken vermochte? War sie traurig, wenn sie so dasaß, tief den Kopf hinabgebeugt, so dass man ihr nicht in die Augen blicken konnte? Und wenn sie zu lachen schien, war das echt? oder sinnlos? Nein, sinnlos war nichts bei Donna Elvira, man musste nur darüber nachdenken, dann ergab jede kleinste Geste einen Sinn. Es war wie ein stummes Alphabet. Kathi lernte es mit der Zeit buchstabieren und ließ Worte daraus entstehen, die sie dann auch tatsächlich zu lesen vermochte.

So kam nach und nach eine Art Verständigung zustande, die fast an ein Wunder grenzte. Kathi konnte die unausgesprochenen Wünsche und Bitten Elviras fast immer, ja, nicht erraten, denn es war kein Raten – es war ein Übermitteln, ein Hin und Her der Gefühle und Gedanken von der einen zur andern.

Kathi war es auch, die quasi im Auftrag Elviras fragte, ob sie und ihr Mitbewohner Arne zukünftig nicht ebenfalls an den sonntäglichen Konzerten als Zuhörer teilnehmen dürften. Man arrangierte daraufhin die Sitzordnung neu; dem Ehrengast Elvira gebührte natürlich die erste Reihe, hinter ihr saßen Kathi mit Arne, Erik oder Rodrigo, denn einer der beiden musste ja ans Klavier. Alsbald jedoch wurde auch Arne als dritter Kapellmeister zum Walzer-Einüben verpflichtet, es half ihm kein Einspruch.

Unterdessen baute Arne in aller Ruhe sein Unternehmen auf. Er wusste, wie man wirtschaftliche Strukturen anlegt, die Halt und Sicherheit bieten. Neben finanzieller Absicherung brauchte das Behindertenheim vor allem ein absolut qualifiziertes Personal. Bei der Auswahl der Bewerber war ihm Kathi, zusammen mit seiner eigenen, vieljährigen Heimerfahrung, mit ihrem Berufswissen und dem geschulten Auge eine unentbehrliche Hilfe.

So bekam Arne, was er sich gewünscht hatte: ein total renoviertes, modern eingerichtetes Haus mit viel durchdachtem Raum für seine zukünftigen Insassen, wo man nicht so zusammengepfercht wohnte und lebte, wie er das vom alten Heim in Erinnerung hatte. Mit ausgesuchten Erziehern und Erzieherinnen. Das Klavier stand weiterhin im Turnsaal, darauf legte Arne besonderen Wert.

Kathi durfte vorerst nicht, wie sie es sich gewünscht hätte, behinderte Kinder oder Jugendliche betreuen. Sie musste erst einmal die bürokratische Leitstelle übernehmen. Aber sie wusste, Arne war sehr froh, dass er gerade ihr diese Position anvertrauen konnte. Sie war ihm eine große Hilfe. Mehr nicht? Sie verbot sich, darüber nachzudenken. ... Wöchentlich nahm sie also nun in ganz verschiedener Aufmachung Gestalt an. Vormittags erledigte sie bürogestylt für Arne am Schreibtisch Verwaltungsarbeiten. Nachmittags ging sie, elegant herausgeputzt, Arm in Arm mit Donna Elvira spazieren.

Immer mehr versuchte Kathi dabei, sich zu vervollkommnen in der Kunst, Donna Elvira ihre Wünsche von den Augen abzulesen. Und offensichtlich erntete sie dafür Dankbarkeit, Zuneigung. Unvermittelt streichelte Donna Elvira eines Tages behutsam Kathis Wange. Kathi war tief gerührt, sie fühlte sich bestätigt, dass demente Menschen es wirklich wahrnehmen, ob man sie nur so versorgt, oder es wirklich gut mit ihnen meint. Sie wusste natürlich: nicht jeder Alzheimer-Fall war so fügsam wie Donna Elvira – manch eine Patientin wurde unwirsch, ablehnend, eigensinnig, störrisch, ja, aggressiv. Aber eigentlich wurde sie das nicht erst, sie war es schon immer, hatte es vielleicht nur besser kaschiert. Kathi hatte Glück mit Elvira.

"Und ich habe kein gutes Haar an ihr gelassen!" dachte Kathi schuldbewusst. "In Wirklichkeit ist sie ein Engel!"

Willy fiel ihr ein, jener Engel, dem Elvira jetzt ähnlich wurde. Und was war mit Erik, dem ehemaligen "kleinen Teufel"? Noch immer gab es einen Rest von Unduldsamkeit und Vorurteil gegen Erik in ihrem Herzen.

"Irgendwann muss ich einmal mit ihm darüber sprechen, ganz offen, loyal."

Die Gelegenheit zu diesem besondren Gespräch bot sich, als Don Rodrigo nach Spanien zog, wo man ihm eine zwar nur auf ein Jahr begrenzte, aber sehr attraktive Gast-Professur für Komposition angeboten hatte.

Am Vorabend von Kathis Geburtstag sprach Erik sie an, ob sie einen Extra-Geburtstagswunsch habe.

"Ja! Ich möchte ein Glas Wein mit dir trinken."

"Ach, Kathi! Ich weiß schon, dir geht es um Dinge, die lang schon vorbei sind, das ist alles vergessen. Ich war einmal dein kleiner Teufel, nicht wahr? Dafür könnte ich heute, gäbe es keinen Rodrigo, dein Liebhaber sein. So ändern sich die Zeiten! Und deshalb lass gut sein, Kathi!"

"Was redest du da für dummes Zeug?"

"Siehst du, da kommt schon wieder die Erzieherin zum Vorschein, dieses furchtbare, verfluchte weibliche Genre! Du hast deinen grauen Kittel doch längst abgelegt und dich in eine wunderschöne Prinzessin verwandelt. Das einzige, was dir noch fehlt, ist ein Prinz, der dich wachküsst.

Könnte nicht ich derjenige sein? Warum nicht, Kathi? Die paar Jährchen Unterschied, die pustet man heutzutage doch einfach weg! Ich bin ein Mann, und wenn schon ein Teufel, dann ein erwachsener, der sich wie ein Mann zu verhalten weiß."

"Erik, lass uns sachlich miteinander reden! Ich wollte mich ja nur nachträglich bei dir entschuldigen. Wenn du schon damals gewusst hast, dass du für mich sozusagen das Gegenstück zum Willy warst, warum hast du dich nicht gewehrt?"

"Kathi, das will ich dir gerne sagen, Anscheinend bist du ja, trotz allem, was man dir an Psychologie beigebracht hat, vollkommen ahnungslos, was

66

meine Attacken gegen dich in Wahrheit bedeutet haben. Du hast immer noch nicht begriffen und willst es auch jetzt noch nicht verstehen, dass ich in Wirklichkeit genau das Gegenteil von dem, was du geglaubt hast – und was du heute noch glaubst – für dich empfand. Es war kein Hass, es war eine große, verzweifelte Liebe!

Ich war ja so unendlich einsam, von meiner Mutter verstoßen, als ihr angeblicher Adoptivsohn ausgegeben. Dann hat sie auch noch den Willy becirct, meinen einzigen Vertrauten. Als du neu bei uns anfingst, habe ich zuerst aus der Ferne überlegt, ob du mir vielleicht die Mutter ersetzen könntest – irgendwie. Ja, wirklich, instinktiv habe ich in dir eine mögliche Ersatzmutter gesehen. Mir schien, du wärst so ein Mensch. Daraufhin habe ich dann äußerst ungeschickt, blöde aufzufallen versucht. Und damit das Gegenteil erreicht: du bist mir ausgewichen, anstatt dich mir zuzuwenden, hast dich vor mir gefürchtet. Erst recht wurde ich daraufhin für dich zum Bösewicht, ja, zum Teufel! Und in dieser Rolle war ich zum Schluss dann fast echt, gab dich auf, wollte dich gar nicht mehr. Du hattest ja immer nur Augen für Willy.

Dazu kam meine Mutter, die mit ihrer Eleganz, ihrer Exklusivität alle verrückt und mich zum Außenseiter machte, beneidet, gehasst, angepöbelt. Meine Mutter, die durch ihre Spenden mich, ihren Adoptivsohn, dem Heim quasi aufzwang. Mich Jahr für Jahr bei euch einmietete – mit weiß Gott welcher Begründung!"

"Erik, du bist mir immer noch böse!"

Sie saßen einander gegenüber.

Erik stand auf, ging auf Kathi zu, beugte sich über sie, hinderte sie, ebenfalls aufzustehen.

"Ich zeige es dir, wie böse ich noch mit dir bin. Damals habe ich mich in eine graue Maus verliebt, heute ist in meinem Herzen, neben Rodrigo, noch immer genug Platz für dich, Kathi."

Und damit riss er sie hoch in seine Arme, küsste sie so lange wie ein Wahnsinniger, bis sich Kathi ergab.

Es wurde eine einzigartige Liebesnacht, wie Liebende es angeblich nur beim allerersten Mal erleben, wenn auch vielleicht nur in ihrer Einbildung, nur nachträglich: eine Sturmflut, ein Orkan, ein Erdbeben – ein Wunder. Kathi wurde ja nicht verführt, sondern einfach überwältigt – es wurde ihr

Gewalt angetan, Liebesgewalt.

"Ich träume", so legte sie sich dann diese Nacht in ihrer ganzen, so viele Jahre eifersüchtig gehüteten sexuellen Unbedarftheit zurecht. Ob sie wohl hernach endlich das Allerwichtigste über sich begriff, was sie stets unterdrückt, verleugnet hatte: dass sie eine Frau war, erst einmal eine Frau! Für sich selbst war sie ausschließlich ein Mensch. Würde sie auch in Zukunft darauf beharren?

Ein paar Nächte später pochte Erik an ihre Tür mit der Absicht, seine Eroberung zu wiederholen. Barsch fertigte Kathi ihn ab:

"Nichts da! Verschwinde!"

Leibhaftig glaubte er da jenes Phantom wieder vor sich zu sehen – jene einstige Erzieherin, Besserwisserin, Moralistin. Er flüchtete vor dem, was er dies "verfluchte weibliche Genre" genannt hatte.

Einige Wochen später blieb Kathis Periode aus. Sie nahm es nicht weiter tragisch, es konnte ja mal passieren. Als sie beim nächsten Termin wieder nicht eintrat, wurde ihr angst und bang.

"Ich kann doch nicht schwanger sein! Dies eine Mal! Nein, unmöglich! Das gibt es doch nicht!" So beschwor sie sich immer wieder, und genau damit bekräftigte sie nur ihre schreckliche Ahnung. Sie ging aber zu keinem Arzt, sie wollte einen dritten Termin abwarten. Nachdem auch der verstrichen war, hätte sie nach ihren Erkundigungen noch eine Frist von ein paar Tagen für den Eingriff gehabt. Sie brauchte nur einen dazu bereiten Arzt. Aber es fand sich in der nötigen Eile unter den Befragten kein erfahrener, willfähriger Helfer.

Kathis Schicksalswende ging nicht unbemerkt an Donna Elvira vorüber. Eines Tages fand sie die weinende Kathi auf dem Klavierstuhl vor dem offenen Flügel. Vorsichtig klimperte Elvira das einzige, was sie angeblich noch konnte, sie summte sogar die Melodie mit: *"Sah ein Knab ein Röslein stehn…"* Es sollte sie wohl trösten, war lieb gemeint. Kathi erhob sich, deutete unter Tränen auf ihren Bauch, bewegte dann ihre Arme, als wiege sie ein Baby. Sie schaute sie fragend an. Donna Elvira runzelte die Stirn, überlegte angestrengt, schien zu begreifen. Ein Leuchten ging über ihr Gesicht, sie lächelte, umarmte Kathi, küsste, streichelte sie, ahmte das Wiegen nach, klatschte zuletzt voll seliger Freude in ihre Hände.

Mein Gott! Wie sehr sie sich freute! Aber verstand Donna Elvira wirklich, um was es ging? Dann musste sie wohl auch begreifen: hier wiederholte sich ihr eigenes Schicksal? Eine einzige Nacht – und sie war schwanger! Nicht zu ihrem Glück, nein, zu lebenslanger Bedrängnis und Scham. Wieder lag es Kathi auf der Zunge: welch eine Ungerechtigkeit! Immer nur widerfuhr sie den Frauen! Und jetzt eben auch ihr.

Das Schlimmste: wie würde Arne es aufnehmen? Wo es bereits zu spät war, das wegzumachen, was man die Leibesfrucht nennt? Sie schob die Eröffnung immer noch ein paar weitere Tage hinaus. An irgendeinem nächsten Sonntagabend wollte sie es endlich hinter sich bringen. Kürzer ließ es sich dann nicht formulieren als so:

"Ich bekomme ein Kind und weiß nicht von wem. Man hat mir Gewalt angetan."

Mitten in die winzige Pause einer gemütlichen Abend-Unterhaltung platzte dieser Satz. Kathi wusste selbst nicht, warum sie das behauptete. Arne zuliebe? Würde er es glauben? Sie hatte es sich nicht vorher überlegt – so kam es einfach aus ihr heraus. Es verursachte ein minutenlanges Schweigen.

Für Arne war Kathis Geständnis eine Katastrophe, ein Weltuntergang. Ein Unbekannter hatte Kathi missbraucht? Arne glaubte es nicht einen Atemzug lang. Erik, dieser verfluchte Erik war ihm, Arne, zuvorgekommen, hatte gewagt, sich etwas zu nehmen, was ihm nie und nimmer zustand. Was hingegen er, Arne. vom Schicksal für ihn aufbewahrt glaubte. Ein heiliges Gut! Und nun hatte es dieser Ruchlose beschmutzt, entweiht, es für immer zerstört.

Tief in der Nacht kam ihm der Gedanke: "Und wenn das Schicksal – oder ich selbst – mich prüfen will: ist meine Liebe für Kathi so groß, dass sie das überlebt? dass sie drüber wegkommt? Wenn nicht – wie stehe ich dann da?"

Hatte es denn keine andere Lösung gegeben? Eine Abtreibung – unbemerkt, in aller Stille?

Na ja – vielleicht? Oder nein?

Gegen alle Vernunft entschied Arne, vielmehr überredete er sich, zwang sich zu dieser Entscheidung:

"NEIN! Ich lasse mir meine Liebe nicht zerstören. Ich nehme es an, das fremde Kind! In Gottes Namen nehme ich's an!"

Bei ihrer Zusammenkunft an einem der nächsten Tage wandte sich Erik an Arne:

"Wenn Kathi tatsächlich keinen Vater hat für ihr Kind – da könnten wir uns doch gemeinsam zum Vater erklären? Wir sind doch beide zwei echte Singles, das würde doch zu uns passen. Was meinst du?"

Arne schwieg. War das eine Komödie, die Erik ihm da vorsdpielte? Nein! Offensichtlich zweifelte Erik nicht an Kathis Behauptung, sie sei von einem Unbekannten vergewaltigt worden.

"Damit es klar ist", sagte Kathi verzweifelt, "man kann es nicht mehr wegmachen, die Frist ist vorbei, es ist schon zu spät."

"Wenn es nach mir ginge, dürfte sowieso kein einziges Kind auf der Welt weggemacht werden," sagte Erik. "Sie haben alle ein Lebensrecht! Du schenkst also Arne und mir einen Sohn oder eine Tochter, das ist uns ganz gleich. Wie wären wir jemals Väter geworden ohne dich? Wir haben es nicht beabsichtigt, es wird uns von dir geschenkt. Welch ein Glück! Wir werden es dir ewig danken. Was wird Rodrigo wohl sagen, wenn er erfährt, dass ich, Erik – fast wie durch den Heiligen Geist – sozusagen Vater geworden bin? Was meinst du, Arne?"

Arne blickte auf Kathi. Tränen standen ihr in den Augen. Sie flehte ihn an ohne Worte: "Hilf mir! Hilf mir! Bitte!" Er nickte..

"Einverstanden, Erik!"

Noch einmal schaltete Erik sich ein.

"Du solltest dich freuen, Kathi, über dieses Geschenk. Wir übernehmen sozusagen die Vaterschaft! Allesamt sind wir doch trostlose Singles, und jetzt zauberst du uns die nächste Generation herbei! Wir werden dein Baby von ganzem Herzen annehmen, es liebhaben, es wird unser aller Kind sein und, wenn Rodrigo mitmacht, dann hat es gleich *drei* glückliche Väter!".

Die Frage war, ob Erik nicht doch eines Tages kapieren würde, was ja auf der Hand lag: dass er und kein andrer der Sündenbock war?

Eines stand fest: Arne hatte Kathi gerettet. Er hatte ihre Lüge durchschaut, sie mit ihr geteilt, bestätigt, ein unbeschreibliches Opfer für Kathi gebracht. Das man nur für einen Menschen bringt, den man über alles liebt. Sie würde es ihm danken, jetzt, immerdar, ewig.

Die paar Monate bis zur Geburt vergingen rasch. Ungefähr um die Zeit, wo Rodrigo aus Spanien zurückkehren würde, wurde auch das kleine Mädchen erwartet. Hatte sich dann hoffentlich auch das heiße Ringen um einen

Namen für sie bis dahin entschieden? Die Männer konnten sich nicht genugtun mit Vorschlägen. Blieb es bei der vorläufigen Einigung auf *Angel*? Es handelte sich ja tatsächlich um einen kleinen Engel, der ihnen durch die Vorsehung aufgenötigt worden war!

Erik hatte Rodrigo umgehend von Arnes und seinem Glück nach Spanien berichtet. Dass er selbst Angels Vater war, behielt er für sich. Inzwischen hatte er es kapiert. Doch derzeit hatte er andere Sorgen. Monatelang wartete er nun schon vergebens auf eine Antwort von Rodrigo. War denn alles vorbei? Der Zusammenhalt, das gemeinsame Leben, Rodrigos Liebe? Würde er überhaupt zurückkehren, oder für immer in Spanien bleiben? Es schien so.

Auch Kathi trug schwer an ihrem Schicksal. Die mancherlei Beschwerden einer Schwangerschaft machten es ihr nicht leichter, sich damit abzufinden.

"Das ist jetzt mein Los!' sagte sie:

Warum nennt man das so? Ein Los ist doch etwas Zufälliges. Irgend eine Maschine spuckt es aus, man hat Kartenglück oder -pech. Auf mich ist also ein Los gefallen. Warum gerade auf mich? Und wer hielt die Karten in seiner Hand oder bediente den Apparat?"

Beseligt hingegen sah Donna Elvira von Woche zu Woche sich Kathis Bauch runden. Jedes Mal, wenn Elvira ihn ganz sacht streichelte, griff es Kathi ans Herz. So ging es monatelang. Kathi schaute immer angstvoller auf den Kalender.

Eines Abends geschah es: die beiden Frauen waren allein zuhaus. Treppabwärts richtete die hochschwangere Kathi noch schnell ein paar Worte nach oben an Donna Elvira – mit dem Fuß schon die nächste Stufe nach unten ertastend. Da! Ein unseliger Schritt ins Leere! Und Kathi stürzte rücklings die Treppe hinab, schlug mit dem Hinterkopf auf, wand sich bewusstlos in Krämpfen.

Entsetzt griff Donna Elvira zu einer schweren Tischglocke, mit der sie früher, wenn das Haus voll war, ihre Gäste zum Essen rief. Damit rannte sie aus dem Haus, in den Vorgarten, die Glocke unentwegt schwingend, den einzigen Gegenstand, mit dem sie auf sich aufmerksam machen konnte. Es dämmerte schon, nur wenige Passanten waren jetzt, in der Abendbrotzeit, unterwegs, fragten sich: wollte da eine Verrückte die Leute erschrecken?

Keiner blieb stehen.

Ein einziger Mensch mit Verstand öffnete die Gartentür, streckte Donna Elvira beruhigend seine Hand entgegen. Sie zog den Fremden mit sich ins Haus. Auf den ersten Blick erkannte er, so schnell wie möglich wurde Hilfe gebraucht. Aufs Dringlichste forderte er mit dem Handy Rettung an. Es dauerte dann, wenn man wie Donna Elvira in Todesangst wartete, eine Ewigkeit – in Wirklichkeit jedoch nur kurze Zeit, bis Hilfe eintraf. Der Notarzt packte nicht nur die in Wehen liegende schwerverletzte Kathi, sondern auch die völlig außer sich geratene, hilflose Donna Elvira ein. Im Krankenhaus sorgte eine mitfühlende Schwester dafür, dass sie eine Spritze bekam und sich dann in einem freien Bett, im Zugang zur Entbindungsstation, nach und nach etwas beruhigen konnte.

Im Entbindungstrakt begann sofort der Kampf um das Leben des Babys. Kathi war ja bewusstlos, man konnte ihr keine Presswehe abfordern. Erst als das Ungeborene dem Mutterleib entrungen war, wurde auch die Mutter versorgt.

Donna Elvira bekam als Allererste einen Blick auf das Neugeborene. Sie weinte vor Glück.

In den frühesten Morgenstunden, als die bewusstlose Kathi erwachte, legte man ihr das schlummernde Kind in die Arme. Ein Lächeln verklärte die Mutter, ehe sie wieder in eine ferne Abwesenheit versank.

Möglicherweise hatte Donna Elvira mit ihrer Glocke das Leben von Mutter und Kind gerettet.

Was Erik betraf, welch ein Zufall! wenige Tage später kam Rodrigo aus Spanien zurück. An seiner Seite ein junger Spanier, sein neuer Kompositionsschüler, Pedro, mit dem zusammen er dann in seine eigene, frühere Wohnung zog – weit weg vom Elvira-Haus. Außerdem brachte Rodrigo eine soeben vollendete Komposition mit, an der er das ganze Jahr gearbeitet hatte.

Erik und er hatten vereinbart, während Rodrigos einjähriger Abwesenheit werde jeder im Wettbewerb mit dem Freund ein Stück komponieren. Damit keiner seinen Kontrahenten schon allein durch sein Thema ausstechen konnte, hatten beide sich auf das gleiche Leitmotiv für ihre Komposition geeinigt.

Rodrigo und Erik gehörten zu jener besonderen Spezies, die weder Wagners Ideologie, noch seine familiäre Bagage akzeptierte. Seine Musik hingegen vergötterten sie! Auf Vorschlag Eriks hatten sie sich auf die Einleitung zu Wagners "Tristan" geeinigt: viereinhalb Takte, in den hermetischen "Tristan-Akkord" mündend. Jeder legte sie seinem Opus zugrunde – Erik seinem Stück für Klavier, Rodrigo seiner Sinfonietta. Allein dadurch wurde es für jeden ein kompositorisch hoch anspruchsvolles, ja, vermessenes Vorhaben, das sie mit tiefem Ernst angingen.

Jeder würde später genug Personal in der Hochschule finden, um sein Werk auch aufzuführen. Das schien kein Problem.

Welch ein Irrtum!

Durch die Hochschule geisterte seit Monaten schon das Gerücht von Don Rodrigos Wettstreit mit seinem Kollegen Erik. Der, eben erst als jüngster Dozent und Klavierpädagoge an der Hochschule etabliert, studierte weiterhin bei Rodrigo noch Komposition. Erik war also sowohl sein Kollege wie sein Schüler und außerdem – wie allgemein bekannt – auch sein Lover. Welcher der beiden galt als das größere Talent? Grundsätzlich hassten die Studenten des einen die Studenten des andern. Jede Gruppe pflegte auf diese Weise ihr Ego.

Ein weiteres Gegeneinander spaltete die Studentenschaft zusätzlich: Nur weil Rodrigo und Erik sich verwegen, ja frech des vielleicht berühmtesten aller Wagner-Motive bemächtigt hatten, zerstritten sich jetzt auch noch die Wagner-Enthusiasten. Die eine Hälfte der Wagnerianer gestand beiden Komponisten zu, sie wollten sich damit nur ehrfürchtig vor der geheimnisvollen Schönheit dieses Motivs verneigen. Sie hielt das für genial. Die andere Hälfte der Wagner-Partei trommelte wild dagegen: sie bezeichnete die Verwendung als Diebstahl. Rodrigo wie Erik würden das wunderbare Thema gewissenlos verschandeln.

So verstrickte sich die gesamte Hochschule in ein anfänglich nur gemunkeltes, dann jedoch – gewaltig auflodernd – in ein vielfach gespaltenes, leidenschaftliches Für und Wider.

Die Leitung der Hochschule, rechtzeitig gewarnt, es seien glühende Meinungskämpfe im Gange und man müsse mit störenden Unterbrechungen der Uraufführung und vielleicht sogar mit Handgreiflichkeiten rechnen, ließ daraufhin Zettel drucken, auf denen man Ja oder Nein ankreuzen, also gegen die jeweilige Komposition kultiviert protestieren oder sie befürworten konnte. Auf diese Weise sei der Vorsorge Genüge getan, meinte der Lehrkörper.

Am Ende fand sich immerhin eine komplette Kammerorchester-Besetzung für Rodrigos Sinfonietta, die mit dem schwierigen Notentext der Komposition zurecht kam. Erik wollte sein Stück für Klavier selbst uraufführen. Man lud auch Eriks Mutter, Donna Elvira, die begnadete Sängerin, die einst an der Hochschule ebenfalls unterrichtet hatte, zu dieser Premiere ihres Sohnes ein, gab ihr einen Ehrenplatz und der Rektor begrüßte sie ausdrücklich.

Gleich zu Beginn, noch ehe der Rektor eröffnen konnte, kam es zu Zwischenrufen. Gegen sie setzten sich wiederum die, die sich dadurch gestört fühlten, mit erhöhter Lautstärke zur Wehr. Im Nu war Geschrei und Herumbrüllen im Gang, woraus sich alsbald vereinzelte Raufereien ergaben. Es stand zu befürchten, gleich wäre die ganze Hochschule außer Rand und Band, eh' überhaupt eine erste Note erklang. Das kleine Orchester brachte denn auch sich und seine Instrumente in Sicherheit. Der Direktor rief die Polizei. Donna Elvira betrachtete das ganze Tohuwabohu mit furchtlosem Interesse. Sie rührte sich nicht von ihrem Stuhl, den Kathi besorgt noch schnell an die Wand und damit etwas außer Gefahr gebracht hatte.

Die Polizei war im Nu mit den paar rauflustigen, doch sportlich wenig gestählten Studenten fertig. Sie führte sie demonstrativ in Handschellen ab, was erheblich zur allgemeinen Beruhigung beitrug.

Aber eine wirkliche Ruhe war noch immer nicht eingekehrt. Streitgespräche flackerten in dieser, in jener Ecke auf. Der Rektor hätte gerne das Wort ergriffen, kam aber nicht dagegen an.

Da erhob sich vor aller Augen Donna Elvira, betrat das Podium, schritt zum Flügel. Das Streiten verebbte in ein Raunen, das Raunen verwandelte sich in atemlose Stille. Was beabsichtigte diese Unbekannte, die mit unzeitgemäßer Eleganz das Publikum überstrahlte?

Donna Elvira griff in die Tasten, mit einem kurzen Vorspiel, als erinnere sie sich nur mühsam. Dann begann sie, sich begleitend, ein Volkslied zu singen, von dem wohl nicht alle wussten, dass es der junge Goethe in Straßburg gedichtet hatte und die Melodie von Schubert war.
Die erste Zeile kam noch leise, mit kleiner, silberner Stimme –

Sah ein Knab' ein Röslein stehn,

Aber dann volltönend, aufjubelnd:

Röslein auf der Heiden,
War so jung und morgenschön,
Lief er schnell, es nah zu sehn,
Sah's mit vielen Freuden.
Röslein, Röslein, Röslein rot,
Röslein auf der Heiden.

Sie stand auf, verneigte sich, knickste sogar – und als das Publikum ”Weiter! Weiter!” forderte, legte sie erst ihren Zeigefinger auf ihre Lippen und erbat dann mit gefalteten Händen Ruhe. Eine Geste, die auf wunderbare Weise im Publikum Stille eintreten ließ. Dann kam Kathi, führte Donna Elvira zurück zu ihrem seitwärts gerückten Stuhl. Die Ruhe hielt an.

Ermutigt kehrten die Musiker und mit ihnen auch der Rektor auf das Podium zurück. Außer den paar Verhafteten hatte niemand den Saal verlassen. Der Rektor, bereit, noch einmal den Beginn anzukündigen, warf einen fragenden Blick zu Donna Elvira hinüber. Sie antwortete ihm mit einer einladenden Handbewegung. Er dankte ihr mit einem Kopfnicken und sprach dann laut und vernehmlich:

”Herzlich willkommen, liebe Gäste. Hiermit eröffne ich das Konzert, eine doppelte Premiere. Zuerst ein Stück für Klavier und danach eine Sinfonietta. Beide Kompositionen empfehle ich Ihrem Wohlwollen.”

Er verneigte sich, stieg vom Podium, ergriff seinen Stuhl, transportierte ihn von der ersten Reihe zur Wand hinüber an die Seite Donna Elviras und nahm neben ihr Platz. Das freute das Publikum, es klatschte. Eine alte Frau hatte dem Krawall mit einem Schubertlied eine Wende abgerungen.

Die Menschen sind ja so leicht zu beeinflussen! Weil sie sich zuvor überwiegend schlecht benommen hatten, wollten sie jetzt besonders brav sein. Beide Kompositionen bekamen, egal, wie sie gefielen, auf fast allen Stimmzetteln ein ”Ja”. Rodrigo und Erik waren tief enttäuscht, keiner nahm dies Ergebnis ernst. Jeder hatte für seine ziemlich sperrige Komposition das Gegenteil erwartet. Das seltsame Ergebnis eines seltsamen Wettstreits.

Rasch leerte sich der Saal. Zuletzt waren Donna Elvira, der Rektor und Kathi die einzig Verbliebenen. Ehe auch der Rektor aufbrach, küsste er Donna Elviras Hand und dankte ihr nochmals herzlich.

Verunsichert fragte sich Kathi nach diesem Abend: stimmte ihr Verdacht?

War Donna Elvira nur zeitweilig dement? Konnte sie fast beliebig von ihrem gewohnten Ich Abschied nehmen? Überließ sie sich nur vorübergehend dem Alzheimer-Gespenst? War die Demenz ein Gegner für sie, dem sie auch jetzt noch einmal für eine Stunde – wie tags zuvor – jene frühere, stolze, souveräne Donna Elvira abzuringen vermochte?

Wie lange würde ihr wohl diese tückische Krankheit, die bei manchen Patienten wahnsinnig schnell, bei anderen unglaublich langsam voranschritt, dies Hin und Her zwischen Ernst und Spiel noch erlauben?

Kathi beschloss:

"Ich werde mich nicht einmischen. Ich werde mitspielen, was immer auch Donna Elvira auf unsrer kleinen privaten Bühne inszeniert. Sie ist die geborene Schauspielerin. Dass sie auch auf großer Bühne das Spiel noch beherrscht, hat sie gestern bewiesen."

Zum Desaster dieses Tages hatte alles gepasst. Für Erik spielte es jetzt auch keine Rolle mehr, wie sich Rodrigo zwischen Erik und Pedro, seinem seitherigen und seinem künftigen Geliebten entschied.

Noch am gleichen Abend rief Rodrigo seinen kompositorischen Antagonisten Erik an:

"Deine Scheiß-Klaviersonate hat mir gefallen!"

"Und mir deine Scheiß-Sinfonietta!" antwortete Erik. Darauf folgte tiefes Schweigen, keiner wusste, wie weiter. Endlich fragte Rodrigo:

"Und wie kommen wir jetzt aus dieser Scheiß-Situation mit dir und mir und Pedro heraus? Ich weiß es nicht. Weißt du es?"

"Nein, denn es gibt keinen Ausweg, kann keinen geben. Du, Rodrigo, hast dich doch schon längst für Pedro entschieden? Da bleibt mir doch gar nichts anderes übrig als zurückzutreten? Ich trete also zurück! Werde du glücklich mit deinem Pedro – und ich bescheide mich mit meiner kleinen Tochter Angel, die mir der Himmel ersatzweise geschenkt hat."

Was war das nun wieder für ein verrückter Einfall? Konnte man denn von einer so lebendigen, brennenden Liebe zurücktreten? Das konnte, um Himmels Willen, doch nicht ernst gemeint sein? Aber Erik spann unbesonnen den Faden weiter:

"Zur Not kann ich auch beichten gehen, mich einem Orden anschließen, falls sie mich nehmen. Ich war ja schon immer ein schlimmer Finger, ein

Früchtchen, wie dir meine ehemalige Erzieherin Kathi bestätigen wird.

”Erik, du brichst mir das Herz.”

”Meines, Rodrigo, ist schon entzwei.“

Und, als ob es noch immer nicht genug wäre mit seinen halsbrecherischen Enthüllungen:

”Ich muss dir noch etwas gestehen. Ich hab's früher nie mit kleinen Jungs gehabt und auch nicht mit erwachsenen Männern. Meine große, vergebliche Liebe war Kathi - durch tausend Nächte, wo ich sie in Gedanken angebettelt habe, sie möge mir nur einen einzigen Liebesblick schenken, nur diesen einen. Und dann kamst du und hast mir eine andere Art Liebe gezeigt. Jetzt weiß ich gar nicht mehr, was und wer ich eigentlich bin und wen oder was ich eigentlich will.”

”Mein Gott, vielleicht ist das die Lösung?” dachte Rodrigo. ”Er weiß es nur nicht, obgleich er es mir in diesem Augenblick mit seinen eigenen Worten gesagt hat: er kann so und so glücklich werden. Ich kann es nicht ...” Deshalb sagte er, Erik erneut Schmerz bereitend:

”Ich nehme dein Angebot an, Erik!” Für Erik war das ein Schlag ins Gesicht. Konnte das wahr sein! War es wirklich so gemeint? Hatte er es richtig verstanden?

”Wie lege ich mir das aus, Rodrigo?”

”Du wolltest doch zurücktreten, nicht wahr?”

Rodrigo schmerzte es fast noch mehr als Erik. Es war ihm bewusst, dass er sich ganz gemein verhielt – aber, so glaubte er, auf Dauer war's eben doch die einzige Lösung. Irgendwann würde Erik es einsehen, er wäre froh und glücklich darüber. Es kostete ihn seine letzte Kraft, Erik nicht zu umarmen, ihn nicht zu trösten.

So trennten sie sich, beide unglücklich für lange Zeit.

Für Kathi war's eine stille Genugtuung, dass Erik und Rodrigo offenbar im Streit auseinander gegangen waren. Warum auch immer sie sich getrennt hatten, sie schienen unversöhnlich. Männergeschichten! Schrecklich!” Dass Erik Kummer hatte, war gut so! Es geschah ihm recht!

Noch immer brannte die Nacht mit Erik in ihr. Würde sie diese wahnsinnigen Stunden jemals löschen können aus ihrem Gedächtnis? Die Küsse! Die Umarmungen! Ha! In dieser einzigartigen Nacht hatte dieser teuflische

Erik der Kathi ein Kind gemacht. Nein, einen Engel! Wie sonst hätten beide, Erik wie Arne, so darauf bestanden, dem Baby den Namen *Angel* zu
geben?

Angel, so glaubte Kathi, sei eine wunderbare Mixtur aus drei unvereinbar
scheinenden genetischen Widersprüchen: Kathis mächtiger Mutter, Angels
genialem Erzeuger – und Kathi selbst.

War dem Erik noch nie ein Verdacht gekommen, dass Angel seine Tochter
sei? Angel gehörte ihr – niemand sonst! Noch immer rumorte in ihr dies
'verfluchte weibliche Genre'. Das sollte Erik ihr büßen!

Erik trauerte. Er hatte in Rodrigo einen Liebhaber verloren. Aber auch
einen Freund, den einzigen, echten, den er seit Willy besaß. Denn Arne
war ja sein Bruder – und ein Bruder ist etwas anderes als ein Freund, er
hat ihn sich ja auch nicht aussuchen können. Natürlich gab es jetzt auch
keine Abende mehr mit Konzert und anschließendem Walzer. Darüber wurde ebensowenig ein Wort verloren wie über die verunglückte Premiere der
beiden Kompositionen. Und Arne, der Außenstehende, der sich nur still
darüber wunderte, war viel zu diskret, um Fragen zu stellen.

Irgendwann wanderte dann eine Botschaft nach der andern von Rodrigos zu Eriks Handy. Er, der die Trennung wirklich gewollt hatte, hielt sie
am wenigsten aus. Verzweifelt versuchte er, Brücken über den Fluss seiner
Tränen zu schlagen. Eine Bitte machte den Anfang.

Erik, Geliebter!

Pedro ist nachhause geflogen.

*Ich gehe jeden Samstag um zehn in unser altes Café, wo wir uns früher
trafen. Dort setze ich mich auf den hintersten Platz. Komme du auch und
setze dich bitte ganz nach vorn. Dort kann ich dich sehen, mehr will ich
nicht. Ich sterbe vor Sehnsucht nach dir.*

Erik antwortete nur:

Ich komme!

Für ein paar Wochen genügte Rodrigo dies Treffen. Dann flehte er von
neuem:

Erik, jeden Mittwoch gehe ich vormittags schwimmen im Volksbad. Ich muss dich sehen, ich begehre dich. Lass uns miteinander schwimmen. Einmal hin, einmal her? Nein, nicht einmal, nicht zweimal, nicht dreimal – nein, hundertmal! Bitte!

Auch das genügte ihm dann nicht mehr. Seine letzte Nachricht lautete:

Nächsten Sonntag stürze ich mich von Alt Sankt Peter. Ich kann nicht ohne dich leben. Ich weiß, ich bin selber schuld. Verzeih mir! Lebe wohl...

Er sprang aber nicht – er schrieb:

Ich glaube, ich werde verrückt!

Von da an hörten die Zuschriften auf. Jetzt wusste auch Erik sich nicht mehr zu helfen.

Es begannen Semesterferien. Vorsichtig fragte er in der Hochschule nach und erfuhr: Rodrigo pausiere vorläufig mit seinem Lehramt. Er sei verschwunden. Niemand konnte ihm sagen, wo er zu erreichen war. Man vermutete, er sei nach Spanien zurückgekehrt. Wenn ja - Adresse? Wusste man nicht. Wie sollte Erik sich verhalten? Die Polizei befragen? Ihn suchen?

Etwas vom Schlimmsten, was einem Menschen widerfahren kann, ist Ungewissheit. Sie ist eine offene Wunde, sie schmerzt, eitert, heilt nie.

Nichts hätte Erik so aus der Bahn werfen können wie die Ungewissheit über Rodrigos Schicksal. Was war mit ihm geschehen? War er Pedro nach Spanien gefolgt? Würde er jemals zurückkehren? Hatte er sich umgebracht?

Jetzt begann Erik richtig zu leiden, tief, hilflos, schuldbewusst. Ein Mensch war verlorengegangen, sein Freund, sein Geliebter. Aber nicht einmal der Verlust war das Schlimmste – das Schlimmste war die Ungewissheit: war Rodrigo überhaupt noch am Leben? Alle im Haus, Arne, Donna Elvira und selbst Kathi, sahen, wie sehr Erik litt, weil aber keiner genau wusste, weshalb, konnte auch keiner ihm helfen. Jeder schwieg, mitleidend, beklommen.

Für Erik hatte eine lange Prüfung begonnen. Ein Lebensabschnitt war zu Ende, eine sentimentale Geschichte, erzählt auf einem wertlosen, in Fetzen gerissenen Stück Papier, vom Winde verweht – wie der Titel eines uralten Romans, den keiner mehr las.

Endlich tat dann wieder einmal Kathis Madonnen-Herz, was ihm doch eigentlich strikt von jeher geboten war: Frieden stiften, versöhnen.

Sie halste, da ihm das jetzt in den langen Sommerferien gut auskam, Erik die kleine Angel zum Hüten auf. Schließlich war sie ja seine Tochter, wenn er auch immer noch so tat, als habe er nicht die geringste Ahnung. Wie sonst hätte Kathi die Vormittage bei Arne im Behindertenheim arbeiten können? Sie hätte das Baby in die Arbeit mitnehmen müssen, jetzt, wo ihr Mutterschutz beendet war. Erik lernte also die Windeln wechseln, das Baby füttern, brachte es zum Lächeln, summte ein Schlafliedchen und spazierte – zuerst nur gelegentlich, dann regelmäßig mit Angel hinauf zu Donna Elvira, legte ihr das Baby behutsam in die Arme, den Schoß – und behielt sie beide vom Flügel aus, während er für seine Mutter ein Stück spielte, wachsam im Auge.

Ohne dass er es wahrnahm, wuchs ihm das Baby dabei ans Herz, mehr als ihm lieb war. Fast gegen seinen Willen lenkte es ihn von seinem Kummer ab. Eben das hatte Kathi mit ihrem "verfluchten weiblichen Erzieherinnen-Genre" beabsichtigt: Hilfe für Erik. Immerhin waren Erik und Kathi jetzt durch ein geheimes Band – Angel – miteinander verbunden: Es würde sie nie mehr loslassen. In tiefster Seele tat Kathi dies Wissen merkwürdig wohl. Erik war auf dem Weg, ein bekannter oder sogar ein berühmter Künstler zu werden. Was mochte es dann wohl bedeuten, irgendwann einmal von ihm vergewaltigt worden zu sein? Gefährliche Gedanken.

Erik ahnte natürlich, er musste das Baby nicht nur betreuen, um Kathi zu entlasten – nein, neuen Lebensmut sollte das Kind ihm schenken!

Aber er hatte noch immer viel zu viel Zeit, sich mit seinen Gedanken zu quälen: wir liebten uns doch, Rodrigo und ich! Warum durfte dann Pedro sich zwischen uns drängen? Was versprach sich das Schicksal davon?

"Im Behindertenheim hat man mir damals beigebracht, alles in unserem Leben ist sinnvoll, auch wenn uns manches erst sinnlos erscheint. Sein tieferer Sinn enthüllt sich dann eben später. Mit sowas lass' ich mich heute nicht mehr vertrösten. Ich will sofort erkennen, begreifen, verstehen! Will wissen und überzeugt sein, meine Liebe hatte einen Sinn – und welchen? Ebenso, oder sogar erst recht, darf auch das Zerbrechen unserer Liebe nicht sinnlos-banal, sondern vom Schicksal sorgfältig bedacht sein. Wenn aber doch nur Willkür unser Leben bestimmt, setze ich ihr meinen eigenen Willen entgegen. Im Notfall: Adieu!"

Kathi zum Beispiel! Sie führte ein bescheidenes, ein immerhin für ihre

Pfleglinge segensreiches und damit sinnvolles Leben. Allerdings: diese Erzieherei – ihn hätte sie niemals befriedigt! Ihm fehlte – ja, was fehlte ihm? Natürlich: ein Werk! Er wollte ja etwas aus dem tiefsten Grund seiner Seele erschaffen! Und das, so schien es, bedurfte wohl einer Anregung, eines Motors, der das Schaffen in Gang brachte. Der ihn stimulierte! Vielleicht fügte das Schicksal ihm dafür Leid zu! Verzicht, Schmerz, Verlust, Kummer, Entsagung – als Anschub für seine Kreativität?

Er bekam umgehend Antwort auf seine Frage. Endlich wurden Eriks Klavierstück und Rodrigos Sinfonietta öffentlich uraufgeführt. Das Konzert lockte eine Reihe Kritiker an. Was das Feuilleton hernach verlautbarte, war für Rodrigo – hoffentlich erfuhr er es auch! – überaus schmeichelhaft, für Erik dagegen niederschmetternd. Er hätte sich jetzt für sein Opus als verkanntes Genie fühlen können. Dazu ging er jedoch viel zu ehrlich mit sich um.

Enttäuschung, Scham, Schmerz, neues Leid – regte es ihn wenigstens aus Trotz zum Schaffen an, machte ihn produktiv? Ach, keine Rede! Erik fühlte sich wie ausgelöscht. Nicht nur seine Gabe, zu komponieren war Einbildung, es gab auch keinen Zusammenhang zwischen Leid und Genie? Die schöne Idee – Selbstbetrug!

"Rodrigo hat mich lange vom Komponieren abzuhalten versucht. Wie groß muss sein Liebe zu mir gewesen sein, dass er es mir dann doch erlaubte! Und jetzt lese ich in der Zeitung, dass ich ein Nichtskönner bin, ein Angeber, ein Stümper. Du hast dich also nicht in mir getäuscht, Rodrigo, meine sogenannte Begabung richtig eingeschätzt!" So viel Selbsttäuschung! Tief, immer tiefer fraß sich die Demütigung in ihn ein. Was machte ein Mensch, der begriff: er war nicht der, der er zu sein glaubte? Erik taumelte. Hin und her riss es ihn. War er wirklich der, für den ihn die Kritiker hielten? Eine Null?

Erik wusste, es gab nur einen einzigen Menschen, der das bestätigen oder verneinen konnte: Rodrigo. Er *musste* Rodrigo suchen. Sein Leben hing davon ab. Eh' er nicht wusste, wer er wirklich war, konnte er nicht mehr existieren. Ein Gerücht kam ihm zu Ohren, Rodrigo sei auf dem Jakobsweg, seine Sünden abzubüßen. Welche Sünden? Aber vielleicht traf das Gerücht ja zu? Sollte er, Erik, sich nun ebenfalls auf den Jakobsweg machen, den Freund, den er als total Ungläubigen kannte, dort suchen? Es mochte ja solche Sinneswandlungen geben?

Er informierte Kathi und Arne, verabschiedete sich von Donna Elvira. Sie weinte. Aber er ließ sich nicht umstimmen. Er wollte ja nicht pilgern, er ging nur auf die Suche nach Rodrigo.

Frankreich überflog er. In Spanien, am ersten Pilgerort erhielt er eine SMS:

"Donna Elvira liegt im Sterben."

Er flog zurück, seine Mutter erreichte er nicht mehr lebend. Wenige Stunden zuvor war sie gestorben. Es ging ganz schnell: Lungenentzündung. Medikamente verweigerte sie.

"Deine Mutter", sagte ihm Kathi, "wird erst morgen abgeholt und für die Beerdigung gewaschen, eingekleidet und hergerichtet. So kannst du heute in Ruhe von ihr Abschied nehmen. Ich lasse dich mit ihr allein."

Als Kathi anderntags nach oben ging – sie hatte die Nacht im Parterre verbracht, weil sie sich allein mit der Toten ängstigte – fand sie im Sterbezimmer Donna Elvira schon in ihr Totengewand gekleidet, schön frisiert, mit einem Kopfschmuck versehen, ein Kreuz umgelegt.

"Mein Gott, Erik, hast du das gemacht?"

"Ich habe sie gewaschen, gekämmt und sie mit dem bekleidet, was du für sie bereitgelegt hast. Kein Mensch vom Beerdigungsinstitut soll meine Mutter betrachten oder sie anfassen dürfen! Es war ein langer Abschied für uns beide. Jetzt lasse ich sie los!"

Kathi war außer sich vor Entsetzen. Hatte Erik sich an seiner Mutter versündigt?

"Geh, Kathi! Steck' es doch endlich weg, dein Erzieherinnen-Getue!"

Weit über die örtliche Presse hinaus fand Donna Elviras Ableben ein Echo. Immerhin war sie eine internationale Berühmtheit gewesen und ihre Opernaufnahmen wurden weiter verlangt. Ihr Sterben führte auch einen unerwarteten Gast herbei. Bei der Beerdigung stand er plötzlich ganz vorne an ihrem Grab: Rodrigo. Von welcher Zeitung, in welcher Sprache mochte er ihren Tod erfahren haben? Er stand da wie ein Fels, mit einem auffallend riesigen Kranz und einer Schleife, auf der stand:

ADIEU!

Jeder konnte es lesen. Aber kein Mensch – außer Erik – konnte es sich erklären. Alle rätselten, die es lasen. Keiner wusste, wie tief Rodrigo mit Donna Elvira verbunden gewesen war. Und von ihr selbst legitimiert war zu diesem außergewöhnlichen Abschiedsgruß. Sie hatte ja Rodrigo wirklich „adoptiert", ihn "Sohn" genannt. Tat sie das bewusst? Oder war sie schon damals dement? War sie überhaupt jemals dement? Jetzt, nachträglich kamen auch Erik Zweifel. Rodrigo hatte wahrscheinlich nie an diese Demenz geglaubt. Wie blöde war er, der Sohn, doch gewesen!

Und nun hatte seine Mutter ihm auch noch einen letzten Liebesdienst erwiesen: hatte ihm mit ihrem Tod Rodrigo, den Langvermissten, vergeblich Gesuchten und heiß Ersehnten, zurückgebracht.

"Dein Pedro? Komponiert er ebenfalls?"

Rodrigo beantwortete Eriks Frage nicht.

"Unvergesslich ist mir, wie deine Mutter zum Flügel ging, mit einem Fingerchen erst zu spielen und dann auch noch mit ihrer Wunderstimme zu singen begann, ganz zart und silbrig:

"Sah ein Knab ein Röslein stehn,
Röslein auf der Heiden ... "

"Ich will wissen, ob auch Pedro komponiert! Antworte mir, Rodrigo!"

"Wenn man im Leben Schiffbruch erlitt, gibt's mehrere Möglichkeiten. Natürlich kann man gleich aufgeben, schluckt unentwegt Wasser und ertrinkt. Das Schicksal, dieser Bösewicht, hat's so gewollt, denkt man und geht unter. Man kann aber auch schwimmen, schwimmen und nicht aufhören damit, bis man in der Ferne Land sieht – oder ein Schiff kommt vorbei und zieht einen hinauf?"

"Du willst mir nicht antworten, Rodrigo?"

"Vielleicht bin ich so ein Schiff – vielleicht aber auch nicht. Möglicherweise hast du ja auch einen Rettungsgürtel um und kannst dir selbst helfen?"

"Nein, Rodrigo, ich brauche Hilfe von dir!"

"Vielleicht, wenn du so dahintreibst, höre ich deine Hilferufe gar nicht, bin ganz weit weg, auf einem der Sieben Meere, dem Indischen Ozean meinetwegen. Und du bist in der Karibik auf der Höhe von Kuba. Wie sollen wir uns da erreichen? Es hilft dir dann nur dein eigener Mut, dein fester Wille, deine gesammelte Kraft. Das Schicksal betrachtet dich nämlich von weitem und es beschließt: Der gibt nicht auf, der soll durchkommen! Oder aber: Der gibt auf, der soll krepieren!"

"Was willst du mir damit sagen, Rodrigo?"

"Du hast es doch längst begriffen, Erik! Was für eine Rolle spielt es für dich, ob Pedro ebenfalls komponiert? Schwimm' weiter oder ersauf'! Das ist das einzige, was zählt. Auch meine Liebe für dich hat da keine Bedeutung. Auf diesem Ozean bist du ganz allein – und das einzige, was dich rettet, ist die nächste Komposition – und danach wieder die nächste – und immer noch eine, noch eine, die nächste.

Das, und nur das, wollte ich dir sagen, Erik. Ganz schlicht und einfach: Gib nicht auf!

Natürlich hättest du lieber, dass ich dich streichle und tröste, nicht wahr? Und wer streichelt und tröstet mich? Aber ich bin ein Mann, Erik, und helfe mir selbst! Ich wandere aus, gehe in die USA. Dort kannst du mich suchen, wenn du unbedingt Hilfe brauchst. Ich verstehe dich ja, weil du nicht nur mein Schüler, sondern auch mein Geliebter warst – und vielleicht noch immer bist? War ja selbst so ein Heuler, habe dich hierhin und dorthin bestellt, nur um dich wenigstens von ferne zu sehen. Was meinst du, wer mich kuriert hat? Pedro! Jawohl, Pedro! Er hat mich verlassen. Mit der Bemerkung, ich ekle ihn an.

Wir haben beide Schiffbruch erlitten. Du mit deiner Komposition, ich mit meiner Liebe zu Pedro. Auch ich strample noch immer verzweifelt durch dunkle Gewässer und weiß nicht, wohin sie mich tragen, wann endlich Land in Sicht kommt und meine arme Seele Ruhe findet."

Arne machte sich Sorgen um Erik. Sie waren sich einmal sehr nahe gewesen. So nahe wie Brüder. Erik hatte Arne damals auf dem Klavier ein Stück Bach vorgespielt – und mit seinem Können, seiner Begabung Arnes Lebenstraum auf einen Schlag vernichtet. Arne hatte bittere Tränen geweint. Doch weiterhin teilten sie ihre Einsamkeit miteinander, waren mehr als Freunde, waren Brüder geworden. Aber dann hatte Erik Arnes heimliche Liebe Kathi vergewaltigt. Was blieb also von ihrer Bruderschaft übrig? Das Band bestand immer noch, auch wenn es vielleicht in den vergangenen Jahren ein wenig erlahmt war.

Es schmerzte Arne, wenn er Erik wegen seiner missglückten Komposition leiden sah. Er wusste nur zu gut, wie jeder Mensch nach Erfolg hungert – und welche Wunden ein Misserfolg schlägt. Und dazu kam für Erik noch das Problem Rodrigo!

"Ich sehe ja, wie es Erik quält!"

Die Liebe, ein kurzes Glück, ein langes Elend?

"Ich bin ein Einzelgänger. Und das ist gut so.

Alle wohnten noch immer in Donna Elviras Haus, dem jetzt seine Seele fehlte. Oben im ersten Stock Erik, noch immer bereit, Rodrigo bei sich aufzunehmen. Unten zur Hälfte Kathi mit Angel, zur Hälfte Arne allein.

"Wie seltsam, dass das Schicksal gerade uns Vier zusammengebracht hat", sinnierte Arne. "Kathi, Erik und mich – mit Donna Elvira. Die Unvergessliche, die uns über die ganzen Jahre zusammenhielt. Wir nahmen es so hin, haben es ihr nicht gedankt.Und nun hast du dein Ziel verfehlt, Erik, besser: noch nicht erreicht, noch nicht! Aber du hast ja so unendlich viel Zeit! Vorwärts kann man immer, zurück nie! Ich bin über mein Ziel hinausgeschossen, habe es damit verspielt. Statt in meinem Heim mit den Behinderten Sport zu treiben, Spass, Spiel und Ernst mit ihnen zu teilen, sitze ich Tag für Tag als mein eigener Angestellter am Schreibtisch in meinem Büro.

Ach, Erik, nichts Besseres als das Missgeschick mit deiner Komposition konnte dir passieren. Was schert dich der Verriss? Du wirst es ihnen zeigen, den Besserwissern, was in dir steckt. So, wie du mir damals den wahren Klavierspieler gezeigt hast: dich!

Jetzt träumst du also auch noch vom Komponieren. Gut so! Träume weiter! Aufgeben ist feige! Aufgeben ist falsch!

Was mich betrifft, von mir will ich gar nicht reden. Ich bin nur eine Allerwelts-Durchschnittsfigur, unvergleichbar mit dir. Was aber Genies angeht – vielleicht bist du ja eins? – sie dürfen, sie müssen sich von unsereinem unterscheiden. Schau dir die Kathi an. Sie hat keine Extravaganzen im Kopf, hält sich eisern an ihre Pflichten, ist gottesfürchtig und vergeudet weder die Schätze der Natur noch das Wirtschaftsgeld. Ich liebe sie. Die Kathi ist eine guter Mensch. Das ist unendlich viel! Für ein Genie jedoch wieder fast zu viel, es behindert sogar. Denn ein Genie will ja kein Heiliger werden, sondern ein Macher. Wenn man's genauer betrachtet, was braucht ein Genie? Ich glaube, er braucht vor allem ein wenig Schmutz auf seiner Seele, jawohl. Die Kathi würde das wohl nicht so sehen, es ist ja auch kompliziert, aber unverzichtbar.

Irgendwann einmal muss ein Genie an sich verzweifeln, falsche Idole anbeten, Schuld auf sich laden, Gott und die Menschen verachten und vielleicht nebenbei auch noch mittels Drogen seinen Verstand aufs Spiel setzen.Wenn er das alles übersteht, wozu nützt es ihm dann? Was macht er damit? Wozu braucht er all das Chaos, das hinter ihm liegt? Ja, als Komponist, Schriftsteller, Künstler muss er doch erst einmal in Erfahrung bringen, wie die Menschheit beschaffen ist, sich mit ihr identifizieren – mit all ihren Abgründen, aber auch mit ihrer Sehnsucht nach ganz oben, und dem banalen Gelände dazwischen. Wie soll er als Komponist all die Extreme, aus denen jeder Mensch sich zusammensetzt, in Töne, Intervalle, Akkorde fassen, wie als Schriftsteller Worte finden für die Argumente, die ihn zwischen Himmel und Hölle hin- und herscheuchen? Ganz langsam reift er dabei, schreibt eines Tages ein Gedicht, ein Buch, malt ein Bild, komponiert eine Symphonie."

War das alles, was er seinem jüngeren Bruder sagen wollte? Falls er überhaupt den Mut dazu hatte? Nein, das Schwierigste von allem fehlte noch: *Zeit*!

"Wie soll ich ihm das beibringen – die Zeit, das Warten, die Geduld? Niemand will etwas davon hören, heutzutage schon gar nicht, wo alles so schnell gehen muss. Zum Glück gibt es ja auch manchmal Phasen, wo alles a tempo gelingt – aber eben auch andere, wo alles zum Verzweifeln langsam voran-, oder gar nicht mehr geht. Erik, Erik, du wirst dich noch oft deiner Kunst vergewissern, Enttäuschungen aushalten, erfolglose Jahre überstehen müssen – Jahre und Jahre! Und auf einmal bist du dann doch ganz oben!"

Besser, Arne behielt solche Prognosen für sich!

Kleine Mädchen sind manchmal geborene Engel, wie Kathis Töchterchen, die hoffnungsvoll Angel genannt worden war. Sie stellte als Baby keinerlei Ansprüche, schlief geduldig die Nächte durch, war bei Tag immer zufrieden, trank genügsam ihr Fläschchen und lächelte jedermann freundlich an.

Umso erstaunter zeigte sich die Familie, als Angel sich eines Tages als absolut störrisch und widersetzlich erwies.

Für die vierjährige Angel, mit der es noch nie Schwierigkeiten gegeben hatte, war endlich einen Kindergartenplatz gefunden. Als Kathi das Kind den ersten Tag dort abholte, bekam sie zu hören.

"Ihre Tochter ist äußerst rebellisch. Sie weist alle Kinder ab, die mit ihr spielen wollen. Ganz viele haben sich über sie beklagt. Sie redet kein Wort, singt nicht mit, wenn wir ein Lied singen, beteiligt sich nicht an unsrer Gymnastik. Sie lehnt die Kinder ab, sie lehnt mich ab, sie lehnt einfach alles ab. Wenn das so bleibt, müssen Sie sie rausnehmen. Schade um den Kindergartenplatz!"

Nichts änderte sich in den nächsten Tagen, Angel verhielt sich immer gleich abweisend. Sie brachte den ganzen Kindergarten durcheinander. Warum nur? Rätselhaft? Kam da, in diesem winzigen Wesen, schon ihre Mutter zum Vorschein? Kathi blieb nichts anderes übrig, als Angel mit in ihre Arbeit zu nehmen. Sie hatte inzwischen in Arnes Heim wieder die Betreuung einer Behindertengruppe übernommen – Vorschulkinder, Buben und Mädchen. Kathi hatte Angel natürlich zuvor die verschiedenen Behinderungen in ihrer Gruppe erklärt. Mit Zagen erwartete sie nun, wie Angel und ihre Schützlinge aufeinander reagieren würden. Dass hin und wieder ein Neuling bei ihnen auftauchte, waren sie ja gewohnt

Würde Angel sich einfügen?

Kurz und bündig stellte Kathi sie ihrer Gruppe vor:

„Das ist Angel, meine Tochter. Sie hat keinen Kindergartenplatz bekommen. Deshalb muss ich sie hierher zu euch mitbringen. Bitte, seid nett zu ihr!"

Wehe, sie würde sich als Mamas Liebling aufspielen!

Angel nahm erst einmal alles hin: wie Kathi mit den Behinderten umging, und wie die es mit ihrer Mama hielten. Aber schon am ersten Tag hatte es den Anschein, es würde alles passen, ja, es könnte sogar harmonieren. Angel war einmal dem, einmal jenem Kind behilflich. Es gab auch einen Autisten unter ihnen, der nicht sprechen konnte – den Curdi. Vor ihm hatte Kathi ihre Tochter besonders gewarnt. Sie solle ihm nur ja nicht zu nahe kommen, ihn nicht beunruhigen, irritieren, berühren – nur einfach in Ruhe lassen, ihn auch nicht anstr eine Krankheit, unheilbar.

Eines Tages – alle sollten sich zum Kreis aneinanderreihen – ging Angel einfach zu Curdi hin, fasste ihn bei der Hand, zog ihn mit, und zusammen schlossen sie sich den anderen an. Und Curdi, ganz gegen sein sonstiges Verhalten, sträubte sich nicht. Das war noch nie geschehen. Die Gruppe nahm es hin, so, wie sie allesamt Angel hinnahmen. Angel machte es ihnen ja auch leicht. Sie lächelte alle an, wie damals Willy.

Auch zuhause nahm Angel einiges Unerklärte fraglos hin: sie hatte zum Beispiel zwei Papas. Der eine, Erik, lebte oben im ersten Stock, der andere, Arne, lebte im Erdgeschoss, neben der Kathi-Mama und ihr.

Gewiss würde Angel dieses ungewöhnliche Arrangement irgendwann hinterfragen. Vielleicht sollte man sich rechtzeitig darauf vorbereiten, meinte Kathi. Eine erklärende Formulierung absprechen? Und was erst, wenn Erik eines Tages vielleicht eine künftige Eheliebste mit nach Hause brächte? Im Gegensatz zu Kathi schien Erik keinerlei Komplikationen zu fürchten. Er konzentrierte sich auf sein Lehramt und auf seine Konzertreisen. Sein Engel, sein wahrhaftiger Engel, fraglos, schien Angel. Er hatte sie vom ersten Augenblick an als ein wenn auch unverhofftes Geschenk willkommen geheißen. Wenn auch von fremder Hand! Er tat wenigstens so. Man ließ es dabei.

Eines Tages stellte das Behindertenheim mit Entsetzen fest: Curdi war verschwunden. Und wie entsetzt waren alle erst, als man bemerkte, auch Angel fehlte! Keiner konnte genau sagen, wann er die beiden zuletzt gesehen hatte – oder sich erklären, weshalb sie das Heim überhaupt verließen? Endlich kam man darauf, auch Mausi, das Katzerl war nicht mehr da. Curdi hatte es erst vor kurzem zum Geburtstag geschenkt bekommen. Als Heimbewohner musste er es bei sich auf seinem Zimmer halten, dort stand sein Körbchen. Natürlich lief es nicht frei im Haus herum. Nichts hassen Katzen jedoch so sehr wie geschlossene Türen! Bei der ersten Gelegenheit war Mausi ihrem Zimmer, ihrem Gefängnis! entkommen – und dann auch noch dem Haus.

Waren Curdi und Angel auf der Suche nach ihr?

Niemand beachtete die beiden Kinder. Außer einer älteren Dame, die sich fragte, wie konnten zwei so weltunerfahrene schutzlose Wesen wie dieser Junge und dies kleine Mädchen Hand in Hand und offensichtlich ziellos per Trambahn durch München fahren?

Als sie aufstanden – schon im Außenbezirk Richtung Grünwald – und das Mädchen den Jungen bei der Hand zur Türe führte, erhob sie sich ebenfalls, ließ an der nächsten Haltestelle zuerst die Kinder aussteigen und folgte ihnen dann nach. Welch ein Zufall! da gab es ein Wartehäuschen. Die beiden setzten sich, Hand in Hand, auf die Bank. Ratlos ging die Dame erst ein paar Schritte auf und ab, dann trat sie entschlossen hinzu und fragte höflich:

"Darf ich mich zu euch setzen?"

Angel antwortete nur: „Ja, aber nicht anfassen!" Sie deutete dabei auf Curdi.

Die Frau kapierte sogleich, was Angel damit meinte. Die abweisende Haltung des Jungen war typisch. Sie sagte daher freundlich:

"Und du beschützt ihn?" Angel nickte.

"Und wie heißt du?"

"Angel".

"Das ist ja englisch! Passt aber gut! Du weißt sicher, was es bedeutet?"

"Ja, der Erik-Papa hat es extra für mich ausgesucht. Aber die Kathi-Mama sagt, ich soll mir nur ja nichts drauf einbilden."

"Und wie heißt dein Freund?"

"Curdi. Er ist Autist."

"Das habe ich schon gemerkt, Angel. Ich war mal Lehrerin und hatte genau so einen Buben wie den Curdi in meiner Klasse."

"Und weißt du, wie es ihm geht?"

"Nein, leider nicht. Ich unterrichte schon lange nicht mehr. Bin jetzt im Ruhestand und langweile mich manchmal."

"Aber da hast du's doch gut, musst nicht mehr arbeiten?"

"Ja, wie man's nimmt. Man sitzt manchmal nur rum und mag dies und jenes nicht tun. Das ist dann ganz fad für ältere Leute wie mich."

"Und dann bist du traurig?"

"Genau! Aber heute geht es mir gut, sogar ganz besonders!"

" Warum?"

"Weil ich euch beide getroffen und kennengelernt habe. Ich mag halt Kinder so gerne!"

"Du bist aber keine Hexe wie in Hänsel und Gretel? Du schmeißt nicht kleine Mädchen und Buben in einen Ofen? Sonst müssen wir nämlich sofort weglaufen!"

"Ach, das ist doch nur ein Märchen. Mir gefällt's sowieso nicht. Nur weil sie so arm sind und ihre Kinder Hunger haben, schicken die Eltern Hänsel und Gretel in den Wald. Aber die verirren sich dann und finden nicht mehr heraus. Da ist es wirklich ein Glück, dass sie der Hexe begegnen. Der tapfere Hänsel wirft sie in ihren Ofen und aus dem kommt sie als frischgebackener Lebkuchen wieder heraus.

Kennst du noch andere Märchen?"

"Viele! Viele! Alle! Der Erik-Papa liest sie mir vor."

"Und jetzt macht ihr beide, du und der Curdi, einen Ausflug. Wo geht denn der hin?"

"Nein, keinen Ausflug! Wir suchen die Mausi. Die Katze vom Curdi. Die ist weg, einfach weg. Sie ist noch so klein, Curdi hat sie erst vor ein paar Wochen zum Geburtstag gekriegt."

"Dann ist sie vermutlich noch nicht sehr weit weg?"

"In der Nähe vom Heim haben wir schon gesucht. Da war sie nicht."

"Angel, vielleicht hat sie längst gemerkt, dass sie sich verlaufen hat und findet nicht mehr nachhause? Jetzt hat sie Angst, versteckt sich, wo niemand sie sucht – Katzen machen das so. Da könnt ihr suchen und suchen, sie lässt sich einfach nicht finden. Besser, ihr geht nachhause. Ich glaube nämlich, irgendwann kommt die Mausi-Katze ganz von alleine zurück – vielleicht schon morgen oder übermorgen. Und ihr seid dann immer noch unterwegs, habt Hunger und Durst, sucht und sucht."

Angel schien beeindruckt.

"Aber ich weiß ja gar nicht, wo wir wohnen."

"Das kriegen wir zusammen raus und dann fahren wir alle drei mit dem Taxi nachhause zu euch und warten dort auf das Mausi-Kätzchen?"

In diesem Augenblick fuhr auf der Gegenseite ein Polizei-Auto im Schritt-Tempo vorbei. Es hielt an, die beiden Polizisten fassten die Gruppe im Wartehäuschen ins Auge. Das registrierte die Dame erleichtert: die schickte der Himmel! Sie winkte hinüber. Es ging dann alles sehr schnell: Ja, es wurden zwei Kinder vermisst – und zwar genau diese beiden! Zusammen mit der Dame, die keineswegs die Hexe aus Hänsel und Gretel war, brachten die Polizisten sie ins Heim zurück, wo sie in höchster Aufregung erwartet wurden.

Das Kätzchen, wo mochte es geblieben sein? Anstelle des Kätzchens hatten Curdi und Angel eine Freundin gefunden. Dieser Dame fiel jetzt eine neue, wunderbare Beschäftigung zu: sie bot an, von jetzt an jeden Tag Angel und Curdi so lange zu übernehmen, bis die Kathi-Mama ihre Arbeit mittags beendet hatte und Angel abholen konnte. Den Curdi hingegen wollte Frau Bredlau, amtlich ermächtigt, als Pflegesohn ganz bei sich behalten.

Der Autist Curdi war ein Sozialfall, eine Vollwaise – er hatte keinerlei Angehörige und ebensowenig einen finanziellen Rückhalt. Ein ganz armer Bursche! Frau Bredlau, der ehemaligen Lehrerin, war ein solches Schicksal nicht ganz fremd. Sie hatte in ihrer langen Laufbahn einen ähnlichen Fall erlebt, der sie in Gedanken noch lange verfolgte. Was mochte aus ihm geworden sein? Sie hatte sich damals nicht weiter um ihn kümmern können. Und jetzt dieser Junge! Sie wusste, wenn sie auch diesmal nichts unternahm, würde er sie niemals mehr loslassen. Bis an ihr Lebensende würde sie sich ihr Nichtstun vorwerfen. Allzu nah war er ihr begegnet. Immer stand ihr die kleine Angel vor Augen. "Nicht anfassen!" So fürsorglich, so liebevoll! Sie selber, die ehemalige Lehrerin, fühlte sich jung genug, um sich dieses Jungen auf Jahre hinaus anzunehmen. Sie besorgte sich also, was man eine Pflegschaft nennt. Sie wohnte nur ziemlich beengt in zwei kleinen Zimmern mit Küche und Bad. So musste sie für den Zuwachs erst einmal eine größere Wohnung beschaffen. Schwierig!

Zum zweiten Mal hatte der Zufall seine Hand im Spiel: eher zufällig hörte Erik davon und berief den Familienrat ein. Was hielten sie davon, wenn er dieser Frau Bredlau das leerstehende Apartement anbot, das er im ersten Stock neben dem seinen abgeteilt und vergeblich für Rodrigo ausgebaut hatte?

Es gab lange Beratungen. Dabei fiel ihnen auf und verblüffte sie: diese Frau kam ihnen wie eine Doppelgängerin der verstorbenen Donna Elvira vor! So verschieden beide auch sein mochten. Rätselhaft! Alle fanden sie äußerst sympathisch. Sie hatte die Kinder gerettet. Sie war ein Geschenk! Vielleicht könnte sie ja der nächste gute Geist dieses Hauses werden?

Kathis Befürwortung gab den Ausschlag.

Feierlich bot man ihr das Apartement und zugleich ihre Rolle als Donna Elviras Nachfolgerin an. Nach Meinung aller bedurfte sie jedoch, dem Rang Donna Elviras entsprechend, einer wirklich noblen, einer beinahe zeremoniellen Anrede. Würde sie – wie Kathi vorschlug – "Mylady" akzeptieren?

Mylady akzeptierte.

Alsbald zog sie mit ihrem Pflegesohn Curdi ins geräumige Apartement im ersten Stock. Angel jubelte, war überglücklich.

Vom ersten Tag an hatte die Umbenannte das Gefühl, in ein Märchen geraten zu sein. Die ehemalige Lehrerin, viele Jahre die Zusammenarbeit und den oft nur förmlichen Umgang mit Schülern, Kollegen, Vorgesetzten gewohnt, hatte sich in ihrem einsamen Pensionärsdasein immer nach Menschen gesehnt. Endlich war sie jetzt nicht mehr allein! Und auch die Mitbewohner fanden sich bestätigt im Gefallen an ihr. Ja, es schien, als fühlten sie sich von der um Jahrzehnte Älteren wie in Obhut genommen – ähnlich geborgen wie vormals von der schmerzlich vermissten Donna Elvira. Sie, ihrerseits bemerkte mit Wohlgefallen: jedermann in diesem Haus wohnte friedlich vor sich hin, alle kamen miteinander aus. Hier ließ es sich leben!

Es folgten glückliche Zeiten für die beiden Kinder, sie waren und blieben auch dann unzertrennlich, als Angel in die Grundschule kam, während Curdi, behördlich genehmigt, von Mylady privat unterrichtet wurde. Anstelle des Sprechens hatte Curdi bald gelernt, sich entweder mit Hilfe eines kleinen Täfelchens oder des Handys zu verständigen.

Die sechsjährige Angel hingegen bereitete dem Erik-Papa eine besonders schwere Enttäuschung. Ebenso geschickt, wie sich ehmals die Vierjährige dem verhassten Kindergarten entzogen hatte, widersetzte sie sich jetzt dem geplanten, väterlich-professoralen Klavierunterricht. Mit perfekt demonstriertem Desinteresse, katastrophal schlechtem Gehör und totaler Unbeholfenheit ihrer Finger gab sich die kleine Hexe als ein ganz und gar unmusikalischer, ja, geradezu musikfeindlicher Engel!

Ob der Curdi nebenan ein Ohr besaß und sensible Hände und Finger für das Klavier, fragte sich der enttäuschte Erik? Wenn er schon kein Wort redete – könnte dann die Musik seine Sprache werden? Oft holte ihn Erik von da an zu sich herüber, spielte ihm vor, beobachtete ihn. Nie schien Curdi sich beim Zuhören zu langweilen – im Gegenteil: manchmal nahm er sichtbar auch mit seinem Körper den markanten Rhythmus eines Stückes auf. Aber nie machte Curdi Miene, er wolle auch selbst einmal die Tasten bespielen.

Erik und Angel hatten jederzeit Zugang zu Myladys Wohnung – ebenso blieb Eriks Tür für Mylady und Curdi stets unverschlossen. So fand Erik eines Tages Curdi am Flügel, wie er die viereinhalb Takte Richard Wagners hervorzubringen versuchte: das Leitmotiv von Eriks Klaviersonate, diesen wahnsinnigen Tristan-Akkord! Er hatte Erik kein Glück gebracht. Er hatte nicht nur den Mut zum Komponieren, er hatte auch Rodrigo verloren. Trotzdem hatte sich Erik gelegentlich noch einmal seine Komposition vorgespielt – und jetzt hatte ihm das Schicksal mit dem Tristan-Motiv vielleicht einen ganz besonderen Schüler, Curdi, herbeigelockt?

Erik fasste Mut! Sein eigenes Klavier stand seit vielen Jahren vereinsamt bei seinen früheren Pflegeeltern. Er ließ es abholen, in Curdis Zimmer aufstellen, stimmen. Es war ein edles Instrument. Curdi beglückte es fast zu Tränen. Erik brachte ihm sogleich Noten bei, was sich nicht weiter als schwierig erwies. Curdi wehrte sich nie, war stets bei der Sache, begriff schnell. Erik fühlte sich reich beschenkt. Vielleicht hatte er mit Curdi doch noch einen Nachfolger am Klavier gefunden? Ach, Träume! Man durfte nicht allzu viel auf sie geben – oft führten sie nur in die Irre ... Aber Curdi blühte auf! Er lächelte Erik entgegen, wenn sie sich begegneten und rückte jetzt auch nicht mehr von ihm ab, wenn sie nebeneinander saßen – vor dem Flügel oder neuerdings vor seinem eigenen Klavier.

Seit Donna Elviras Tod hatte das Haus immer noch um die Unvergessene getrauert. Jetzt schenkte ihm Mylady neue Eleganz, neues Leben, eine neue moderne Seele. Sie hatte Anglistik studiert, sie verstand die Sprache der Jugend, sie verstand auch deren Musik. Und die stammte eher seltener von Beethoven oder Bach.

Sie brachte sogar Rodrigo zurück, ohne dass sie es, wie auch? beabsichtigte.

Don Rodrigo war nach Donna Elviras Begräbnis alsbald ohne Abschied verschwunden. Nur gelegentlich tauchte er auf, um sich alsbald wieder zu verabschieden. Ein ruhelos unsteter Geist! Was trieb ihn um? War es der Verlust Pedros – oder waren Pedro und Rodrigo doch wieder zusammen? Erik hatte sich abgefunden mit seinem Schicksal. Rodrigo hätte sich ohnehin niemals von ihm, Erik, für immer festhalten lassen.

Eines Tages läutete das Telephon, es meldete sich Rodrigo. Erik war einen Moment sprachlos.

"Bin ich dir unwillkommen, Erik?"

"Nein, um Gotteswillen!" stotterte Erik.

"Würdest du dich freuen, wenn ich dich besuchte?"

Es stellte sich heraus: Rodrigo war wohlinformiert über alle Veränderungen im Haus.

"Ihr habt eine Nachfolgerin für Donna Elvira gefunden?"

"Wir wollten eigentlich nur Curdi bei uns aufnehmen, sie ist aber nun einmal seine Ziehmutter. Eine höchst angenehme Person!"

"Sie muss schon was Besonderes sein, wenn sie den Platz von Donna Elvira einnehmen darf. Ihr traure ich immer noch nach! Ich würde ihre Nachfolgerin gern kennenlernen. Ob das wohl möglich ist?"

Ein sonderbarer Wunsch!

Erik versuchte, Rodrigo erst einmal hinzuhalten. Wie sollte er Mylady – einer ebensolchen Dame wie ehemals Donna Elvira! – erklären, ein völlig fremder Mann, wenn auch ein Freund des Hauses, wolle sie kennenlernen? Es machte ihm Kopfzerbrechen. Rodrigo kürzte die Wartezeit ab. Eines Tages stand er mit Blumenstrauß ebenso unerwartet vor der Tür, wie er plötzlich per Telephon wieder Kontakt aufgenommen hatte, nach sehr langem Schweigen.

"Ich komme ohne Einladung. Weil du mich einfach vergessen hast, Erik!" Es klang vorwurfsvoll.

Zufällig waren Curdi und Mylady gerade bei Erik – so ließ sich ihre Begegnung mit Rodrigo nicht vermeiden. Curdi hatte eben am Flügel ein paar Takte von Eriks Sonate auswendig vorgespielt. Anscheinend hatten sie ihm besser gefallen als ein kleines Klavierstück des jungen Mozart. Vielleicht, weil sie mit ihren Tönen in so verqueren Sprüngen daherkamen? Weil es Curdi weniger nach Harmonien, mehr dagegen nach kunstvoll applizierten Disharmonien gelüstete? Weil der ein' oder andere Missklang noch am ehesten seiner beginnenden Pubertät entsprach?

Merkwürdig! Zwischen Mylady und dem als Komponist und Professor vorgestellten Rodrigo kam von Anfang an – nachdem er ihr mit Schwung seinen Strauß überreicht hatte – ein Einvernehmen zustande, wie es sich nur selten bei einer ersten Begegnung ergibt. Dabei lächelte Mylady ihn nur so freundlich an, weil sie einem Freund des Hauses besonders höflich begegnen wollte. Er, Rodrigo, legte es hingegen ganz bewusst darauf an, sie zu beeindrucken – mit einem vielleicht allzu chevaleresquen Getue, das zwar Erik, nicht aber sie durchschaute. Curdi zog sich ohnehin sofort in eine Ecke zurück. Erik sorgte mit einem höchst sinnvollen Auftrag dafür, dass

Rodrigo ihn nicht ansprechen konnte:

"Schau in der Küche nach, Curdi, ob irgendwas anbrennt!"

Curdi war froh, dass er sich entfernen durfte und verschwand.

Erik quälte sich: "Was will er hier? Er drängt sich förmlich auf – und ich weiß nicht warum? Was hat er vor? Warum ist er nicht in Amerika geblieben? Der Unruhestifter!" Lange hatte man von Rodrigo nichts mehr gehört, auch nicht an der Hochschule.

Es entspann sich indessen ein etwas angestrengtes Gespräch zwischen dem ungebetenen Gast und Mylady, die sich quasi verpflichtet fühlte, als eine Art Gastgeberin zu agieren, obgleich es ihr nicht ganz wohl dabei war. Immer noch etwas gezwungen, dann nach und nach etwas freier gestand sie, eine große Jazz-Liebhaberin zu sein. Als er das hörte, setzte sich Rodrigo an den Flügel, griff in die Tasten und intonierte ein paar Takte.

"Thelonius Monk! Längst vorbei – aber unsterblich!"

"Ich habe noch Aufnahmen von ihm und von vielen anderen."

"Sie Glückliche! Manches kann man ja heute gar nicht mehr kaufen!"

"Besuchen Sie mich halt mal, dann lasse ich Sie meine Schätze hören!"

"Verbindlichsten Dank für die Einladung! Ich verabschiede mich – aber ich nehme Sie beim Wort!"

Es hörte sich an, als werde er ihr in den nächsten Tagen schon aufwarten. Aber er kam nicht. Mylady wunderte sich kurz und vergaß ihn. Erik jedoch grübelte. Was war mit Rodrigo, dem einst so geliebten Rodrigo passiert? Wie sehr hatte er sich verändert!

Die beiden Jüngsten im Haus wuchsen heran. Angel besuchte das Gymnasium. Curdi hingegen, ihr ein paar Jahre voraus, wurde – amtlich genehmigt – von Mylady zuhaus unterrichtet. Natürlich beherrschte sie nicht alle gymnasialen Fächer, aber das Wichtigste war der Schulbehörde Deutsch, Geschichte, Mathematik und eine Fremdsprache. Damit war sie einverstanden, das schaffte sie. Man wollte dem sprachlosen Autisten eine normale Schule nicht zumuten. Curdi war ein Ausnahmefall, viel zu begabt, um in einer Behinderteneinrichtung zu verdämmern. Gelegentliche schriftliche Kontrollen bestätigten, dass seine Lehrerin auf dem richtigen Weg mit ihm war. Welche Berufschancen er später haben würde, ließ sich jetzt noch nicht sagen. Würde er jemals imstande sein, Verhandlungen, ja, auch nur normale

Gespräche zu führen? Bei ihm ging alles nur schriftlich, zuerst übers Handy oder das Täfelchen, das sich im Gespräch mit Mylady oder mit wem auch immer aufs Einfachste handhaben ließ. Dann über den Computer – und zuletzt ausgedruckt.

Er hatte rasch gelernt, sich sehr kurz und sehr präzis auszudrücken. So brachte Mylady ihm auch in Rede und Gegenrede das vom Lehrplan gewünschte Englisch bei. Er sprach es nicht, aber beeindruckte seine regelmäßigen Prüfer bald mit kompletter schriftlicher Nacherzählung und fehlerfreiem Diktat. Anfangs hatte Mylady ihm nur einzelne Wörter, dann kurze Sätze vorgesprochen, war aber rasch zu Original-Texten übergegangen. Die wiederholte sie abschnittweise, begleitet von Mimik und Gestikulation, so lange, bis Curdi – der anfangs kaum etwas verstand – irgendwann schriftlich den Sinn erst auf deutsch, später dann auch auf englisch wiedergeben konnte. Kurz, als spräche die ganze Welt plötzlich nur noch Englisch, machte Mylady Englisch an manchen Tagen von morgens bis abends zur Umgangssprache. Im Lauf vieler Jahre und unzähliger kurzer, längerer und sehr langer Urlaube in ihrem Sehnsuchtsland Großbritannien hatte Mylady sich Englisch akzentfrei angeeignet. Und siehe da, die brachiale Methode schlug mit der Zeit bei Curdi wunderbar an!

Ja, und was ergab sich mit Erik? Während Mylady dem Curdi von Anfang an eine mütterliche Lehrerin war, wurde Erik ihm erst nach und nach zum väterlichen Begleiter. Durch seine musikalische Begabung und seine Lust am Üben wurde Curdi für Erik zum Ersatz für die widerspenstige Angel.

Curdi und Angel hingegen waren und blieben sich zutiest verbunden. Oft bat Angel, wenn Mylady noch nachmittags unterrichtete, still dabeisitzen zu dürfen. Wenn es ihr dann zu viel wurde, legte sie sich auf die Couch und schlummerte ein Viertelstündchen. Curdi deckte sie dann liebevoll zu und betrachtete sie lächelnd. Er war ja wirklich, verglichen mit Angel, schon beinah erwachsen! Mylady dachte beim Anblick der beiden: Ein Liebespaar? Ja, eines, das es nie geben wird! Wie traurig! Wie unwirklich! Und wie poetisch!

Mit Recht hielt die Prüfbehörde Myladys Unterrichtsmethoden für eine Meisterleistung. Sie selbst dachte, erst gegen Ende ihres Lebens habe sich ihre wahre Berufung gezeigt: ein Genie zu entdecken, es zutage zu bringen, zu hüten und ihm zur Vollendung zu helfen.

Auch was Erik Curdi lehrte und aus ihm herausholte, wusste die Schulbehörde zu würdigen. In seiner Art, Curdi zu unterrichten, harmonierte er mit Mylady, sie tauschten sich fast ohne Worte aus. Jeder hatte für sich und auf seine Weise eine Methode gefunden, Curdi mit seinem speziellen Wissen und Können zu befreunden.

Wie würde er nun seinen Weg durch die Pubertät finden? Kathi, die vom Parterre aus die Lernerfolge Curdis im ersten Stock sorgsam beobachtete, sah wohl die Parallele von Curdi zu Willy, ihrem einstigen Liebling – aber auch den gewaltigen Unterschied zwischen beiden. Curdi, hochbegabt – andererseits von der Natur schwer beschädigt. Sie dachte an Willys „Kann ich das mal sehen?" als er ihre Brust anfasste. Curdi war längst schon ein paar Jahre älter als damals Willy. Kathi wurde nervös, wenn Angel länger oben im ersten Stock blieb. Hoffentlich ließ Mylady die beiden nicht allzu oft miteinander allein? Sie täuschte sich mit ihrer Befürchtung nicht. Es geschah, was geschehen musste, aber natürlich bekam sie es erst viel später mit.

Dem Curdi wurden stets wohlberechnete Pausen zwischen seinen Lektionen zuteil. Dann durfte er spielen. Computer-Spiele, die Millionen Jugendliche fesselten. Sie fesselten auch Curdi. Oft saß Angel dabei neben ihm. Ihr genügte es, wenn sie bei ihm sein durfte. Sie redete auch nie dazwischen. Aber sie wusste, fühlte: er sehnte sich nach ihr. Und sie sehnte sich nach ihm.

Angel war Curdi zubestimmt, von allem Anfang an. Schon bei der allerersten Begegnung in Kathis Gruppe war sie ihm verfallen, behütete ihn – und jetzt war es fast so, als behüte er *sie*. Was blieb, war das Faszinosum seines Schweigens, das sie gepackt hatte und nicht mehr losließ. Jeder im Alter der beiden hatte schon Liebesfilme gesehen und Bettszenen gab es im Fernsehen zur Genüge. Das Mindeste war: man küsste sich. Was aber macht ein Autist? Der Autist Curdi machte nichts. Oder doch? Eines Tages fasste er sie an. Schob ihren Pulli hoch, betrachtete ihren winzigen Busen, streichelte ihn und deckte ihn wieder zu.

Mehr geschah an diesem Tag nicht.

Dann hatte Mylady einen nachmittäglichen Arzttermin. Sie wusste, eine lange Wartezeit stand ihr bevor. Und so lange, viel zu lange, war Curdi allein zuhaus. Sie hinterlegte eine Botschaft bei Erik:

"Bin heute nachmittag beim Arzt. Bitte nachschauen, ob alles ok!" Was meinte sie damit?

Erik verstand. Auf der Suche nach Curdi ging er durch ihre Wohnung. Warum rief er ihn nicht? Warum machte er sich nicht bemerkbar? Ahnte oder befürchtete er etwas? Curdi war nirgends.

Doch! Er war in seinem Zimmer.

Dort suchte ihn Erik zuletzt, näherte sich ganz langsam, öffnete so lautlos die Tür, als wolle er niemand erschrecken, oder – um nur ja nicht wahrgenommen werden? Da lagen sie also, diese beiden Kinder, die keine Kinder mehr waren – entkleidet, ohne Scham, nebeneinander auf Curdis Bett. Mein Gott: nackt? Einmal richtete Curdi sich auf, nahm Angels Anatomie zuerst nur mit den Augen wahr, betastete sie dann mit den Fingerspitzen, sehr zart. Angel ließ es geschehen. Ein vierzehnjähriges Nichtmehr-Kind. Ja, sie war wirklich schon eine Frau!

"Muss ich da jetzt eingreifen?" fragte sich Erik verzweifelt. Er brachte es nicht fertig. Was sollte er tun? An der Wohnungstür klingeln? Das gäbe den beiden Gelegenheit, sich anzukleiden? Kein Verdacht hätte sie dann befleckt! Aber er legte die Tür an und schlich davon.

Drüben, in seiner eigenen Wohnung, wartete er auf Myladys Heimkehr. Zuerst – angeblich – erschien sie bei ihm. Sie hatte nicht vorher drüben nach dem Rechten geschaut?

"Alles in Ordnung?"

Erik begriff sofort: Sie wusste Bescheid! Und ohne zu überlegen, antwortete er: "Alles in Ordnung!"

Niemals sprachen die beiden später über das, was sich an diesem Nachmittag ereignet hatte. Keiner wusste ja definitiv vom anderen, was der vermutet, geahnt, mit eigenen Augen gesehen hatte. Eine wunderbare Übereinkunft jedoch bestand von da an zwischen ihnen: wir zerstören sie nicht, diese verbotene Liebe! es muss einen Weg geben, sie zu hüten – wie man in der Nacht ein Feuer am Glimmen erhält, das erst am anderen Morgen – an einem weit entfernten anderen Morgen! – wieder aufflammen darf.

In Zukunft drückten sie, ohne dass es je einer Verabredung zwischen ihnen bedurfte, manchmal ein Auge zu, verschwanden für eine kurze, sehr überlegte Zeit, ließen die beiden allein. Es waren immer genau so viele oder so wenige Minuten, dass sich nicht ihre Körper, wohl aber ihre Seelen ineinander verlieren konnten. Die Zeit reichte nur für ein paar Küsse, Berührungen, Zärtlichkeiten.

"Angel ist mein Kuckuckskind", sagte Arne eines Tages zu Kathi. "Du hast sie nicht von mir empfangen, aber du hast sie mir geschenkt. Das weiß sie nur nicht. Obwohl: du hast sie uns ja ins Nest gelegt – Erik und mir. Du, Kathi, und ich, wir sind uns schon lange so nah, was brauchte es da noch ein Jawort und einen Ehering?"

Solche mysteriösen Worte passten zu Arne – immer besser sogar mit den Jahren. Obwohl Kathi sie nicht wirklich zu deuten verstand. Sie machte ihre Arbeit Tag für Tag, hatte keine Sonderstellung im Behindertenheim. Kathi war unten bei ihrer Gruppe, Arne saß oben an seinem Schreibtisch. An vielen Tagen bekam sie ihn tagsüber nicht einmal zu Gesicht, höchstens nach Feierabend. Oft dachte sie ihn sich herbei und wusste, auch er holte sie zu sich her in Gedanken. Es war ein wunderbarer gegenseitiger Austausch. Wenn sie sich dann begegneten, hatte Kathi immer das Gefühl: jetzt gleich wird er es sagen, dass er mich liebhat – aber dann ging Arne vorüber, sagte es ihr bloß mit den Augen und schwieg.

Jetzt, in der Vorweihnachts-, der Adventszeit mussten im Heim von allen Gruppen Weihnachtslieder geübt werden, das war Arne wichtig. Unentwegt saß er im Turnsaal am Klavier und begleitete geduldig den Chor. Er sollte ja anlässlich der alljährlichen Weihnachtsfeier was hermachen und die eingeladenen Papas und Mamas beeindrucken. Arne hielt außerdem eine Überraschung bereit. In der bevorstehenden Weihnachtsfeier wollte er, nachdem er seine Gäste begrüßt und das Weihnachtsevangelium zelebriert hatte, ein Solo ankündigen. Angel, eine junge Verwandte, sänge – noch vor dem Geschenkeverteilen – zur Freude aller einen weihnachtlichen, nein, *den* weihnachtlichen Choral schlechthin:
Tochter Zion, freue dich!
Freue dich, Jerusalem!

Bei der letzten, der Generalprobe setzte er sich ans Klavier und Angel trat an seine Seite. Kathi erstarrte.

Und dann sang die Vierzehnjährige mit einer Stimme, so glockenrein und glockenschön – jubelnd! — alle drei Strophen des Händelschen Chorals, von dem einst der Knabe Erik nur die erste, und später Donna Elvira auch die zweite und dritte gesungen hatte. Jeder auf seine Weise: Erik bravourös, Donna Elvira überwältigend. Und jetzt Angel, ihr Name sagte es ja: wie ein Engel! Die Heiminsassen, die Behinderten brachen als Ersatz-Publikum in Jubel aus. Sie hörten Angel ja nicht zum ersten Mal, aber jetzt durften sie ausnahmsweise einmal applaudieren, begeistert und stolz. Angel war ja so gut wie eine der ihren, kam oft ins Heim, half einmal da, einmal dort. Früher, zusammen mit Curdi, war sie bei ihnen beinahe beheimatet gewesen.

Es stellte sich nun auch heraus: Arne hatte eines Tages rein zufällig Angels Stimme gehört.

Die Erinnerung an die begnadete Stimme Donna Elviras hatte ihn wie ein Blitz getroffen. Sofort sorgte er dafür, dass Angel Gesangsunterricht und genaue Anweisungen erhielt, wie sie mit ihrer Stimme umgehen, sie schonen sollte.

So nannte er sie, um Kathi zu necken, sein Kuckuckskind. Oder im Stillen ”Mein Singvögelchen”.

”Erik hat mich um Angel betrogen. Kathi hat ihm Angel nicht freiwillig geschenkt. Erik hat sie, hat *meine* Kathi, *ja, meine*, vergewaltigt! Trotzdem habe ich *sein Kind,* Angel, ans Herz genommen, habe ihre Stimme entdeckt, und so ist aus Angel *mein* Singvögelchen geworden. Ich will sie ja gar nicht für mich allein haben. Aber Erik hat schon den Curdi und bringt ihm das Klavierspielen bei. Ich möchte nur auf mein Singvögelchen aufpassen dürfen, mehr nicht.“

Es dauerte nicht lange, dann wusste Erik Bescheid. Er hatte nichts dagegen. Er hatte andere Sorgen. Er musste seine Tochter Angel – wenn auch ungebeten – auf dem gefahrvollen Weg ihrer ersten Liebe begleiten, bewahren, und – nun ja, auch ein bisschen in die richtige Richtung lenken.

“Dein Kuckuckskind, Arne, behalt’ es, es ist in guten Händen bei dir! Bist ein feiner Kerl, hast mir damals Beistand geleistet und mich neidlos als den besseren Klavierspieler anerkannt. Zwischen uns, Arne, gibt es keinen Zwiespalt, wird es nie geben. Wir sind Brüder – für immer!“

Erik und Mylady hatten zweifellos den weit schwierigeren Teil übernommen. Jahr um Jahr beobachteten sie das Paar. Sie ließen ihnen, je länger, einen umso größeren, wenn auch auch noch immer begrenzten Freiraum für ihre Liebe.

Das Abitur schrieb Curdi dann in einer Münchner Schulklasse mit und erwarb sich damit die Zulassung zum Studium. War es wirklich ein blinder oder doch vom Schicksal genau berechneter Zufall, dass zu Beginn des nächsten Wintersemesters, für das Curdi sich bei der Hochschule im Fach Klavier beworben hatte und wofür er im Vorspiel mühelos akzeptiert worden war, Rodrigo auftauchte, um seine Position sowohl als Klavierpädagoge wie als Lehrer für Komposition erneut wahrzunehmen? Erik konnte denn auch das Argument nicht zurückweisen, Curdi habe bei Rodrigo einen viel regelmäßigeren Unterricht als bei ihm, der derzeit wegen längerer Konzertreisen oft abwesend war. Bei einem Erstsemester fiele das besonders ins Gewicht.

So wurde Curdi also – zu Eriks Missfallen – Rodrigos Schüler. An dessen pädagogischem Geschick und klavieristischem Können gab es nicht den geringsten Zweifel. International angesehen als Pianist war er, der ewig Umherschweifende, ohnehin. Trotzdem hätte Erik am liebsten seine Konzerte Curdi zuliebe abgesagt, aber seine dunklen Ahnungen lieferten ihm ja keinen wirklich zwingenden Grund.

Rodrigo ließ seinen Schüler wissen, er habe sich Curdis Schwierigkeiten als Autist durch einen einfühlsamen Therapeuten erklären lassen. Er wolle ihm den Anfang nicht schwermachen.

"Wenn du etwas nicht verstehst, hebe beide Hände – so! Dann weiß ich Bescheid und wiederhole mich, so oft du immer begehrst. Vielleicht erfinden wir beide mit der Zeit eine gemeinsame Zeichensprache? Du sollst dich wohlfühlen und nicht über mich ärgern. Die Musik wird uns immer mehr verbinden, ok?"

Curdi nickte. Er fühlte sich angenommen.

Erik dachte jetzt oft an den Down-Syndrom-Willy. Alle hatten damals gewusst, Willys Herz sei schwach, nicht belastbar! Welch hinterhältiges Spiel hatten die siebzehn-, achtzehnjährigen Burschen dann bei jenem Familienausflug mit Willy gespielt? Vielleicht hätte Erik ihn noch vor ihnen retten können? Wo war er, als Willy unbedingt Hilfe brauchte? Zur gleichen Stunde, vielleicht Minute, als Willy zu Tode kam, musste er unbedingt seine Mutter, Donna Elvira, auf ihrem Spaziergang begleiten – draußen in der schönen, grünen Natur.

Er hatte Willy so sehr geliebt. Willy war anders als alle andern gewesen. Ein guter Mensch. Eine reine Seele. Rein, gut bis zuletzt. Aber später? Wäre er so geblieben? Konnte man überhaupt rein bleiben, gut? Donna Elvira, Willy, beide tot – ach, vorbei …

Und doch! Alles wiederholte sich! Wie damals Willy, so hatte er jetzt – grade eben und schon wieder! – einen Menschen hergeben müssen: Curdi! Beide behindert, beide von ihm sehr geliebt, und beide ihm weggenommen. Willy für immer. Und Curdi? Er gehörte jetzt Rodrigo. Was würde Rodrigo mit ihm, aus ihm machen? Wenn es gut lief, dann einen passablen, vielleicht sogar mehr als einen passablen, einen genialen Pianisten? Oder würde er ihn verderben? Ihm den Weg abschneiden – so, wie er ihm, Erik, den Weg zum Komponieren, ob wohlmeinend oder nicht, einst abzuschneiden versucht hatte?

Er dachte: Jetzt beginnt also die Zeit des Verlassenwerdens. Allen Eltern geht es gleich: eines Tages sind unsre Kinder erwachsen und wir müssen sie hergeben. Aber warum grade an einen Rodrigo, diesen Verführer? Würde er, so, wie er ihn, Erik, verführt, nein, eines Tages überfallen hatte, auch auf Curdi einzuwirken versuchen? Wie würde Curdi seine Sexualität bewältigen? Verteidigen? Preisgeben? Die Natur würde keine Ausnahme bei ihm machen, sie würde auch ihn, den Autisten, damit quälen und ihn irgendwie zu einer Entscheidung zwingen.

Jedes Mal, wenn Erik von einer mehrwöchigen Konzertreise im Ausland für ein paar Tage nach München zurückkehrte, fand er einen unveränderten Curdi im ersten Stock unter der Hut von Mylady vor. Immer überaus fleißig am Klavier und immer auch mit der Einübung der richtigen Sitz-Haltung und der erwünschten Bewegung von Fingern, Händen und Armen bemüht, dem anatomischen ABC des Klavierspiels, wie Rodrigo es sah. Vorerst zählte nichts als der „Anschlag". Noch war keine Rede von „Gestaltung". Schon gar nicht von Beethoven.

Erik und Mylady saßen sich erst einmal schweigend gegenüber. Wie stand es um Angel und Curdi? Erik fragte es schweigend, nur mit den Augen. Mylady zuckte ganz leicht, fast unmerklich, mit den Schultern. Wusste sie es gar nicht so genau? Erik beschloss: Schluss! Jetzt wird reiner Tisch gemacht! Im 21. Jahrhundert weiterhin einen Bogen um das bewusste Thema zu schlagen, vielmehr: so ein Gewese darum zu machen, war einfach lächerlich. Wie und warum überhaupt spielten sich denn Mylady und Erik seit Jahren als Sittenwächter auf? Curdi war inzwischen erwachsen, volljährig, musste endlich selbstbestimmt seinen eigenen Weg suchen – unbeargwöhnt von seinen "Pflegeeltern". Zusammen mit Angel sollte er künftig frei darüber entscheiden, wie weit sie in ihrer Beziehung miteinander gehen würden. Erik sagte also, mit einem Unterton, der keinen Widerspruch duldete:

"Sie sollen tun, was ihnen gefällt. Ich stehe dazu. Und Sie?"

Mylady sagte sehr ernst:

"Man weiß nie, was daraus wird. Ich hätte nicht den Mut, Angels Mutter Kathi um ihre Einwilligung zu bitten. Sie würde sie ganz sicher verweigern, aus Angst um ihre Tochter. Aber gut, Sie sind, wie ich vermute, der Vater – ich schließe mich Ihnen an."

"Es ist doch Wahnsinn, wie wir beide hier seit Jahren über die Liebe zweier Menschen bestimmen, sie kontrollieren, manipulieren – Gott verzeih' uns! Heute beschließen wir nun, sie endgültig aus unserer Aufsicht zu entlassen."

"Nein!" entrüstete sich Mylady. "Nein! So sehe ich es nicht! Wir ließen im Gegenteil zwei sehr verletzbare Kinder sehr sachte älter werden und begleiteten sie auf ihrem Weg zum Erwachsensein. Nichts anderes haben wir mit dem größten Respekt, um nicht zu sagen: mit Ehrfurcht, getan! Wenn Angel jetzt alle paar Tage zu mir hereinschaut, mich umarmt, mir einen Kuss gibt, dann sagt sie jedes Mal: Danke! Ja, wofür wohl? Das frag' ich Sie, Erik – der Sie jetzt alles kaputtreden, die ganze Vergangenheit, in der wir sie mit Liebe nur so überschüttet haben."

Erik jedoch sah es pragmatisch. Für ihn war vor allem wichtig: Je inniger sich die Bindung zwischen Angel und Curdi anließ, desto unbeirrbarer würde Curdi dem Rodrigo widerstehen. Ganz bewusst setzte Erik seine Tochter gegen Rodrigo ein:

"Sex mit Angel umgibt Curdi wie ein Feuerwall. Macht ihn sturmfest gegen Rodrigos Verführungskünste. So sehe ich das – Gott verzeihe mir!" Es war natürlich nur ein Gedanke, ihn Mylady nahezulegen hätte er nie gewagt.

Derzeit hatte Curdi jede Woche eine Stunde Unterricht bei Rodrigo, manchmal in der Gruppe, manchmal allein. Machte sein Studium überhaupt Sinn? Welche Zukunftsaussichten hatte er als Pianist? Als Konzertpianist?

Nun ja, vielleicht. Klavierlehrer kam nicht in Frage. Aber Kammermusik, das war's! Curdi an einem der beiden Klaviere eines Klavierduos? Oder als Teil eines Trios, zusammen mit Violine und Cello? Oder auch als Sängerbegleiter? All das konnte sich Rodrigo vorstellen. Curdi war hochmusikalisch, Rodrigo wollte als Lehrer alles, wirklich alles für ihn tun.

Vielleicht sogar mehr als alles.

Einst war ihm nach und nach Erik zugewachsen, ein Fünfzehnjähriger, den Rodrigo dann drei Jahre begleitet und es erst dann gewagt hatte, den gerade Achtzehnjährigen im Sturm seiner Begierde an sich zu reißen. Nun ja, später hatte er sich in seinen Landsmann Pedro verliebt. Er verließ Erik – und wurde kurz darauf selber von Pedro verlassen. Von Pedro jedoch kam Rodrigo nicht mehr los. Pedro wurde seine unglückliche Liebe. Auch jetzt noch war Rodrigo alljährlich zur Ferienzeit in seiner spanischen Heimat unterwegs auf der Suche nach ihm. Aber Pedro blieb unauffindbar.

In früheren Jahren, erst als Student und jetzt als Gastprofessor in den USA, hatte Rodrigo seine Leidenschaft für eine Musik entdeckt, die längst auch an deutschen Hochschulen Fuß gefasst hatte. Ihr würde er gerne an der hiesigen Musikhochschule den Weg bahnen – auch in seiner Profession als Komponist. Vielleicht würde ihm das, mit Curdi am Klavier, gelingen? Es durfte sich nur niemand einmischen – welchen Weg auch immer Rodrigo bei Curdis Ausbildung einschlug und welches Ziel er insgeheim anstrebte.

Natürlich hätte er Curdis „Ziehvater" Erik ins Vertrauen ziehen müssen. Aber zweifellos wäre ihm Erik sofort in den Arm gefallen, hätte ihm Curdi weggenommen und ihn auch noch verleumdet bei den Kollegen.

Rodrigo brannte darauf, in den letzten Jahren seiner Lehrtätigkeit noch seine Begeisterung und Liebe für Jazz auf die junge Generation – besonders aber auf Curdi als Leitfigur – zu übertragen. Mit der gleichen Lust wie er sollte Curdi dem Jazz verfallen. Insbesondere jedoch die Allerheiligsten des Klaviers – Bach, Beethoven, Mozart, Schubert et cetera – nicht gerade über Bord werfen, sondern, besser, ihnen eine ganz neue Gestalt verpassen, sie verjazzen im Übermut. Welch eine lustvolle Möglichkeit!

Rodrigo wusste, es wartete eine Helfershelferin auf ihn, wenn sie auch vorerst noch keine Ahnung davon hatte: Mylady mit ihrer phänomenalen Jazz-Platten-Sammlung! Er musste sie nur noch für sein Projekt gewinnen.

So fragte er an, wann wäre es Mylady wohl genehm, ihn zu empfangen?

Sie ihrerseits fühlte sich etwas vereinsamt durch Eriks längere Abwesenheiten, und so zeigte sie sich höchst erfreut über Rodrigos angekündigten Besuch. Fast alle ihre geliebten Jazz-Gottheiten waren schon tot, viele ihrer Aufnahmen galten als Raritäten. Mein Gott, welch tolle Platten sie besaß! Schon bei seinem ersten Besuch wählte Rodrigo mit Bedacht nur eine einzige Platte von Myladys geheimen Schätzen aus. Er brauchte einen Vorwand, um so oft wie möglich wiederkommen zu dürfen. Für Curdis Ohren war diese Musik ja Neuland. Man musste ihn sachte daran gewöhnen! Durfte ihn nicht überfüttern, nicht überfordern, nicht zum Hören zwingen. Sehr bedachtsam musste man auch mit Beethoven und seinesgleichen verfahren, sie fast unmerklich aussortieren, zum Verschwinden bringen, sie langsam verblassend in Schattengestalten verwandeln.

Hocherfreut stimmte Mylady auch Rodrigos Bitte zu, sie von jetzt an allwöchentlich zu einem Konzertnachmittag mit Chick Corea und seinesgleichen besuchen zu dürfen. Anfangs hielt Curdi nur kurz und auch nur höflichkeitshalber bei diesen Jazz-Orgien aus. Nur allzu bald zog es ihn hinüber in Eriks Wohnung an Eriks Flügel. Doch unendlich geduldig, vorsichtig träufelte Rodrigo weiterhin Jazz in Curdis Ohren, jedes Mal ein klein wenig mehr. Doch Curdi widerstand und widerstand.

Da kam Rodrigo ausgerechnet Angel zu Hilfe. Unerwartet erschien sie eines Tages bei Mylady, wollte nicht stören, sich gleich wieder verabschieden. Konnte sich dann aber einfach nicht losreißen von dieser Musik. Man sah, sie ging ihr durch Mark und Bein!

"Komm doch jeden Donnerstag rauf, dann kriegst du meine ganzen Platten mit, Angel! Ich sehe doch, wie du darauf ansprichst!"

Von da an blieb auch Curdi dabei. Nie mehr flüchtete er hinüber in Eriks Wohnung. Rodrigo sah es mit Genugtuung: wie der eine oder andere Jazz-Musiker Curdi nach und nach in seinen Bann zog, wie er sie mit der Zeit unterscheiden lernte, wie er Gefallen fand an dieser Musik, ihr fast ein wenig verfiel. Angel dagegen warf sich förmlich in sie hinein, wollte Jazz dann auch nicht nur hören. Jazz spielen konnte sie nicht, sie beherrschte kein Instrument – aber Jazz singen, das wollte sie! Und das würde sie auch können!

Rodrigo war außer sich vor Glück! Der immer noch nicht ganz vereinnahmte Curdi spielte jetzt keine Rolle mehr. Das Schicksal hatte ihm Angel geschenkt. Angel und ihre große Stimme! Er versprach Angel, ein Stück für sie zu komponieren. Es gebe in der Hochschule genügend Studenten, die sich zu Jazz-Bands zusammenfänden und sehnsüchtig darauf warteten, dass sich endlich mal jemand wie Angel fand, die nicht nur Jazz singen wollte, sondern auch konnte. Und eine Stimme mitbrachte wie sie! Welch ein Organ!

Jedes Mal, wenn Erik für ein paar Tage nach Hause kam, fiel die Jazz-Session aus. Merkwürdig, auch wurde in Eriks Gegenwart nie darüber gesprochen. Als hätten sie allesamt ein Geheimnis vor ihm. Oder ein schlechtes Gewissen?

Es war natürlich wichtig, dass nichts nach außen drang – vor allem, weil es für Curdi dann doch viel zu schnell ging. Noch nahm er Angel zulieb alles hin und versuchte, ihre Jazz-Leidenschaft zu verstehen, ihr nachzufühlen.

Bei der Weihnachtsfeier des Behindertenheims sang Angel dann mit Curdi am Klavier zuerst das gewohnte

Tochter Zion, jauchze,
freue dich, Jerusalem

Daran schlossen sich dann – fast ohne Unterbrechung – ein paar Takte Jazz an, die aber mehr die jungen Heimbewohner und weniger die Eltern in Emphase versetzten. Für die Jugend war es eine tolle Überraschung, endlich mal etwas ganz anderes als das alljährliche 'Tochter Zion'. Ohnehin wusste kein Mensch, wer das war.

Niemand hatte Erik auf diese recht ungewöhnliche Weihnachtsmusik vorbereitet. Doch angesichts der Jugendlichen und ihrer Begeisterung wagte er keine Kritik. Er beschloss: "Ich nehme es einfach nicht ernst!" Zumal Angel ihre Lust am Jazz hinreißend offenbarte. Hätte er ihr die verderben sollen? Er, der ihr so gerne vieles und am liebsten alles durchgehen ließ? Kathi dagegen konnte gar nicht ermessen, was eventuell auf dem Spiel stand.

Weiterhin war es für Erik nur wichtig, dass Angel den Curdi vor Rodrigo schützte – obgleich sie diesem Verführer nun selbst in die Hände gefallen war. Aber er wusste ja, für Angel gab es nichts zu befürchten. Sie war für den Homo Rodrigo tabu. Was bedeutete da ein kleiner musikalischer Ausrutscher an Weihnachten – ein paar Takte Jazz?

Für Rodrigo, der nicht eingeladen war, bedeutete dieser "Ausrutscher" jedoch so etwas wie eine Generalprobe. Noch am selben Abend fragte er bei Mylady nach: wie es geklappt hatte? Gut natürlich!

Curdi hingegen spielte für ihn eigentlich keine Rolle mehr. Nicht einmal als eventuelles Lustobjekt.

Erik ging in der Hochschule jetzt wieder dem Unterrichten nach. Rodrigo musste daher seine Methode ändern. Er hatte sich inzwischen mit einer der zwei oder drei Jazz-Bands verständigt, die sich in der Hochschule zeitweilig zusammenfanden und gelegentlich auch wieder auflösten. Er bot ihnen eine eigene Komposition an – für eine Singstimme und die zur Verfügung stehenden Instrumentalisten. Würde auch Curdi mitmachen? Nein, auf gar keinen Fall! Also kein Klavier?

Vor Erik hielt man das Vorhaben geheim. Auch Kathi erfuhr nichts davon. Angel hatte schon bei der Weihnachtsfeier gespürt: Jazz war nicht Mamas Ding. Sie wehrte sich gegen Jazz und würde ihrer noch nicht ganz achtzehnjährigen Tochter mit strikten Verboten in die Quere kommen.

Die Band hatte nach Curdis Absage keineswegs aufs Klavier verzichten wollen. Ein anderer saß jetzt für ihn am Klavier, Hanno. Würde der nun auch Curdis Stelle bei Angel einnehmen? Wenn nicht sofort, dann vielleicht nach und nach? Curdi begann, sich zu quälen.

Angel vertröstete ihn mit Umarmungen, Küssen und manchmal auch noch mit mehr. Doch eigentlich war das für sie inzwischen schon fast nur noch Routine, ein Mittel zum Zweck . . . Es konnte deshalb auch Curdis Enttäuschung nicht beschwichtigen, war kein Ersatz dafür, dass ihm Angels Herz zunehmend verlorenging – wenn auch vorerst nur an den Jazz. Ein kluger Mensch hätte das Unheil vielleicht kommen sehen. Aber eine unvoreingenommene Person mit Weitblick war nicht zur Stelle. Auch den sensiblen Arne, den niemand eingeweiht hatte, suchte nur ein vage drohendes Vorgefühl heim, das er sich nicht deuten konnte. Sein Singvögelchen hatte sich wohl auf eine ganz unerwartete Art von Musik eingelassen. Aber es machte ihr Freude, und also stand es ihr zu.

Monate vergingen mit Üben, Üben, Üben. Man hatte als Perspektive das Sommerfest der Hochschule im Auge, unmittelbar vor Beginn der Semesterferien. Darauf konnte man sich in aller Ruhe vorbereiten. Angel hatte dann ebenso das Abitur wie ihren 18. Geburtstag hinter sich. Dann war sie erwachsen und von aller lästigen Fürsorge befreit.

Dieser 18. Geburtstag! Zur Feier war auch Hanno geladen, der neue Mann am Klavier, der für Curdi einsprang. Wie passte er zur Familie? Ganz einfach: er war Myladys Neffe.

Curdi fügte sich in alles, da sich ja doch nichts mehr ändern ließ. Beim Abschied gab es ein Küsschen hier und ein Küsschen da – eins für den und eins für jenen, und auch eins, natürlich, für Hanno. Na ja, dachte Kathi bei diesem Anblick, die jungen Leute von heute! Sie brauchte wieder einmal ihr Madonnenherz, um ihre Eindrücke zu verkraften.

An einem der nächsten Tage läutete Erik unten im Parterre bei Arne.

"Alarm, Erik? Was steht an?"

"Ich sehe etwas auf uns zukommen, nichts Gutes, Arne."

"Auch ich bin besorgt, Bruderherz! Erlaube mir eine Frage: Wir beiden Hagestolze – bleiben wir Junggesellen – für immer?"

"Arne, ich für mein Teil gewiss! Seit Jahren besuche ich in Frankreich auf meinen Konzertreisen ein Schweigekloster in den Vogesen. Es hängt mit dem Ersten Weltkrieg zusammen, mit der fürchterlichen Zahl seiner Opfer. Das Kloster liegt in der Nähe eines Soldatenfriedhofs – mit hunderten Toten. Samt und sonders keine zwanzig Jahre alt oder kaum darüber. Ich habe geweint, Arne. So viel Jugend – und so unendlich viel Tod!

Die Mönche schweigen stellvertretend als Büßer. Aber es ist kein finsteres, es ist ein erleuchtetes Schweigen. Sobald ich fünfzig bin, und das ist nicht mehr fern, ziehe ich zu ihnen, darf in einem kleinen Nebengebäude wohnen. Ich werde ebenfalls schweigen. Es wird mir nicht schwer fallen. Ein Klavier wartet auf mich. Das genügt mir."

"Um ehrlich zu sein, Erik: darf ich Kathi etwas Bestimmtes fragen – und du stellst keinen Fuß dazwischen?"

"Darauf, Bruderherz, warte ich schon lange. Wenn du es jetzt nicht schaffst, Arne, schaffst du es nie!"

"Danke, Erik! Und was wird aus Curdi?"

"Das ist unser eigentliches Problem. Ich habe einmal geglaubt, aus Curdi und Angel würde vielleicht ... "

"Ich weiß, Erik – ein Paar. Aber ich hatte immer schon meine Zweifel. Angel ist ein Menschenkind und kein Engel. Eines nicht mehr sehr fernen

Tages wird sie das auch selber merken. Und du, Erik, wirst nichts dagegen tun können und auch nicht tun dürfen. Wir beide müssen deine Tochter ihren Weg gehen lassen, auch wenn er vielleicht nicht nach unsrem Geschmack ist. Haben wir uns verstanden, Bruderherz?"

Mit der ganzen Autorität eines älteren Bruders stand Arne vor Erik, umarmte ihn und schob ihn weg.

"Und jetzt geh und überlege, wie retten wir Curdi? Vielleicht nimmst du ihn irgendwann einmal mit, zeigst ihm deine künftige Heimat, gibst ihn – zur Probe – für ein paar Tage in die Hand dieser geweihten Schweiger? Schweigen, das kann er – länger als sie. Lebenslänglich!"

Die Vorbereitungen auf das Sommerfest waren auf Hochtouren gelaufen. Wie jedes Jahr eröffnete der Direktor mit einer kleinen Ansprache das Fest.

Es begann mit einem Konzert. Jeder Schüler trug dazu bei – als Solist, in einem Duo, als Mitglied eines Trios, Quartetts oder des kleinen Festspielorchesters. Jeder bot einen Querschnitt seines Könnens, seiner Begabung. Ganz am Schluss – nach viel ernster Musik – kam die Band, der sich Angel als zukünftige Mitstudentin schon im Voraus hatte anschließen dürfen. Sie hatten sich etwas Besonderes ausgedacht: Angel sang zu Beginn, einfühlsam von der Band begleitet, mit ihrer leuchtenden Stimme das zum Volkslied gewordene, von Schubert vertonte Gedicht des jungen Goethe:

Sah ein Knab ein Röslein stehn,
Röslein auf der Heiden ...

das Donna Elvira, so sehr geliebt hatte.

Schon nach der ersten Strophe wollte das Publikum klatschen – aber da tobte schlagartig die Band los, war nicht mehr zu bremsen, verjazzte das Röslein im Sturm. Angel übertönte mit ihrer Stimmgewalt die Instrumente, der Rhythmus riss alle mit. Noch vor Schluss, in die letzten Takte hinein, brach der begeisterte Beifall los – eine Ovation, die gar nicht mehr aufhören wollte.

Damit war das Fest eröffnet.

Für Erik war das Ganze keine Überraschung mehr, es hatte sich längst in der Hochschule bis zu ihm durchgesprochen. Er suchte Curdi mit den Augen. Wo war Curdi, der beim Konzert ein kleines Stück von Beethoven hatte vortragen dürfen? Curdi war verschwunden.

Erik dachte an seine Flucht, als er damals dem Willy diesen entsetzlichen Schlag ins Gesicht versetzt hatte. Wie er durch München irrte, aus München hinaus. Die furchtbare Nacht auf freiem Feld! Wie er nicht mehr stehen, nicht mehr gehen konnte! Zweimal als junger Bursch war er geflohen, zweimal hatte ihn die Polizei wieder nachhause gebracht.

Und das wiederholte sich in der nächsten Generation. Zuerst war Curdi zusammen mit der kleinen Angel weggelaufen, ein Kind auf der Suche nach seinem Kätzchen. Unterwegs waren sie Mylady begegnet, die hatte sie festgehalten, der Polizei übergeben. Freundliche Polizisten hatten dann alle Drei im Heim abgeliefert. Und heute, erwachsen und tief enttäuscht, war Curdi ein zweites Mal verschwunden. Und die, die damals Curdi und Angel gerettet hatte, Mylady, saß in aller Ruhe neben Erik und beklatschte die Jazz-Band verzückt. Irgendwann, da sie nicht gleichzeitig beiden treu bleiben konnte, hatte Mylady sich für Angel und gegen Curdi entschieden.

"Entschuldigen Sie!" verabschiedete sich Erik von Mylady. "Curdi ist weg! Ich muss ihn suchen. Ich habe Angst, er bringt sich um!" Er wusste, dass er damit Mylady das Fest verdarb. Mit Recht! Denn sie war eingeweiht, war mitverschworen. Sie hätte ihm, Erik, unbedingt sagen müssen, wie es um Curdi stand. Warum, um Himmelswillen, hatte sie geschwiegen? Sie, Curdis Pflegemutter? Curdi – ein Pflegefall, wie der Down-Syndrom-Willy damals! Den man schützen, behüten musste, ganz besonders auch vor sich selbst!

Bei herrlichstem Wetter spielte sich jetzt das Sommerfest draußen ab. Eine Tanzkapelle war engagiert. Es herrschte Übereinstimmung: Die Hochschule hatte wieder einmal, wie eigentlich immer, großes Glück mit ihrem Sommerfest. Dies aber war von allen jemals gefeierten Sommerfesten das absolut wunderbarste!

Drei Tage blieb Curdi verschwunden. Es war die Hölle für Erik und natürlich auch für Mylady. Sie hatte Erik versprechen müssen, mit keiner Menschenseele darüber zu reden. War Curdi für immer fort, war er tot, dann kam es auf ein paar weitere Tage vergeblichen Wartens auch nicht mehr an. Ohne Aufhebens kehrte Curdi jedoch zurück. Niemand fragte ihn: "Wo bist du gewesen?" Er hätte nicht geantwortet – er antwortete ja nie. Also machte auch niemand ihm einen Vorwurf. Erik und Mylady verhielten sich – so war es abgesprochen – als wäre alles normal.

Aber sein geliebtes Klavier fasste Curdi kein einziges Mal mehr an. Und es hatte den Anschein, er würde seine Tasten überhaupt nie mehr berühren. Gab es dagegen irgendein Mittel? Vor allem: wie ging es mit Angel weiter? Gar nicht! Und das lag nicht an Curdi, das lag an Angel. Sie nutzte die langen Semesterferien im neuen Jahr, um mit der Band ein Programm zu erarbeiten, das bis zum Beginn des Wintersemesters fertig sein sollte und natürlich mehr oder weniger aus dem Abkupfern großer, berühmter Vorbilder bestand. Aber so machten es alle, das war allgemein üblich, normal, es erregte keinen Anstoß, eher Beifall. Die sogenannte Performance kam noch hinzu, die musste sich jede Band explizit zurechtlegen.

Für Angel flog seit Monaten die Zeit nur so dahin. Kein Gedanke an Curdi! Natürlich hatte sie kein gutes Gefühl, wenn ihr der einsame Curdi manchmal einfiel. Sie rief ihn dann an, gab sich ihm hin. Aber schuldbewusst? Nein! Es stand ihr einfach zu: dies Drauflos-Stürmen in eine noch immer ganz neue Welt von Musik, die bis vor kurzem für sie nicht einmal existiert hatte. Musik, das war Klassik, Romantik, bestenfalls noch ein bisschen Moderne gewesen. Nichts sonst. Und jetzt? Aus! Vorbei!

Im Hintergrund stand Rodrigo, nur selten sicht-, meist unsichtbar führte er Regie. Dem Erik hatte er Angel mit Erfolg aus der Hand genommen. An seinem Horizont stieg sie nun auf: ein strahlender Stern. Ein Stern, dem der Absturz, die Schicksalswende, unmittelbar bevorstand.

In seiner Sorge um Curdi entschloss sich Erik, mit ihm über seine Zukunft zu sprechen. Wie ginge es weiter? Jetzt, wo er anscheinend mit dem Klavierstudium aufhören wollte?

Er erzählte ihm von den Vogesen, dieser herrlichen Wald- und Felslandschaft, wo er, Erik, seine späten Lebensjahre verbringen wollte – mit Spazierengehen, Kraxeln, Wandern und nicht zuletzt mit Klavierspielen. Er würde die Welt zu Fuß und mitunter auch mit Auto und Bahn erkunden und im übrigen mit den Insassen eines Schweigeklosters schweigen, die ihm in ihrem Gartenhaus Unterkunft gewährten. Er bot Curdi an, sich dort einmal umzuschauen, ob er sich vielleicht entschließen könne, ein solches Leben mit ihm, Erik, zu teilen und später für immer dort in den Vogesen zu bleiben?

Eriks gutgemeinte Einladung – welche Konsequenz würde wohl ein so verzweifelter Mensch wie Curdi daraus ziehen? Sie bestätigte ihm doch nur, was ihn vollends verzweifeln ließ: Niemals, niemals würde seine geliebte Angel zu ihm zurückkehren! Für immer hätte er sie verloren! Was konnte ihm da ein fernes Schweigekloster bedeuten? Weit weg in den Vogesen? Zu spät bedachte Erik, wie es derzeit in Eriks Seele aussehen mochte – und ob sein gutgemeinter Vorschlag vielleicht Unheil anrichten würde?

Curdi verkroch sich abseits der Stadt, irgendwo auf dem Land, in einem einsamen Heustadl, wo er sich unentdeckbar glaubte. Dort schnitt er sich die Pulsadern auf. Doch wider Erwarten wurde er rechtzeitig von einem Jagdhund aufgestöbert, der schon von weitem das viele Blut roch – und der ihn so leidenschaftlich verbellte, dass seinem Herrn nichts anderes blieb, als den Selbstmörder zu retten. Curdi kam ins Krankenhaus, überlebte. Man rätselte nicht lange, welch innere Not ihn getrieben hatte, man konnte es sich ja denken. Tiefstes Mitgefühl wurde Curdi zuteil. Man überschüttete ihn mit Pralinen und Blumen.

Bei der nächsten familiären Zusammenkunft stellte sich heraus, alle hatten etwas von Angels und Curdis Beziehung geahnt, sie jedoch für eine harmlos pubertäre Liebelei gehalten. So war es ja auch für ihre Umgebung am bequemsten gewesen. Wobei sich jetzt, im Nachhinein, auch noch ein unumkehrbares Faktum mit unausweichlichen Folgen herausstellte: Angel war schwanger! Und sie hatte es schon eine ganze Weile gewusst. Aber das Wissen vor sich selbst unterdrückt. Aus Angst? Verzweiflung? Hilflosigkeit? Wut?

Hörte das denn niemals auf, fragte sich die untröstliche Kathi. Dies unaufhörlich sich wiederholende, ewige weibliche Schicksal?

Donna Elvira hatte Eriks Vater nicht gekannt, nicht einmal gewusst, wie ihr New-Yorker Eine-Nacht-Liebhaber hieß, wer er war. Sie selbst, Kathi, war von Erik vergewaltigt worden. Und nun ihre eigene Tochter, schwanger. Von wem bekam sie ein Kind? Kathi wollte es nicht akzeptieren und musste es doch glauben: von Curdi!

Angels Jazztraum war vorerst ausgeträumt. Sie war schon über den vierten Monat hinaus, hatte die Möglichkeit einer Abtreibung versäumt. Sie war verzweifelt, außer sich.

Und wie würde Curdi reagieren?

Curdi lag in der Klinik, von Blumensträußen umrahmt. Er hatte noch keine Ahnung von Angels Schwangerschaft, von der draußen schon alle wussten. Die Schwestern berichteten dann, seit er es erfahren habe, läge manchmal ein Lächeln auf seinem Gesicht. Ein kleines, verklärtes Lächeln.

Angel weigerte sich, ihn zu besuchen. Sie hasste ihn, hasste sich selbst – und ihre sogenannte Leibesfrucht ebenfalls.

Mylady hingegen sagte beseligt: "Da werde ich ja noch Oma!"

Jetzt brachte sich der Klavier-Ersatz Hanno ins Spiel.

"Angel, ich würde den Curdi gern kennenlernen!"

"Warum? Was hast du davon? Wie kannst du jemand kennenlernen, der kein Wort mit dir spricht, der nur schweigt?"

"Ich schon, er denkt und ich lese es ab, von seinen Augen, seinen Händen, von seinem Körper".

"Das glaubst du vielleicht, aber so funktioniert das nicht."

"Und wie funktioniert es dann?"

"Ich kenne ihn, schon seit er ins Heim kam. So habe ich von Anfang an gelernt, ihn zu verstehen. Wie, weiß ich selber nicht."

"Du glaubst also, dass du ihn verstehst? Den Curdi mit seinem albernen i! Warum befreit ihn niemand davon? Er ist doch ein Mann!"

"Wenn dir so viel daran liegt, kannst du es ja wegmachen. Aber vielleicht tust du ihm gar keinen Gefallen damit? Mein ganzes Leben gab es immer nur Curdi, Curdi, Curdi! Und du willst jetzt Schluss machen mit diesem i?"

"Jawohl! Das wollen wir doch mal sehen!"

Spaltweit öffnete er die Tür und rief fröhlich zum Krankenbett hin: "Hallooo!"

"Pst!" wisperte die Schwester. Mit dem Finger auf den Lippen mahnte sie, er solle sich zurückhalten.

"Wieso? Er lebt doch noch?" sagte Hanno.

Damit trat er ein, schloss vor der Schwester die Tür, ging auf Curdi zu, ergriff seine Hand.

"Hallo und Grüß Gott! Ich bin Hanno."

Der hohe Blutverlust hatte Curdi so sehr geschwächt, dass er nicht einmal die Kraft besaß, dem Gast seine Hand zu entziehen.

Und so geschah ein Wunder: während seines ganzen Besuchs behielt Hanno Curdis Hand in der seinen, streichelte sie zwischendurch, aber gab sie nicht her. Kein Mensch – außer Angel – hatte jemals in all den Jahren, seit Curdi als Vier- oder Fünfjähriger vater- und mutterlos ins Behindertenheim aufgenommen wurde, seine Hände auch nur anzufassen oder gar festzuhalten gewagt. Er hätte sich verzweifelt gewehrt.

Zum ersten Mal vielleicht nahm er jetzt, fast betäubt vor Schreck, nicht nur die Wärme wahr, die die fremde Hand auf die seine übertrug – sondern auch die Herzlichkeit, die von Hanno ausging.

Nach einigem Schweigen sagte Hanno:

"Ich will es gleich hinter mich bringen: für mich bist du nicht Curdi, für mich bist du Curd. Ich nehme dir – außer diesem blöden i – nichts weg, auch nicht Angel. Du bist ja der Vater von ihrem Baby. Du hast also den Vortritt, und sie hat die Wahl.

Ich bin kein Böser. Ich bin gekommen, um dir meine Freundschaft anzubieten. Und auch, um zu schweigen mit dir. Schweigen kann vieles sein, Curd. Man kann darin wohnen wie in einem Palast, aber auch wie in einer Hütte, einer Mönchszelle, einem Gefängnis, oder in einem Garten.

Wir haben in München den *Englischen Garten.* Dort, unter Sträuchern, Büschen und Bäumen werden wir beide bald zusammen umherspazieren und schweigen. Aber auch hier, wenn ich dich besuchen komme, schweige ich so lange mit dir, bis du mir vertraust, wirklich vertraust. Und dann werden wir eines Tages versuchen, miteinander zu reden. Ich weiß nicht, *wann* – aber ich weiß, *dass es geschieht!* Lebe wohl, bis morgen! – und gute Besserung!"

Er stand auf, winkte ihm noch einmal zu und ging. Die Schwester wartete schon auf ihn.

"Danke, dass Sie ihn besucht haben. Er ist gar so einsam. Ich hoffe, Sie kommen bald wieder?"

"So oft ich kann, wenn Sie mich nicht rausschmeißen, Schwester. Sie haben ja schon gemerkt, ich bin ein wenig laut. Aber das tut dem Patienten gut. Und Sie werden sehen: vielleicht krieg' ich ihn sogar zum Reden."

Hanno war kein Chaot. Er hatte einen festen, gleichwohl flexiblen Plan.

Er sagte: "Es ist ein Experiment. Jeder Mediziner würde mir sagen, dass ich damit scheitere. Aber ich will ja nicht Arzt, sondern Schauspieler werden. Mit Medizin hat mein Vorhaben nichts, rein gar nichts zu tun. Eher mit Poesie. Ich glaube daran und versuche es. Warum? Ich mag ihn, den Curd.

Wir sind beide gleich alt. Es ist eine Herzenssache!"

Bei seinem letzten Besuch, als die Entlassung des Patienten unmittelbar bevorstand, bat Hanno, wie immer Hand in Hand mit Curd, der sich inzwischen nicht mehr dagegen wehrte:

"Wollen wir uns nächstes Wochenende nachmittags treffen, Curd? Auf der Steinernen Bank im Englischen Garten? Einverstanden?" Curd nickte.

Am besten würde die Familie gar nichts davon erfahren. Hanno wollte seinen Plan verfolgen, ohne dass sich ein Mensch und auch kein Zufall einmischen konnte.

"Das Treffen soll unser Geheimnis bleiben und nur uns beiden gehören. Einverstanden, Curd?"

Wieder nickte Curd stumm.

"Lieber Gott, hilf mir, lass mich ihn heilen!" Hanno schloss auch das Beten nicht aus. Einmal ging er sogar in die nahe gelegene, vom bayrischen König Ludwig I. erbaute, strahlend-frisch aufgeputzte neugotische Heilig-Kreuz-Kirche, den "Giesinger Dom" – trug dort sein Anliegen vor.

Er hatte sich für die Schauspielschule angemeldet, war gehört, besichtigt und angenommen worden. Bis zum Beginn des Unterrichts im Oktober blieb ihm noch Zeit genug. Die gehörte Curd, ihm allein. Zuerst für ein, zwei Wochenenden. Dann würde die Zeit schon kostbarer. Zuletzt müsste er Tag für Tag versuchen, Curd Worte abzuringen. Nein, "abringen" war falsch. Die Worte mussten irgendwann ganz von selber kommen. Sie waren das Allerwichtigste für Hannos Plan. Wörter waren sein Handwerkszeug – später für ihn, den Schauspieler, jetzt aber für ihn, den Heiler.

Er hatte es einst an sich selber erfahren: immer war er eher mittelmäßig, uninteressiert in der Schule gewesen. Gezündet hatte dann eines Tages ein neuer Deutschlehrer, ihn für die feurigen Dramen Schillers begeisternd, während sich der Rest der Klasse darüber lustig machte. Er aber lernte, das Gewicht der Worte zu wägen – ihren Glanz, ihr Leuchten zu hören, jawohl, zu hören! – aber auch die Bedrohung, die von ihnen ausging, die Wucht, den Donner, Blitz und die Klage, den Schuldspruch, die Verdammnis, den Fluch. Es waren Worte, die ihn bewogen, Schauspieler zu werden.

Worte, Worte, Worte – ihr Geist, ihre spirituelle Kraft.

Wenn die nicht half, Curd zum Sprechen zu bringen – ihm, Hanno, fiele kein anderes Mittel mehr ein.

Oder doch? Vielleicht half ihm der Heilige Geist?

In Erinnerung an das alljährlich begangene Hochfest Pfingsten – das Fest des Heiligen Geistes! – ertappte sich Hanno dabei, obgleich absolut ungläubig, kirchenfern wie so ziemlich seine ganze Generation, dass er dem Heiligen Geist seine Existenz keineswegs absprach, sondern ihm ein mögliches, ja sogar göttliches Wunder zutraute. Seine phantastische Erscheinung in Gestalt einer Taube erleichterte es auch, ihn als ganz besonderen, ja, einzigartigen Schutzheiligen zu betrachten. Möglicherweise war die Taube des Heiligen Geistes sogar verwandt wenn auch nicht identisch mit jener Taube, die Noah einst aussandte, um das Weltuntergangsszenarium der Sintflut zu erkunden? Fielen die Wasser endlich? Da kam sie mit einem Ölzweig im Schnabel als Friedensbotin zurück.

Seitdem, so sah es Hanno, schwebte der Heilige Geist weit über allem christlichen Glaubensgezänk, über aller religiösen Ideologie – ein erhaben strahlendes Wesen, ein stummer, geflügelter Bote – nur Sinnbild, Gleichnis, Metapher. Wortlos – und daher ''das Wort'', ''der Gedanke'', ''das Denken'', ''der Geist'' schlechthin.

Schon auf dem ersten, schweigend verbrachten Wochenend-Spaziergang hielt es Hanno mit dem totalen Schweigen kaum aus. Beim zweiten schon brach er es – aber nicht, ohne es sich von Curd gewähren zu lassen.

''Du erlaubst es mir wirklich? Ich darf reden? Ja? Dann machen wir – schweigend – ein Denkspiel.''

Obgleich Curd nicht wissen konnte, was Hanno darunter verstand, nickte er dem Vorschlag zu.

''Ich hätte gern, dass wir beide über ein Wort nachdenken, ein Wort aus einem Goethe-Gedicht. Vielleicht könnte man das auch meditieren nennen? Aber ich will schon, dass man dem Wort auf den Grund geht – nicht irgendwie nur drin rumschwimmt. Der Vers heißt

Selig, wer sich vor der Welt
Ohne Hass verschließt ...

Selig! Auf dies Wort kommt es mir an. Was bedeutet es mir? Ich zum Beispiel könnte es dir nicht auf die Schnelle sagen. Ich hätte erst einmal Schwierigkeiten damit. Es ist nur ein Spiel! Machst du mit?''

Diesmal überlegte Curd es sich erst.

Dann fasste er – freiwillig! – Hannos Hand und antwortete ihm mit einem kräftigen Händedruck. Eine Riesenüberraschung für Hanno, die ihm Tränen in die Augen trieb! Nur allzu gern hätte er ihn umarmt, aber er wagte es nicht. Doch in diesem Augenblick hatte er selbst ganz unmittelbar erfahren, was man unter "selig" verstehen konnte.

Sie schwiegen also, marschierten weiter und fingen an, über dies Wort nachzudenken.

Irgendwann hatte Hanno das Gefühl: es reicht!

Er bückte sich, sammelte ein paar flache Kieselsteine, drückte sie Curd in die Hand. Sie waren seit Stunden entlang der Isar gewandert. Curd blieb stehen, Hanno sammelte immer noch mehr flache Kiesel.

"Schluss mit dem Denken! Wer von uns beiden wirft weiter? Du oder ich?"
Er warf als erster.

"Nicht schlecht, 40, 50 Meter. Jetzt du!"
Ein jämmerlicher Wurf! Curd brachte höchstens 15, 20 Meter zusammen.

"Soll ich dir die Technik erklären?" fragte Hanno.
Curd nickte heftig. Hanno demonstrierte.

"Man legt sich leicht zurück in die Schräge, spannt den Arm, holt aus, atmet, nimmt Schwung, wirft! Du siehst, es geht ganz einfach. Probier's nochmal!"

Curd probierte, wieder ohne Erfolg.

"Na ja, man muss halt üben, Curd. Nur nicht gleich aufgeben. Üben wir noch ein bisschen!"

Curd übte und übte. Bis Hanno genug hatte.

"Abmarsch, nachhause. Noch einen letzten Wurf!"

Und was schaffte Curd jetzt? Mit einer einzigen, wundervoll geschmeidigen Wurfbewegung? Es mochten mindestens 90, wenn nicht 100 Meter sein.

Hanno verschlug es jeglichen Kommentar. Curd lächelte.

Und schrieb auf sein Handy, indem er zugleich die Lippen bewegte, als versuche er sprachlos ein Wort zu formen:

Selig ...

Fortan absolvierten sie ihre Spaziergänge oder besser Wanderungen nur noch entlang der grünen Isar. Manchmal fuhren sie auch ein paar Kilometer flussaufwärts mit Bus oder Bahn und suchten sich dort einen Zugang zum

Fluss. So lernten sie die Isar immer wieder neu kennen und lieben. Jedes Mal wurde zugleich über ein neues Wort nachgedacht. Nur ein einziges kam noch von Goethe: "Nebelglanz". Ein Zauberwort! Aber weder dies noch manch anderes bewog Curd zum Versuch, noch einmal ein Wort zu artikulieren.

Hanno widmete Curd inzwischen jeden Tag. Das enthob Curd zu seinem Glück der vielen vorwurfsvollen Attacken, die ihm Angel zugefügt hätte, wäre er zuhause für sie erreichbar gewesen. Aber Hanno hatte ihn immer schon entführt, ehe Angel ihn aufsuchen kam – Sonn- wie Werktags.

Umso mehr musste Kathi unter dem ständigem Zorn, der Wut, dem Hass ihrer Tochter gegen Curd leiden. Angel konnte sich nicht mit ihrem Schicksal abfinden: noch keine neunzehn Jahre alt, kurz vor Studienbeginn, unverheiratet – und dann ein lediges Kind! Und was machte der an allem schuldige Kindsvater? Unternahm stundenlange Spaziergänge, tagelange Ausflüge, vergnügte sich.

Jetzt schaltete sich Kathis Madonnenherz ein. Kathi nahm ihn in Schutz, las ihrer Tochter die Leviten – wie man in früheren, bibelfesteren Zeiten gesagt hätte.

"Er hat dich nicht vergewaltigt. Du hast ihn dir ausgesucht! Du kannst ihn nicht einfach verstoßen. Und es ist Hanno, dein neuer Freund, der ihn tagtäglich entführt. Warum wohl?"

Kathi war und blieb beunruhigt.

Wie unterschiedlich doch dem einen und andern die Zeit verging!

Für Angel so unendlich langsam, als bliebe sie stehen. Und wenn endlich das Wintersemester begann, wäre das Kind noch immer nicht da. Für Erik, der sich nach wie vor ebenso schuldig fühlte wie Mylady, rasten die Wochen dahin, der Entbindung entgegen. Nur Arne, der allmählich die Kontur eines Patriarchen annahm und sich damit friedvoll von dieser derzeit so zerrissenen Familie abhob, behielt seinen Gleichmut

Eines Tages rief er Angel zu sich.

"Wir alle ziehen dein Kind gemeinsam groß: Erik, Mylady, deine Mutter Kathi, ich – und der Wichtigste von allen, Curdi. Zusammen sind wir ein ganz schöner Haufen, fünf Leute, denen du allesamt vertrauen kannst. Du wirst also in Ruhe studieren können, einer wird immer dasein, der auf dein, nein, der auf unser Baby aufpasst. Ich will nur noch wissen: was kriegen wir? Ein Mädchen? Juhu! Genau das hätte ich mir gewünscht!"

Auch Erik hielt es mit sich selbst nicht mehr aus. Er holte Angel –"zu einer Tasse Kaffee" – vom Parterre zu sich herauf.

"Ich muss mit dir reden, mein Engel. Aber wie mach ich's, dass du dich nicht aufregst, Angel?"

"Damit nur ja dem armen Baby in meinem Bauch nichts passiert? Nicht wahr, darum geht es doch immer bei euch? Das Baby, das Baby – das ist das einzige, was euch interessiert!"

"Angel, ich war selbst so ein Kind, ungewollt, von meiner Mutter viele Jahre verleugnet. Nicht einmal, wer mein Vater ist, konnte sie mir sagen. Sie wusste es selbst nicht. Was Arne betrifft: vater- und mutterlos ist er in einem Behindertenheim aufgewachsen. Zuletzt Curdi! Der hätte auf dem Mond nicht einsamer sein können als im Heim – wenn nicht misshandelt, dann bestenfalls von allen gemieden! Auch Kathi, deine Mutter, war immer auf sich selber gestellt, seit ich sie kenne. Wurde von keinerlei Anhang unterstützt. Alle miteinander sind wir ein ziemlich dahergelaufener Haufen. Haben uns nach und nach zusammengerottet und freuen uns, dass wir jetzt dir und deinem Baby Schutz bieten können, dass wir's gemeinsam behüten und großziehen dürfen. Kapier das doch endlich und freue dich auf dein – nein, auf unser Kind!"

Mit Engelszungen redete Erik auf sie ein – sie war nicht zu beschwichtigen.

Unterdessen begann Hanno langsam am Erfolg seines Unternehmens mit Curd zu zweifeln. Hatten die vielen Ausflüge, bei denen über allerlei schöne Worte nachgedacht wurde, überhaupt einen Sinn? Oder dies tägliche Hierhin, Dahin, Dorthin? Hanno konnte nicht den geringsten Fortschritt erkennen.

Lag es an ihm? Musste er sein Vorgehen ändern? Was machte er falsch?

Oder lag es vielleicht doch an Curd? Stemmte er sich dagegen?

Stundenlang schlaflos dachte er jetzt über sich, über Curd und über das tägliche Spiel mit Worten nach. Worte, an denen man sich reiben, die man entkleiden, in Knochen und Weichteile zerlegen, ihre Wurzeln herausfinden, sie wieder zusammenfügen, in Sätze betten, ihnen Klänge ablauschen sollte, Farben zuordnen – sie vielleicht gar liebkosen? All das war ein angenehmes sprachliches Tun. Was aber hatte es gebracht? Nichts!

Insgeheim war Hanno ein Poet. Wie sonst hätte er sich diesen außerordentlichen Umgang mit Wörtern als ultimatives Instrument für seine Heilkunst ausdenken können? Ihm bedeuteten die sorgfältig erwählten Worte weit mehr als bloßes Sprachmaterial. In ihnen fand Hanno Geist und Seele manifestiert. In stiller Gemeinschaft mit Curd hatte er in den vergangenen Wochen über sie nachgedacht. Mit wahrer Inbrunst sie interpretiert, eingebunden in Sätze, ihren Sinn abgewogen, überzeugt, nur Sprache, dies einzigartige Medium, würde den sprachlosen Curd zum Sprechen bewegen. Dass er organisch vielleicht doch dazu in der Lage sein könnte, hatte sich neulich angedeutet. Ein einziges Mal. Beinahe hätte er gesprochen. Oder hatte es wenigstens versucht. Selig ...

Inzwischen fragte sich Hanno: War Curd nicht noch immer für ihn ein Unbekannter? Den es so, wie Hanno ihn sich erdacht und erfunden hatte, vielleicht gar nicht gab? Nur für einen Moment – mit seinem Weitwurf – hatte Curd den Vorhang gelüftet, mit dem er sein innerstes Wesen vor aller Welt, auch vor Hanno, verbarg. Ein wunderbarer, ein viel zu schnell vorübergegangener Augenblick.

Wie sah er ihn, wie stellte er sich Curd denn eigentlich vor? Als Heiligenbild, golden gerahmt? Umstrahlt von der Aura seiner Sprachlosigkeit? Bewundert, nein, verzweifelt, mit ganzer Seele von ihm geliebt. Er wagte kaum, sich selbst diese heillose, selbstlose, unerwiderte Liebe einzugestehen. Sie würde sich niemals, niemals erfüllen. Curd war ja unauflöslich mit Angel verbunden, auch wenn sie ihn mittlerweile nur noch hasste. Jede Nacht rang Hanno mit sich: Aufgeben? Längst war es dafür zu spät.

Tagsüber setzten sie weiterhin ihre Wanderungen fort.

Und dabei änderte sich doch etwas. Curd fasste Vertrauen zu Hanno. Und ließ er nicht auch eine Spur Lebensfreude erkennen? Der Mantel der Melancholie – diese Verhaltenheit, diese Unberührbarkeit, mit denen er sich umgab – sie schienen langsam zu schwinden. Manchmal schenkte Curd ihm jetzt ein Lächeln. Manchmal berührte er Hanno sogar, gab ihm die Hand, versuchte etwa, ihm Mut einzuflößen, wenn Hanno anhielt, einen Schritt nicht wagte.

Curd, der weitaus Waghalsigere von beiden, wurde mehr und mehr zum Anführer bei ihren Touren. Stets suchte er den schwierigeren Weg, ja, das Risiko. Einmal stolperte Hanno, stürzte einen Abhang hinab, überschlug sich und kam unsanft, mit dem Kopf voraus, unten an.

Als er nach dem Aufprall die Augen aufschlug, kniete Curd neben ihm, streichelte ihn, legte beschwichtigend den Finger an die Lippen. Wie lang er so dalag, hätte er später nicht sagen können. Er schloss einfach wieder die Augen und ließ sich streicheln. Seltsamerweise ging ihm gerade jetzt durch den Kopf, was er falsch gemacht hatte. Er wusste plötzlich, sie hatten immer über die verkehrten Wörter nachgedacht. Vor allem nie über den Schmerz! Schmerz, der jetzt von der Wunde an seinem Kopf ausging – aber auch jenen Kummer, den seine Seele schon so lange erlitt.

Curd wartete unendlich geduldig, bis Hanno aufzustehen versuchte. Als es ihm mit seiner Hilfe gelang, seufzte er tief auf. Es war gottseidank noch einmal gut gegangen. Und dann umarmte er Hanno! Der fühlte alles von sich abfallen: Enttäuschung, Angst, Einsamkeit – Gefühle, über die sie niemals gemeinsam nachgedacht hatten. Darüber triumphierte jetzt ein einziges, tunlichst bisher vermiedenes Wort. Liebe . . . ? Stand sie plötzlich nun doch in Aussicht? Konnte er noch darauf hoffen?

Hanno spürte: er musste warten. Irgendwann wäre Curd vielleicht doch dazu bereit?

Und so lange das Warten auch dauern mochte, Hanno würde es ertragen!

Lange beachtete keiner in der Familie, was da mit ihrem Curdi geschah. Dass Hanno ihn Tag für Tag entführte und ihn erst gegen Abend wieder zurückbrachte. Eine seltsame Freundschaft, aus dem Nichts entstanden. Wie das?

Arne begann, sich darüber Gedanken zu machen. Was hatte dieser Hanno, den man erst seit dem sensationellen Jazz-Konzert kannte, mit Curdi im Sinn? Ganz und gar unschuldig schien diese Freundschaft zwischen den beiden. Oder schien sie nur so?

Hanno würde angeblich ab Herbst die Schauspielschule besuchen. Bei der Jazz-Session hatte er nur ausgeholfen. Und von Angel hielt er sich demonstrativ fern. Kam er stattdessen Curdi zu nah? Arne begann, es zu fürchten.

Eines Abends fing er Hanno ab.

"Auf ein Wort, junger Mann, und ein Bier zusammen!"

Hanno trat ein, es beunruhigte ihn nicht. Neuerdings glaubte er sich seinem Ziel wieder so nah, dass niemand es mehr gefährden konnte. Er wusste natürlich, es ging Arne um Curd und ein Verhör erwartete ihn. Zur Zeit ging es in diesem Haus um nichts und um niemand als um Angel und Curd.

"Sie können mir ruhig vertrauen. Ich kenne Curd schon lange. Allerdings nur aus der Ferne. Vor kurzem habe ich es schon *beinahe* geschafft, ihm ein Wort zu entlocken!"

"Beinahe – immerhin! Und welches Wort? Verraten Sie's mir?"

"Selig".

"Mein Gott, selig! Er hat es wirklich gesagt?"

"Nein, eben nur beinahe, aber auch das war ein Wunder! Er hat sich selber damit gemeint. Darf ich jetzt weiter mit ihm herumwandern? Vertrauen Sie mir? Ich habe ein Ziel!"

"Keiner von uns hat sich jemals so viel wie Sie um Curdi gekümmert. Sie beschämen uns! Dafür möchte ich Ihnen erst einmal danken! Vielleicht schaffen Sie es wirklich, was Sie sich vorgenommen haben: Sie wollen Curdi zum Sprechen bringen?"

"Jawohl. Und ich bin sicher, ich schaffe es. Ich habe lange dafür mit ihm geschwiegen. Und ich werde noch weitere Tage und Wochen mit ihm schweigen."

"Und wie denkt Curdi über Sie und über das, was Sie mit ihm vorhaben?"

"Er weiß es ja längst, um was es mir geht. Aber noch hilft er mir nicht. Doch er arbeitet mir auch nicht entgegen. Eines Tages wird er bereit sein."

"Und wie genau wollen Sie es bewirken?"

"Indem ich ihm zeige, was ich in den vergangenen Wochen gelernt habe. Nämlich, in seiner Seele zu lesen. Nichts mehr in seinem Innern ist mir verborgen. Er kann mit seinem Schweigen nichts mehr vor mir verstecken. Ich kenne alles: den Zorn, wenn man ihn nicht ernst nimmt. Ihn behandelt, als wäre er geistig behindert. Ihr seid gewiss alle sehr intelligent. Aber der einzige Intellektuelle unter euch ist er! Erst recht – aus Verzweiflung – gibt er sich vor euch als "behindert". Ich spüre seinen Ärger, wenn ihr ihn behandelt wie einen Unmündigen. Der noch an den Klapperstorch glaubt. Während sein Körper glüht. Und dass ihr ihn immer noch Curdi nennt! Mit diesem verfluchten i hintendran. Und nicht Curd, wie einen erwachsenen Mann! Ein kluger, sehr einsamer Mann, dem unsre freundliche Herablassung wehtut. Ich glaube, manchmal wünscht er sich noch immer den Tod. Zuweilen schaut er aber auch auf uns herab. Wie auf mich – bei einem unserer Ausflüge. Da hat er es mir, wenn auch im Spaß, gezeigt. Mich gedemütigt – mich und meine ganze Klugscheißerei."

Er erzählte Arne die Weitwurf-Geschichte.

"*Selig* war er über seinen souveränen Wurf. So, wie er diesen Wurf beherrschte, mühelos, traumhaft leicht, so beherrscht er nämlich auch seinen Körper. Solch eine Bewegung kenne ich nur von den Statuen der Griechen – Jünglinge, die vom Scheitel bis zur Sohle mit sich übereinstimmen, anmutig und zugleich gespannt. An heißen Tagen haben wir oft unterwegs in der Isar gebadet. Er schwimmt wie ein Fisch, auch gegen den Strom. Das ist kein anämischer Geistmensch, der hat einen athletischen Körper, wie von Praxiteles geformt. *Sie* hat ihm das alles beigebracht, als sie, wie sie sagt, das schmächtige, schmalbrüstige, blutarme Kerlchen in ihre Obhut nahm."

"Und wer ist diese *Sie*?"

"Eure Mylady natürlich! Vom ersten Tag an hat sie mit ihm trainiert. Ihn die Haltung eines Bogenschützen gelehrt. Oder die eines Läufers, der, niederknieend, hochschnellt und aus dem Stand sein statuarisches Verharren in blitzschnelle Bewegung verwandelt. Sie hat ihm Abbildungen archaischer Standbilder gezeigt, ist mit ihm ins Antiken-Museum gegangen, wo er sie leibhaftig betrachten konnte.

Und nicht nur das. Sie war ihm nicht nur für den Körper, sie war ihm auch auch für seinen Geist eine außergewöhnliche, eine geniale Lehrerin. So hat sie es ihm leicht gemacht, bis heute uns gegenüber souverän zu schweigen."

"Sie kennen Curdi besser als ich. Dabei kennen Sie ihn doch noch gar nicht sehr lang, eigentlich sogar nur ganz kurz – verglichen mit mir?"

"Sie irren! Ich kenne ihn, seit er bei Ihnen lebt. Wir sind sozusagen miteinander aufgewachsen, er weiß es nur nicht. Von fern, durch Mylady, habe ich mich immer mit ihm verglichen. Und sehr wohl gemerkt, dass ich mit seinem Wissen nicht Schritt halten konnte. Er hatte ja auch, anders als ich, eine geniale Lehrerin."

"Wie das?"

"Zuerst lehrte sie ihn eine besondere Lern-Technik – und mit deren Hilfe dann die Hauptfächer fürs Abitur. Latein, vor allem Englisch, so viel Englisch, wie nur in ihn reinging. Mit unaufhörlichem Lesen, Zuhören, Schreiben. Sie hat ihm immer wieder ganze Tage nur Englisch vorgesprochen, ihm englische Filme gezeigt, englische Bücher vorgelegt, die er lesen und auf Englisch schriftlich kommentieren musste.

Sie hatte dabei ein ganz bestimmtes Ziel! Er muss einen absolut wetterfesten Beruf erlernen, sagte sie. Sie selbst arbeitet seit vielen Jahren nebenher als Übersetzerin. Und so hatte sie auch ihn schon bald so weit, dass sie ihm einen Teil ihrer einfacheren Auftrags-Arbeiten zum Übersetzen abgeben konnte. Das waren wohl erst einmal nur Gebrauchsanweisungen. Nichts Hochliterarisches! Trotzdem: Respekt! Dann kamen bald richtige Texte – von Englisch ins Deutsche, aber schon auch in umgekehrter Richtung. Und was erstrebte Mylady damit? Seine absolute Unabhängigkeit! Die soll sich ihr behinderter Ziehsohn eines Tages mit seinen Sprachkenntnissen verdienen. Auch wenn er diese Fremdsprache nicht spricht, sondern nur hört, liest, schreibt. Aber das perfekt!"

"Woher kennen Sie unsre Mylady so gut und wissen so viel über sie?"

"Sie ist meine Tante, meine Taufpatin. Durch sie, eine Jazz-Liebhaberin, nein, eine Jazz-Verrückte, bin ich zur Teilnahme an dieser Jazz-Party gekommen. Und so habe ich dann auch Curd kennengelernt. Endlich! Sie ist übrigens skeptisch, was mein Vorhaben mit ihm betrifft."

"Während ich, junger Mann, inzwischen schon beinah dafür zum Optimisten werde!"

"Und ich will, dass das erste Wort, das er irgendwann spricht, ein englisches Wort sein wird, meiner Tante zu Ehren!"

Jetzt wusste Arne genug.

Diesem Hanno war es wirklich ernst mit Curdi, den er von jetzt an ebenfalls Curd nennen würde, wie auf sein Geheiß auch alle andern. Er wusste aber auch, dass er Hanno keine Grenzen setzen durfte. Ihm war klar, wohin das führen konnte und dass es wohl nicht mehr aufzuhalten war. In dieser Hinsicht hatte er seit Jahren – und derzeit wieder vermehrt – mit Erik Sorgen genug. Jedoch – wie sollte dieser Hanno jemals mit all seinem Idealismus, nein, mit all seiner Liebe das Herz von Curd erreichen, das so unlösbar mit Angel verwachsen war? Arne seufzte und gab sich darein.

"Stoßen wir an! Prost! Ich heiße Arne!"

Das Wintersemester begann. Sie warteten immer noch auf das Baby.

Plötzlich meldete sich Rodrigo zurück, der zwischendurch in den Semesterferien nach Spanien verschwunden war.

"Dieser Wahnsinnige! Ist er wieder mal aufgetaucht?" fragte Arne irritiert. Er befürchtete neue Probleme. Don Rodrigo meldete sich dann aber nur telephonisch bei Erik.

"Ich rufe an, um mich endgültig von dir zu verabschieden, Erik. Diesmal gehe ich für immer nach Spanien zurück. Vielleicht sehen wir uns niemals wieder. Es hat sich alles für mich verändert, zum Guten gewendet. Ich habe Pedro gefunden, endlich. Ich habe auch eine neue Sinfonie geschrieben und sie in Berlin ohne Publikum schon einmal bei einer Probe gehört. Man hat mir berichtet, es habe sich ein Großkritiker eingeschlichen, der schon jetzt eine Kritik vorbereite. Vielleicht habe ich Glück? Ansonsten bin ich mit Pedro der glücklichste Mensch von der Welt."

"Du bist mit Pedro zusammen?"

"Nicht unmittelbar. Aber wir wohnen einander direkt gegenüber, er mit seiner Familie auf der einen, ich auf der anderen Straßenseite."

"Er ist verheiratet, hat Familie, Kinder?"

"Das hat nichts zu bedeuten. Das wird sich bald ändern. Ach nein, vieles hat sich ja schon geändert. Manchmal nachts – du verstehst ... ?"

"Du willst doch nicht sagen, Rodrigo, dass ... ?

"Doch! Er ist zu mir zurückgekehrt. Er ist eben nicht nur *meine* große Liebe, ich bin auch die *seine*. Noch ist es unser Geheimnis. Er wird sich trennen, scheiden lassen von ihr. Ist alles schon abgesprochen und auf dem Weg. Sobald wir's hinter uns haben, machen wir es bekannt und ich lass' es dich wissen. Ach, Erik, ich bin überglücklich. Alle meine Träume gehen nun doch in Erfüllung."

"Ich weiß nicht, Rodrigo, was ich dazu sagen soll? Seine Frau, seine Familie, sie werden sehr unglücklich sein."

"Sie haben mir Pedro gestohlen, ich habe kein Mitleid mit ihnen. Du ahnst nicht, wie sehr ich gelitten habe. Und wie oft ich nah daran war, mich umzubringen. Nie mehr lasse ich Pedro los! Du, Erik, grüße mir Mylady, grüße mir Curdi, meinen Schüler – und lebe du wohl!"

Nach wenigen Wochen ging zuerst durch die Musikhochschule ein Gerücht, das sich später zur Pressemeldung verdichtete: Don Rodrigo habe in Spanien Pedro, der anfangs sein Schüler, später sein Lover gewesen sei und ihn dann verlassen habe, in einem Tobsuchtsanfall erschossen. Er warte in einer Irrenanstalt auf die Gerichtsverhandlung, sei aber gar nicht verhandlungsfähig, leide weiterhin unter Verwirrung und Wahn. Durch irgendwelche

Mittelsmänner war zu erfahren, vor dem Mord hätten sich entsetzliche Szenen in Pedros Haus abgespielt. Don Rodrigo habe sich mit Gewalt Zutritt verschafft, Pedros Frau und Kinder bedroht und verlangt, dass sein Geliebter auf der Stelle zu ihm zurückkehre, wie Pedro es ihm versprochen habe. Als Pedro das energisch mit der Beteuerung abstritt, niemals werde er seine Familie verlassen und Rodrigo solle sich zum Teufel scheren, hat ihn Rodrigo erschossen. In Ketten wurde er in die geschlossene Psychiatrie verbracht. Wahnsinn!

Die Premiere seiner Sinfonie in Berlin wurde – das war zu erwarten – wenig später zur Sensation. Besagter Großkritiker überschlug sich mit Lob.

Rodrigo verließ die Psychiatrie nie mehr. Er büßte dort viele Jahre seinen Mord an Pedro, komponierte jedoch weiter. Anfangs riss man ihm seine Kompositionen noch aus der Hand. Sehr bald aber wurden sie verworren, unspielbar.

Arne sagte, um Erik sein Beileid auszudrücken:

"Erik, Don Rodrigo war wirklich verrückt! Das ist der Tribut an sein Genie. Aber wie viele Irre oder Halbirre – wer weiß – schufen Bücher, Sinfonien, Gemälde, die sie mit ihrer verlorenen Seele bezahlten? Vielleicht würden sie, wenn sie gekonnt hätten, lieber darauf verzichtet haben um solch einen Preis? Wir wollen, zusammen mit dir, in Respekt seiner gedenken, Erik!"

Das von allen mit Sorge erwartete Baby verspätete sich ein paar Tage. Aber dann kam es doch ohne Komplikationen zur Welt, war gesund, alles an ihm stimmte. Die Familie atmete auf. Sie lebten schon so viele Jahre mit behinderten Kindern und Jugendlichen zusammen. So hatte jeder im Stillen gebetet, das Baby möge gesund zur Welt kommen.

Bei einer heimlichen Zusammenkunft beschloss die Familie dann, dankbar für seine körperliche Unversehrtheit, das Baby sollte 'Joy' genannt werden. Angel würde den Namen natürlich ablehnen. Unendlich oft hatte sie ihre Angehörigen mit ihrem Hass herausgefordert. Jetzt musste man sie unbedingt daran hindern, ihrem unerwünschten Kind einen möglichst befremdlichen Rufnamen aufzudrücken, wie sie es hohnlachend bereits angekündigt hatte. Sie sei im kalendarischen Heiligenverzeichnis bereits fündig geworden, habe sich bloß noch nicht zwischen Kunigunde, Clementine, Josepha, Aloisia, Clothilde, Frohmunde undsoweiter entscheiden können.

Angel wurde also mit der Drohung erpresst, man werde ihr den Unterhalt entziehen, falls sie nicht mit dem von der Familie vorgeschlagenen Namen einverstanden sei. Und außerdem würde Angels Vater Erik – derzeit Direktor der Musikhochschule – mit einem einzigen Fingerzeig ihre Zulassung zum Studium blockieren. Bebend vor Wut, erklärte sie sich einverstanden mit "Joy". (Später, als sie wieder zu Verstand kam, war sie dann heimlich froh darüber.) So konnte Angel ihr geplantes Gesangsstudium einigermaßen in Frieden beginnen. Jeden Tag blieb das Baby erst einmal parterre in Kathis Obhut. Weil Kathi aber berufstätig war, wurde es später hinauf zu Curd in den ersten Stock gebracht.

Curd machte seine Sache gut mit Baden, Windeln und Füttern. Bald lächelte seine kleine Tochter ihn an. Sprachlos, mimisch kommunizierte er mit ihr, die Liebe strahlte ihm nur so aus den Augen. Immer tiefer verschaute er sich in Joy. Höchst unfair holte sich Angel zum Ende des Wintersemesters ihr Baby zurück, riss es Curd förmlich aus der Hand, barsch, unsanft, ohne ein Dankeswort. In den kommenden Monaten würde er Joy kein einziges Mal auch nur sehen dürfen.

Angel wusste natürlich, dass ihr, der ledigen Mutter, das Recht dafür zustand, und Curd wusste, dass er nichts dagegen unternehmen konnte. Wie nur sollte er es verkraften? Nach wie vor wohnte er bei Mylady, sie forderte ihn jetzt erst recht und wohlüberlegt mit Übersetzungen heraus, deren Inhalte ihm vermitteln sollten: du bist nicht der einzige, der es schwer hat auf dieser Welt.

Benachbart mit Arne, blieb Angel weiter mit ihrem Kind bei Kathi wohnen.

Arne machte sich Sorgen um Curd.

Er rief Hanno an. Er ahnte, nein, wusste: Hanno wäre zu allem bereit, er würde sich aufopfern für Curd. Die Leiden der Liebe – sie schienen Arne für seine Zwecke durchaus nützlich.

"Ich weiß mir keinen Rat, wie man ihm helfen kann. Weißt du mir einen?"

"Ich habe auf Wörter vertraut, aber sie haben es nicht geschafft, Arne. Dabei war ich meiner Sache so sicher."

"Wir haben eins nicht bedacht, Hanno: Sprache ist nicht dies oder jenes einzelne Wort. Sprache ist ein Gefüge aus unzählbar vielen Wörtern. Und unsre Sprache hört nie damit auf, ihre Vielheit noch zu vervielfachen! Unentwegt bringt sie aus fernsten Fernen neue Wörter herbei – wie auch aus der nächsten Nähe des Jargons, ja, sogar aus der Gosse! Sie lässt sich nicht aufhalten, erweitert und vermehrt so – wie ein riesiges, honigsammelndes Bienenvolk – mit den Wörtern auch unser Wissen und Denken.

Wenn wir die Sprache nicht hätten, wie verständigten wir uns dann miteinander? Kommunikation ist das Allerwichtigste für uns Menschen! Sogar wenn ich mit mir selber rede, ist es ein Dialog. Ich bin mein eigenes Du. Sprache ist immer ein Mit- oder auch ein Gegeneinander, auch als Schrift auf dem Papier ist sie Medium – ein Binde-Mittel, im Guten und Bösen.

Du hast mir erzählt, angelernt von Mylady, arbeite Curd schon eine ganze Weile professionell als Übersetzer. Warum sollte er da noch stundenlang über Wörter nachdenken? Das gehört doch ohnehin ständig zu seiner Arbeit! Dies Transformieren ist eine hohe Kunst. Was um Himmelswillen wolltest du ihm denn noch beibringen, gerade ihm? Uns allen ist er mit der Beherrschung von Sprache doch haushoch überlegen! Aber ich verstehe, er sollte seine Wörter, seine Gedanken halt auch mitteilen, artikulieren, hörbar machen, nicht wahr?

Dafür jedoch müssen wir uns wohl einen anderen, einen ganz anderen Weg überlegen, Hanno. Ich weiß nur leider nicht, ob's den überhaupt gibt? Wollen wir ihn suchen, Hanno? Gemeinsam? Zusammen mit Kathi und Erik, der Curd liebt wie einen Sohn. Und trauert mit ihm, weil Angel ihm das Leben so schwer macht. Und auch er – der Vater – ihr das nicht zu wehren vermag.

Treffen wir uns also nächstens alle zusammen?

Wenige Tage später trafen Mylady, Arne, Hanno und Kathi sich in Eriks Wohnung. Erik schlug vor, man möge doch alle Versuche, Curd zum Reden zu bringen, in Zukunft unterlassen. Sein Schweigen als einen angeborenen Schutz respektieren. Mylady schloss sich seiner Bitte an:

"Für ihn ist die Sprache ein geheimer Schatz, ein in Jahren angespartes Vermögen, das sich ständig vergrößert auf einer imaginären Bank. Er hütet es, verschleudert und vernutzt es nicht im banalen Alltag. Er weiß auch, wie reich er schon ist. Beinahe ein Sprach-Millionär. Das ist er wirklich, wenn ich seine Fortschritte als Übersetzer bewerte. Was er hat, ist mehr als Sprachkraft. Es ist Sprachkunst, ja, schon fast Sprachgewalt. Da kann ich gar nicht mehr mithalten. Dabei bin ich eine gute Übersetzerin. Was Sprache angeht, sollten wir ihn in Ruhe lassen.

Anders sehe ich sein Problem mit Angel. "Nicht anfassen!" höre ich sie noch immer sagen, damals, als ich sie kennenlernte. Hand in Hand saßen die beiden in der Straßenbahn, Hand in Hand stiegen sie aus, Hand in Hand saßen sie dann im Wartehäuschen. Sie wussten schon nicht mehr, wie's weitergehen sollte. Da war ich dann zur Stelle – und habe seither nur immer versucht, ihnen weiterzuhelfen auf jenem Weg, den sie sich schon so früh gemeinsam ausgesucht hatten.Was ist bloß aus unsrer lieben, zutraulichen, treuherzigen Angel geworden. Ich verstehe es nicht!"

"Da muss ich eingreifen!"" sagte Erik. "Ich stehe für sie ein! Wir beide, Sie, Mylady und ich, wir sollten von jetzt an offen und ehrlich über das reden, was wir damals durch einen Türspalt erblickten. Unser Geheimnis! Wenn ihr es kennt, Arne, Kathi und Hanno, werdet ihr Angel besser verstehen.

Mylady und ich, wir wissen, dass Curd an Angel schuldig geworden ist. Nicht sie hat ihn zum Beischlaf verführt. Er, Curd, hat sie entkleidet, berührt, geküsst und umarmt – vor meinen Augen! Er wusste, worauf es hinauslief, Angel wusste und wollte es vielleicht noch nicht. Sie konnte nicht ahnen, wie sehr Curd sich danach sehnte – und dass der Zeitpunkt für ihn gekommen war, wo er einfach nicht mehr an sich halten konnte.

So lag sie nun da, nackt in ihrer Unschuld und ließ alles mit sich geschehen Sie wehrte sich nicht, als er in sie eindrang. Eindeutiger jedenfalls hätte sich die Szene vor meinen Augen nicht abspielen können. Ich fürchte nur, Angel begriff gar nicht, dass ihr in diesem Augenblick etwas Endgültiges widerfuhr. Was durch ihren Protest vielleicht noch aufzuhalten gewesen wäre? Etwas mit möglichen, unabsehbaren Folgen? Die es auch heute noch gibt, mehr als genug, in unsrer so aufgeklärten, sexbesessenen Welt! Auch unsre Angel, Kathi, trifft natürlich ein gewisser Anteil an Schuld. Sofern man den beiden "Schuld" überhaupt zusprechen will. Wir hingegen hielten ihnen das Naturrecht zugute und schwiegen diskret. Für Angel kam dann mit ihrer Schwangerschaft das bittere Ende.

Dafür straft sie den Curd jetzt. Ohne ihr Einverständnis zu erfragen, hat er sie überwältigt. Keine Sekunde dachte er nach über ihr selbstverständliches Recht auf ein Ja oder Nein. So sind wir Männer. Was immer wir kriegen können, nehmen wir uns. Aber er tut mir unendlich leid. Was bleibt letztlich von Curds Leben? Am Schluss nur dieses banale 'Reden ist Silber – Schweigen ist Gold.' Nein! Nein! Nein! Dagegen wehre ich mich bis zu meinem letzten Atemzug! Was meinst du, Arne? Sag' was!"

Arne seufzte. Auch er wusste keinen Rat. Oder doch?

"Eines steht für mich fest: Curd muss geholfen werden! Wenn er weiterhin schweigen will, soll er schweigen. Aber wir, wir sollten so lange suchen, bis wir für ihn eine Sprache gefunden haben, für die er keine Stimmbänder braucht, mit der er sich jedoch artikulieren kann Eine Zweitsprache schien er ja schon in der Musik gefunden zu haben. Das Klavier war seine Stimme. Es sieht jedoch ganz so aus, als spräche auch das Klavier inzwischen nicht mehr authentisch für ihn.

Du, Hanno, könntest ihm wohl am ehesten helfen. Ich mache dir einen Vorschlag, aber er wird dich viel Zeit kosten. Geh mit ihm in den Zoo, ins Kino, ins Theater, in die Museen, zum Pferderennen, zum Fußball – nimm alles mit, was München bietet. Irgendwann, irgendwo wird ihn ein Blitz treffen. Er wird erkennen: "Ja, das will ich machen, tun, treiben; es üben, vielleicht auch erst lernen. Nichts andres als dies soll mein Ding, soll meine künftige Sprache sein!"

Mit diesem Vorschlag waren alle einverstanden, für niemanden war er mit größeren Anstrengungen verbunden, nur für den bereitwilligen Hanno. Keiner von ihnen glaubte im Ernst an einen Erfolg, nicht einmal Arne – und Hanno schon gar nicht. Aber der verschwieg es natürlich.

Die Familie wollte nichts auslassen. Vielleicht könnte das Angebot eine letzte Chance bedeuten für Curd, irgendeinem Tun, einer Beschäftigung, einem Handwerk, einem Beruf, einer Aktion oder Aktivität zu begegnen – vielleicht sogar einer Kunst, die zu ihm passen würde? Die dem Sprachlosen vielleicht doch noch zu seiner wahren Sprache, seiner eigentlichen Identität, seinem endgültigen Lebensinhalt verhalf?

Für Hanno war es ein wunderbarer Glücksfall! Endlich durfte er wieder fast täglich Curd zusammen sein. Ihm näher kommen.

In aller Eile legte man gemeinsam ein Konto an für Curds und Hannos Unternehmungen während der letzten Wochen der Semesterferien. Die Eintrittsgelder wollten schließlich bezahlt sein. Ein Besuchsprogramm wurde festgelegt. Allen auswärtigen Unternehmungen verweigerte sich Curd standhaft. Über Freunde verschaffte ihm Erik Zugang zu den Ateliers einiger bereits arrivierter Künstler, Maler und Bildhauer. Aber keins ihrer durchaus eindrucksvollen Werke schlug bei ihm ein.

Gewissenhaft und systematisch arbeiteten sie ihr Vorhaben Woche für Woche ab. Was konnte man sich – nach dem Vielerlei des bisher absolvierten Programms – vom letzten, herbstlichen Event, dem Oktoberfest, noch versprechen? Aber schon gar nichts!

Hanno fühlte sich allmählich erschöpft, entmutigt, bereit, die Tortur ergebnislos abzubrechen.

Zumal ihn das tägliche Zusammensein enttäuschte, es hatte ihm Curd nicht näher gebracht.

Was stand ihnen noch bevor?

Die Tanzveranstaltung einer Laiengruppe – von Pina Bausch inspiriert. Curd selbst hatte sie vorgeschlagen. Seufzend akzeptierte Hanno.

"Das überlebe ich grade noch!"

Es sollte ihr allerletzter Abend werden.

Denn bei Curd schlug der Blitz ein. Furios!

Es handelte sich um ein totales Außenseiter-Debut. Kein Spitzentanz, kein klassisches Ballett – stattdessen Dilettanten, Pina-Bausch-Begeisterte, die den Ballett-Fans auf ihre Weise die Augen dafür öffnen wollten, was "Tanz" *auch* sein konnte. Eine ganz junge Truppe, die sich in Erinnerung an Pina-Bausch zusammengefunden hatte und sich hier zum ersten Mal nicht etwa mit einem Pina-Bausch-Abklatsch, sondern mit einer eigenen Tanztheater-Version vorstellte. Zehn, zwölf junge Leute, die durch ihre Tanzbewegungen darzustellen versuchten, was Menschen *fühlten*, aber immer oder fast immer *verbargen – ihr Innerstes!* Trauer, Angst, Zurückhaltung, Bosheit, Missgunst, Hass, Gier, Zorn, Wut, Enttäuschung – Zuneigung, Liebe, Ehrfurcht, Lust. Was ein Mensch empfand, wenn ihn das Schicksal mit Glück oder Unglück heimsuchte. Wie er seinen Mitmenschen im Alltag begegnete: gleichgültig, liebevoll, freundlich, undramatisch, dramatisch. Unzählige Gefühle, manche offen, die meisten verborgen, unbemerkt, unauffällig, – manche gefährlich, manche zutiefst heilsam.

Vielleicht interpretierten sie Pina Bauschs Erbe ja falsch? Als Versuche, das Publikum echte Gefühle mitfühlen und nachempfinden zu lassen?

Im Gegensatz zu Hanno hatte sich Curd intensiv auf diese Vorstellung vorbereitet. Einst durch Mylady auf Pina Bausch hingewiesen, war er schon lange von ihrem Genie fasziniert.

"Scheitern – untergehn – neu anfangen?"

Das war das Thema der Truppe. Sie stellten es nicht nur von Musik begleitet, sondern auch mal mit einem gesprochenen Wort, einem Satz dazwischen dar. Aber das Eigentliche, was ihre Seele bewegte, ihr Fühlen, ihr Mit-, ihr Für- und ihr Miteinander-Fühlen, das drückten ihre Körper aus – eingebettet in ihre Gesten, die großen, größten, die kleinen, kleinsten Regungen und Bewegungen ihrer Gliedmaßen – Hände, Füße und Finger. Und das versuchten sie auch, zusammen mit der Musik, ihren Tanzfigurationen und dem Wenigen, mit dem sie ihre Bühne ausstaffierten, auf die Zuschauer zu übertragen, es ihnen fühlbar zu machen: Existenzangst, Altersangst, Not, Hunger, Krankheit, Verzweiflung – und am Ende Trost, Hoffnung, Genugtuung. Sich durchringen, nicht resignieren, an sich glauben, neu beginnen, dem Schicksal trotzen, das Risiko neuen Scheiterns auf sich nehmen, Not, Armut und Mühsal ertragen, ihnen entkommen. Und dann, zum Schluss, das Gelingen. Jubel, Freude, Triumph!

Ein Teil des Publikums war sichtlich beeindruckt vom Versuch dieser jungen Tänzer-Schauspieler, dies alles allein mit ihren Körpern, ihren Gesten, ihre Bewegungen den Zuschauern nahezubringen. Einige verließen das Schauspiel verständnislos, andere waren verstört.

Curd aber war hingerissen.

Er war, so konnte man sagen, seinem eigenen Schicksal an diesem Abend begegnet. Tänzer-Schauspieler, die ihm mit ihrer wort- und lautlosen Sprache gezeigt hatten, wie man sprechen konnte, ohne zu sprechen. Sie hatten Schweigen in sprechende Bilder verwandelt – durch Tanz, der kein Tanz war, oder mehr als ein Tanz. In dem sich ein Stückchen Psychologie, Soziologie, Philosophie und, ja, auch Theologie verbarg.

Auf dem Heimweg im Taxi lächelte Curd das gleiche Lächeln, das er damals bei seinem gelungenen Ballwurf gelächelt hatte, selig wie nie zuvor – und selig wie vielleicht niemals danach.

"Ist es das, wonach wir seit vielen Wochen gesucht und was wir nirgends gefunden haben?" Curd nickte. Er leuchtete.

Er war einer Sprache begegnet, die keiner Laute bedurfte. Einer unhörbaren und doch verstehbaren, verständlichen Sprache für jeden, der Augen hatte zu sehen und ein Herz, um zu fühlen.

"Würdest du gerne auch so tanzen? Ich weiß ja, wie bieg- und schmiegsam dein Körper ist. Mit ihm würdest auch du sprechen können wie diese jungen Leute gesprochen haben. Ach! Wie lange haben wir nach einem Instrument gesucht, mit dem du dich ausdrücken, mit dem du sprechen kannst ohne Worte! Heute hast du es gefunden: es ist dein eigener Körper. Einverstanden?"

Curd nickte nicht nur, er umarmte Hanno. Das Glück machte ihn weich, offen, zugänglich. Fast kamen Hanno die Tränen. Wie lange wartete er nun schon – und wie lange vergeblich ...

Die Gruppe der Tänzer war schon nach Stuttgart, zum Ort ihrer nächsten Performance abgereist. Zusammen mit Curd reiste ihnen Arne im Auftrag Myladys, Eriks, Hannos und Kathis nach. Es war nicht einfach, die Gruppe zu finden. Und noch schwieriger, mit ihnen in Kontakt zu kommen. Sie waren natürlich ganz auf ihre bevorstehende Aufführung konzentriert.

Man hatte sich noch zuvor aus dem Internet über sie informiert. In Norddeutschland, in einem kleinen Dorf auf dem Land konnten sie in aller Ruhe ihre Gedanken austauschen, Themenvorschläge diskutieren, ihr nächstes Vorhaben verfassen und einüben.

Sie waren kein wilder Haufen. Jeder hatte sich lange und eingehend mit Pina Bauschs Ideen auseinandergesetzt. Eben erst fertiggeworden mit der langjährigen Ausbildung für ihren "richtigen" Beruf – Ärzte, Ärztinnen, Lehrer und Lehrerinnen – waren sie alle noch stellenlos. Mit Urlaubsvertretungen auf dem Land, wo Ärzte am Aussterben waren, brachten sich die jungen Ärzte durch. Die Lehrer und Lehrerinnen boten Nachhilfe an. Beide Berufsgruppen – sowohl die Ärzte wie die Lehrer – waren schon durch ihre Ausbildung geprägt. Beide hätten zukünftig nur mit Menschen zu tun. Menschen wären ihr "Material". Auf nichts anderes als auf diesen Umgang waren sie ausgebildet. Und nichts als menschliches Verhalten und Empfinden wollten sie abbilden in ihrem Theater.

Von einer professionellen Tanzmeisterin wurden sie stringent angelernt und beraten. Zwei Orchstermusiker, zuständig für die Musik, bemühten sich, unliebsame Tantiemen bei Barock, Klassik, Prokofjew und Pop zum Wohle der gemeinsamen Kasse zu vermeiden.

Im übrigen nannten sich die Mitglieder der Gruppe Tanz-Darsteller. Sie zählten zu den treuesten Verehrern Pina Bauschs, variierten ihr Vorbild, suchten jedoch einen eigenen Weg.

Die Gruppe beschloss, nachdem Arne und Curd sich mit ihrem Anliegen vorgestellt hatten:

"Ein Autist! Geben wir dem jungen Mann eine Chance! Er soll uns einen Vorschlag machen, wie er sich seine Mitarbeit bei uns vorstellt. Hat er nur Sperenzien im Kopf oder Ideen? Er scheint ja ein ernsthafter Mensch zu sein. Autist, sprachlos – welch ein Schicksal! Vielleicht will er speziell daraus etwas machen?"

Aber gerade das wollte Curd nicht! Später vielleicht? Jetzt schwebte ihm ein ganz andere Figur vor. Mit ihr stellte er brieflich dar, was ihn zum Eintritt in ihre Gruppe bewog.

Entwurf für ein Tanztheaterstück
Titel: *"Unser Down-Syndrom-Willy"*

(Willy ist geistig behindert, was sich durch sein Stottern ausdrückt).
Folgendes möchte ich, zum Teil auch durch Sprache und Musik, darstellen:

Der etwa dreizehnjährige Down-Syndrom-Willy leidet unter Gefühlen wie Schmerz, Einsamkeit, Verlorenheit, Verzweiflung. Für Erik, seinen einzigen Freund, empfindet er Freundschaft und Liebe, die er nicht in Worten, sondern nur durch Gesten, Handzeichen, Bewegungen ausdrücken kann.

Kathi, die Erzieherin seiner Behindertengruppe im Heim, schenkt dem verwaisten Willy ihre heimliche Zuneigung. Darauf reagiert Willys Behindertengruppe mit Neid, Missgunst, Bösartigkeit, Feindseligkeit. Statt Mitleid empfinden seine Schicksalsgenossen Spott, Häme, Verachtung. Die spätere Katastrophe bahnt sich an.

Freund Erik schützt und verteidigt Willy, prügelt sich für ihn, schenkt ihm Freundschaft, Liebe, ja, er verehrt ihn sogar.

Dann wird dem Behindertenheim ein Klavier gespendet. Der Willy jubelt: "K' K' K' Klavier sch' sch' schööön!" Am liebsten sitzt er davor und streichelt die Tasten. Daraus entwickelt sich die Fortsetzung und das tragische Ende des Down-Syndrom-Willy-Dramas. Bei einem fröhlichen Fest im

Grünen kostet ein hinterhältiger Dummerjungenstreich eifersüchtiger Hei-
minsassen den Willy das Leben.

Nach Erhalt dieser knappen Information begann in der Gruppe ein leb-
haftes Diskutieren, ein Dafür und Dagegen. Allseits waren sie angetan vom
Ernst, mit dem sich Curd mit ihrem Beruf auseinandergesetzt hatte – das
merkte man ja seinem Themenvorschlag an. Den würde man wohl irgendwie zurechtbiegen müssen, aber es steckte eine faszinierende Grundidee von
Freundschaft, Liebe, Hass, Eifersucht, Neid, Bosheit und Bösartigkeit, von
Leben und Tod darin. Daraus ließe sich etwas machen.

Rein technisch konnten sie ja vorläufig für ihre Kunst keine Vorschläge
von ihm erwarten, da musste erst einmal *er* bei ihnen in die Lehre gehen und
übernehmen, was sie selbst sich gerade erst beigebracht hatten. Sie ließen
ihn also wissen, sie seien an seiner Mitwirkung interessiert, müssten sich aber
noch untereinander absprechen, ehe sie ihm einhellig ihre Zu- oder letztendlich vielleicht ihre Absage zukommen ließen. Das musste Curd akzeptieren
und mit Geduld ihre Entscheidung abwarten. Doch schon nach kurzer Wartezeit luden sie ihn dann ein, sie in ihrem Dorf zu besuchen und an ihren
Versuchen zur Weiterentwicklung ihrer Gebärdensprache teilzunehmen.

Es waren kurze, ja, winzige Szenen: wie stelle ich dies oder jenes dar?
Und da zogen sie denn auch schon Einzelheiten aus Curds Themenvorschlag
heran, fragten, wie würdest du dies oder jenes ausdrücken? Was sagt diese,
was sagt jene Geste aus? Wie stelle ich Neid im Unterschied zu Missgunst,
Übelwollen dar? Reicht ein Gesichtsausdruck – oder muss ich ihm durch eine
Bewegung Nachdruck verschaffen? Welche leisen oder sehr leisen Gesten
fallen mir ein?

Sie stellten gemeinsam ein ganzes Register – wie das einer Orgel – von Gebärden zusammen, auf dem sie ihr Spiel durchzuspielen begannen. Am Ende
einer langen Arbeitswoche stand fest: sie würden Curd in ihre Gemeinschaft
aufnehmen, ja, eigentlich gehörte er bereits dazu! Und ihr nächstes Stück
hieße wirklich "Unser Down-Syndrom-Willy!" Sie würden alsbald daran gehen, seine Abfolge zu entwerfen, die einzelnen Personen zu charakterisieren,
ihnen ihre dramatische Bedeutung zuzumessen, die Rollen zu verteilen.

Es folgten lange Wochen, in denen einzelne Szenen entstanden, die oft
noch gar nicht miteinander zusammenhingen. Wichtige, aber ganz schwieri-

ge Schlüsselszenen, die das Stück tragen mussten. Wenn die nicht darstellbar waren, müsste man das Vorhaben aufgeben. Von ihnen hinge einfach die ganze Dramaturgie dieses Stückes ab...

Wie ließ sich dem Publikum etwa die beinahe engelhafte Unschuld Willys vermitteln, sein Vertrauen, seine totale Wehrlosigkeit – absolut authentisch von diesem einen "Downie" personifiziert, stellvertretend für alle Downies dieser Welt? Sein immer fröhliches, zutraulichen Wesen? Dazu sein außergewöhnliches Merkmal – seine Liebe zur Musik? "Klavier – schöööön!"

Allen war klar: dieser Willy mit seiner ganz besonderen Ausstrahlung wäre nicht leicht zu verkörpern!

Hatten sie überhaupt einen in ihrer Gruppe für diese Rolle? Sie probierten den und jenen Mitspieler aus. Am Ende forderten sie auch Curd dazu auf. Er machte es ihnen vor, wie er sich den Down-Syndrom-Willy dachte. Er hatte ihn ja nicht selber erlebt, immerhin jedoch selbst einige Zeit im gleichen Behindertenheim als Autist unter der Missgunst seiner Leidensgenossen gelitten. Er galt ihnen als "geistig behindert", wenn nicht gar als "schwachsinnig". Bevor Mylady, seine Retterin, ihn aus dem Heim herausholte, trieben sie Tag für Tag ihren Spott mit ihm.

Mylady, Erik, Arne und Kathi waren über die Ferne hinweg fast täglich seine Ratgeber. Sie faxten sich gegenseitig ihre Meinungen zu.

"Soll ich wirklich?" fragte er, als man ihm vorschlug, Curd selbst möge den Willy darstellen. Die Resonanz der Münchner schien einhellig:

"Ja, Curd, ja! Wenn einer es schafft, dann du!"

Kathi, die schon so lang an sich selber litt, war die einzige, die mit Leidenschaft widersprach. Sie allein begriff, welch eine Gnade es für Curd wäre, sich als Mitspieler von seinem schwierigen ICH – wenn auch nur für kurze Zeit, ein paar Stunden vielleicht – zu befreien. Dieses Selbst abzulegen wie ein viel zu schweres Gewand, sich eine völlig fremde Haut überzutun, nicht nur wie ein andrer zu fühlen, zu leiden, sondern wirklich ein andrer zu sein.

"Niemals darf er Darsteller seines eigenen Schicksals werden!" rief sie verzweifelt."

"Gerade versucht er, einen neuen Curd zu erschaffen, indem er vom Autisten zum Schauspieler wird. So befreit er sich von sich selbst! Lernt er sprechen – wenn auch nur als Tänzer mit seinen Bewegungen, Gesten, Gebärden, stumm.

Stellt er dagegen nur sich und sein eigenes Schicksal dar, was ändert sich da für ihn? Er fällt nur zurück in sein ewiges Schweigen! Und jetzt wollt ihr ihn nötigen, als Darsteller nichts als er selber zu sein? Wie soll er denn jemals loskommen von sich? Nein, niemals darf er sich selbst abbilden! Er will sich doch endlich einmal von sich unterscheiden! Will nicht schon wieder der Gezeichnete, der Behinderte, das Objekt unsres Mitleids sein. Erspart ihm doch diese Qual!"

Arme, unverstandene Kathi! Einmal, ein einziges Mal kam sie der Beschaffenheit eines ICH, wenn auch nur der eines fremden, ganz nah. Sie wusste, ein unbrauchbar gewordenes Ich wird nicht einfach wie kranke Körperteile – Magen, Blase, Genitalien – mit dem Messer entfernt. Man entsorgt es psychiatrisch-psychosomatisch-mental. Lebensnotwendig ist es ja nicht. Solch einer Behandlung bedurfte Curd jetzt nicht mehr. Er hatte für sein malades Ich einen heilsamen Ausweg gefunden, die Schauspielerei. Hin und wieder würde er jetzt sein quälendes Ego ablegen können, seine Rolle austauschen – wenigstens für ein paar Stunden.

Wie verhielt sich's dagegen mit Kathi? Meistens gab sich ihr Ich normal. Nur ganz selten bekam es Statur, wie gerade jetzt, wo sie für Curd kämpfen musste. Das war ja wirklich etwas Besonderes in ihrem Leben – Streit! Noch niemals in den vergangenen Jahren hatte ihr Ich seine Ichheit, sein Ichtum, sein Ichsein preisgegeben. Besaß dieses ICH am Ende gar keine Substanz? – war kein realer Gegenstand? hatte sie sich oft gefragt.

Oder war es doch eine Entität? – ein sozusagen kantisches "Ding an sich"? Jetzt wusste sie es!

Die Gruppe stand unter keinerlei Druck. Sie konnte sich Zeit nehmen. Sie besaß bereits dieses gut ausgearbeitete Stück, das noch lange aufgeführt werden konnte; man brauchte keineswegs schnell etwas Neues. Die jungen Leute konnten sich den Vorschlag aus München in Ruhe überlegen.

Sie wussten ja, irgendwann müssten sie ihr Tanztheater aufgeben. Warteten sie allzu lange damit, verlören sie den Anschluss an ihren eigentlichen Beruf als Ärzte und Lehrer. Ihr Tanztheater war also ein Zwischenspiel, nichts Endgültiges. Es war eine zeitlich beschränkte, kostbare Passion!

Sie gaben sich noch zwei, drei Jahre, dann wäre Schluss.

Und die Krönung ihrer Laufbahn könnte – ja, würde wahrscheinlich sogar

"Unser Down-Syndrom-Willy" sein!

Unterdessen wurde fleißig an der Abfolge, dem Inhalt der Szenen gearbeitet. Für ein paar kurze Tage kehrte Curd nach München zurück – zur Feier von Myladys achtzigstem Geburtstag. Es gab ein rauschendes Fest im Beinahe-Frieden, denn auch Angel nahm daran teil. Das Fest überglänzte noch die nachfolgenden Tage. Bis plötzlich alle die jähe Nachricht entsetzte:
"Mylady ist tot!"
Untröstlich stand Curd an ihrem Grab. Am Tag darauf war er verschwunden. Spurlos. Unauffindbar.
Auf einem Zettel verabschiedete er sich:

Ihr Lieben, ich besaß einmal einen Engel. Er flog mir davon. Sucht mich nicht. Lasst mich gehn. Danke!

Curd, dieser Unglückselige – unterwegs wohin? Auf dem Weg, um endgültig Schluss zu machen? Wo sollte man ihn suchen? Wo würde man ihn finden? Tot?
Dann fiel Erik ein: Das Schweigekloster – vielleicht doch?
Einst hatte Erik es in den Vogesen, auf diesem mit dem Blut des ersten Weltkriegs getränkten Boden entdeckt. Alljährlich hatte er dann seinen Urlaub bei den Patres, im Anblick ihres unaufhörlichen Schweigens verbracht. Nie hatte er sich an ihren Gebeten beteiligt. Lieber streifte er in den Wäldern draußen umher. Natur! Natur!
Nahe bei diesem Kloster wollte Erik seinen Lebensabend verbringen.
Auch der verzweifelte Curd sollte ihn einmal dorthin begleiten. Aber Curd war seiner Einladung in das schweigsame Vogesen-Asyl nicht gefolgt. Hatte stattdessen einen Selbstmordversuch begangen und nur knapp überlebt.
Suchte und fand er nun doch an diesem entlegenen Ort eine Zuflucht?

Und wirklich gab es ein Wiedersehen in den Vogesen. Es war für Erik sehr bewegend, wie Curd, ohne selbst ein Ordensbruder zu sein, vom Kreis der Mönche wortlos, wie selbstverständlich, akzeptiert worden war. Sie ließen ihn einfach teilnehmen an ihren stummen Gebeten für den Frieden der Welt.
Wobei es in allen Himmelsrichtungen mehr denn je Unfrieden gab, Waffengewalt und Krieg!

"Was helfen dann all eure Gebete?" fragte Erik. "Nichts!"

Nichts?

Vielleicht gäbe es noch mehr Gewalt, Verfolgung, Vertreibung, Völkermord – ohne diese Gebete?

Die Mönche verjüngten sich nicht. Es fehlte der Nachwuchs. Mehr und mehr schwand die Klostergemeinschaft durch Alter und Krankheit dahin, von Jahr zu Jahr fand Erik es leerer bei seinen Besuchen.

"Bald sterben sie aus! Kann sein, der letzte von ihnen bist du? Wer soll dann noch beten? Wir beide? Du, Curd, ein Einsiedler, ein Anachoret. Ich, ein Ungläubiger, ein Heide? Dies ist ein heiliger Ort.
Müssen wir ihn verlassen? Dürfen wir bleiben?"

Die Entscheidung wurde ihnen abgenommen. Als Erik wie alljährlich den Mietvertrag verlängern wollte, kündigte ihm die Ordensleitung seine Unterkunft. Das Kloster werde aufgegeben, die letzten Ordensbrüder verließen es in Kürze, die Gebäude kämen zum Verkauf, einschließlich der Kirche. Sie stünde unmittelbar vor ihrer Entweihung.

Der poetische Impetus, den die Aura des Klosters ihrer Seele geschenkt hatte – vorbei!

Im gleichen Augenblick, wo er die Nachricht bekam, wusste Erik:
"Ohne die stille Gemeinschaft mit den Mönchen gibt es kein Bleiben mehr. Das Beten hört auf. Das Gotteshaus wird verramscht. Vielleicht wird ein Warenlager daraus? Ich muss nachdenken." Er schrieb:

Ehrwürdige Väter!
Wir waren sehr glücklich bei Ihnen. Haben Sie Dank!
Alles war Andacht, Schweigen, Stille im Kloster.
Selbst eine Orgel gab es nicht in Ihrer Kirche.
So rollten wir jetzt unser altes Klavier unter die Empore,
Um mit Bach, Beethoven, Mozart Abschied zu nehmen.
Es ist unser Bitt-, Dank- und Sühnegebet.
Mit dem letzten Akkord – leben Sie wohl!

Sie hatten ihre letzten Monate auf dem geweihten Areal des Klosters nicht untätig, traumselig verbracht. Erik hatte zwischendurch eine Konzertreise unternommen. Curd, Liebhaber komplizierter Texte, hatte für seinen Verlag englische und amerikanische Sprach- und Denkvirtuosen übersetzt. Wovon sollten Erik und Curd auch leben, wenn nicht von ihrem Beruf? Das entschuldigte nicht, dass sich der Kontakt mit ihrer Familie lockerte. Kaum einmal ein Anruf, das war in langen Monaten alles.

Jetzt, wo sie aus ihrem weltverlorenen Abseits in die Gegenwart, in ihr früheres, familiäres Gefüge zurückkehrten, war Erik doch etwas bang. Wie standen die Dinge zuhause? War alles wie immer? Was hatte sich womöglich verändert?

"Der Anstand gebietet es", sagte er, "dass wir uns zuallererst um unsere Kathi kümmern. Lange genug wollte sie mich glauben machen, ein geheimnisvoller Fremdling habe meine geliebte Angel mit einem Gewaltakt gezeugt. Ich habe es dabei belassen, ich weiß ja, dass ich ihr Vater bin – ich, und kein andrer.

Er besann sich einen Augenblick.

"Sie hatte nie Freunde, die Kathi, einen Liebhaber schon gar nicht. Warum hat eigentlich keiner von uns sie geheiratet? Seltsam, nie bin ich auf diese Idee gekommen. Und du, Arne? Du schweigst. Ich will dich nicht weiter bedrängen. Sagen wir so: das Leben hat uns mit Kathi eine Schwester geschenkt. Einverstanden?"

Arne gab sich abweisend.

"Nein, nicht zur Schwester, zur Nonne haben wir sie gemacht! Eine Nonne, die uns dient wie Brüdern in einem Orden. Du. Erik, hast ihr dann beigebracht, dass auch eine Nonne sich fortpflanzen kann. Wie das Kinderkriegen geht, weiß sie seither. Aber weiß sie auch, was Liebe ist, unverbrüchliche Liebe? Vielleicht ist Kathi inzwischen für die irdische Liebe schon verloren? Darf man das zulassen? Oder sollte man ihr das sogar wünschen? Hat sie etwa kein Recht, mit allen Sinnen geliebt zu werden – aber in Ehren. Hast du kapiert, Erik: in Ehren!

Erik fühlte sich gescholten, nein, beschuldigt – zurecht. Der Nachklang eines Misstons lag zwischen ihnen. Plötzlich begriff Erik: Es war Liebe! Arne liebte Kathi, er liebte sie wirklich, tief und innig. Er hatte nur nicht den Mut, es ihr zu sagen.

Alles schien unverändert in Donna Elviras Haus. Im Oberstock wartete auf jeden der beiden Heimkehrer seine gewohnte Bleibe. Noch immer wohnten Kathi und Arne im Parterre, jeder natürlich für sich.

Am ersten Abend setzten sich die Oberen, Erik und Curd, mit den Unteren, Kathi und Arne, zu einem Glas Wein zusammen. Eine fehlte, Angel. Wo war Angel?

"Angel ist in Italien... "

Warum? Wie lange? Wann kommt sie zurück?

Schmerzliche Neuigkeiten! Mühsam fragte Erik sie aus Arne und Kathi heraus:

Angel hatte ihre Stimme – ihren von Donna Elvira geerbten wunderbaren Sopran – kaputt gesungen, gejazzt, geschrien. Traumatisiert durch den Verlust, hatte sie in Italien, nahe bei Rom, einen Experten konsultiert, hoffend, er könne ihr jenen Wohlklang der Stimme zurückgeben, den sie durch Missbrauch selbst ruiniert hatte. Näheres wusste man nicht. Außer, dass Angel inzwischen noch sehr viel weiter, bis in südlichste Italien, gezogen war. Und sie hatte nicht nur Joy sondern auch Hanno zu sich geholt, sie lebte zusammen mit ihm.

Schweigen, ein sehr langes, sehr tiefes, fast feierliches Schweigen trat ein.

"Mit Hanno? Was verbindet denn Angel mit Hanno?"

Arne hüstelte.

"Du, Curd, warst selber ihr Bindeglied! Hanno, der dir so unendlich viel Zeit geschenkt hat, wollte immer nur dich, Curd. Vom ersten Augenblick an hat er dich geliebt. Eh er dich kennenlernte schon! Durch Mylady, Hannos Tante, warst du ihm schon vorher viele Jahre vertraut. Und wie erst nach deinem grandiosen Steinwurf und deinem allererersten, beinahe ausgesprochenen Wort! Weißt du noch, was du zu sagen versucht hast? SELIG! Mein Gott, selig! Und weil Hanno dich, Curd, nicht bekommen konnte – du warst ja verschwunden und niemand wusste, wohin – da hat er sich mit Angel begnügt – irgendwann. Sie war für ihn wie ein Stück von dir. Er glaubte dich ja für immer verloren ... Und er lag so trostlos verzweifelt am Boden. Da hob Angel ihn auf, um ihn in Zukunft für ihre Zwecke zu nutzen."

"Angel liebt ihn doch gar nicht! Was bedeutet er ihr?"

"Er ist ein Riegel, Curd, den sie dir vorgeschoben hat – für immer! Damit bist jetzt nicht nur du unglücklich, wir alle sind es. Ich habe mein Singvögelchen verloren. Und dem Hanno gehört Angel nicht wirklich. Denn inzwischen hat sie sich für einen allerneuesten Partner entschieden."

Jetzt mischte Kathi sich ein.

"Wie oft hat mich ein trauriges Stimmchen gefragt:

Wo ist mein Papa? Alle Kinder haben doch einen Papa?

Die kleine Joy hat sich verzweifelt nach dir, ihrem verschwundenen Vater gesehnt. Der sie in den ersten Monaten ihres Lebens gehütet hat. Keine Trennung hebt jemals diese Bindung zwischen euch auf. Auch wenn Angel jetzt da unten mit einem wildfremden Kalabresen lebt – und *er* als Papa für deine Joy."

Mussten sie noch auf weitere Enthüllungen gefasst sein?

Erik verlor sich in Erinnerungen.

"Zähmen ließ meine Angel sich nie. Mit vier Jahren hat sie dem verhassten Kindergarten getrotzt! Mit zehn hat sie sich mir und dem noch mehr verhassten Klavier verweigert. Und wie besessen, wie verrückt, wie wahnsinnig stürzte sie sich mit achtzehn in den Jazz, und niemand, niemand hätte ihr den ausreden können!"

Jetzt lächelte er.

"Aber ehrlich: grade deshalb bin ich stolz auf sie. Oft hat sie es Kathi und mir schwer gemacht. Sie war eine Besondere. Mit unserem Artig- und Bravsein, dem familiären Beieinanderhocken hatte sie es nie. Sie wollte etwas ganz andres – Freiheit! Wollte sich auf eigene Faust in der Welt umschauen, sich selber aussuchen, was ihr gefiel und was nicht, was sie tun und was sie lassen wollte. Genau wie ich damals, vor langer Zeit. Freiheit von allen und allem! Auch von uns, von mir und von dir, Kathi.

Ach, Angel, mein Mädchen! Was begehrst du? Abenteuer, Geld, einen Mann, Beifall, Ruhm?"

Keiner hätte ihm diese Fragen beantworten können. Keiner, nicht einmal Kathi, ihre Mutter, verstand sie. Allen war sie fremd geworden.

"Deine Tochter hat ihren eigenen Willen, Erik, ich habe dir das schon einmal zu erklären versucht," sagte Arne.

Unerschrocken verteidigte Erik seine Tochter, wollte immer noch mehr über sie wissen, schien auf alles gefasst.

"Was wisst ihr sonst noch von Angel?"

"Erik, deine Tochter hat neuerdings eine weitere, exklusive Leidenschaft."

"Sag' schon, spann' mich nicht auf die Folter!"

"Sie fährt Rennen, verbandelt mit dem Präsidenten eines Motorrad-Clubs. Auf dem Rücksitz seiner Maschine war sie erst eine Zeitlang seine Motorrad-Braut. Er hat ihr dann wohl das Selber-Fahren beigebracht, ihm gehört auch ihre schwere Maschine. Damit beteiligt sie sich an heimlichen Rennen auf weit abgelegenen Straßen. Führerschein hin oder her. Da unten in Kalabrien, im tiefsten Süden Italiens, frägt niemand danach."

"Na und? Sie hat ja den Autoführerschein. Wo ist der Unterschied im Straßenverkehr?

Würde mich nicht wundern, wenn Angel auch noch aufs Fliegen verfiele!"

"Mein Gott, Erik!" rief Kathi verzweifelt. "Was sagst du denn da? Meine Angel auf einem Motorrad – das ist ja wie eine Wette auf Tod oder Leben! Eine Lotterie! Man kann darauf warten, dass sie verunglückt. Oh Gott!"

"Ja, Kathi, so ist das. Irgendwann hat man keinen Einfluss mehr auf seine Nachkommen. Aus unserem erwachsenen Engel ist nun eben etwas geworden, was keiner voraussehen konnte."

Kathi warf ihm einen sehr bösen Blick zu. Dieser Nichtsnutz! Erik, in seinen Jugendtagen ihr Angstgegner im Heim. Später ihr Vergewaltiger. Er sollte nicht auch noch den Mund so voll nehmen! Nie hatte er sich als Vater um Angel gekümmert, hatte alles ihr überlassen, war durch die Welt gereist, hatte sich als Pianist feiern lassen. Hatte zuletzt, begleitet von den Gebeten frommer Mönche und ihren Schweige-Gelübden, sich dem Nichtstun hingegeben. Kathi erstickte fast an ihrem Zorn. Erik bohrte ungerührt weiter:

"Übrigens – woher und von wem wisst ihr das alles?"

"Von Hanno natürlich!" sagte Arne. "

Ein paar Tage später – eine hellgrauseidene Wolkendecke lag über Giesing – und die dazu passende, stille Verzweiflung über der family. Arne sagte melancholisch:

"Ein Wetter, wie für uns geschaffen. Der Himmel signalisiert uns, Leute, es geht auf den Winter zu. Was immer ihr vorhabt, bringt es zu Ende. Zum Beispiel: Wie kann man die kleine Joy vor diesem fremdländischen, motorradfahrenden, kalabresischen Ungeheuer retten? Sie zurückholen? Wer hat eine Idee?"

An einem der nächsten Tage läutete es an Kathis Tür.

"DU, Angel, DU? Um Himmels Willen, was ist passiert?"

"Mama, ich bin schwanger. Ich muss abtreiben. Das Kind ist nicht von Hanno."

Kathi schluckte. Dann fielen sich Mutter und Tochter in die Arme.

Kathis Madonnenherz ließ gar keine andere Lösung zu. Sie konnte nur eines: Angel bedingungslos helfen.

Von Erik ganz zu schweigen, als er es erfuhr. Ohne Zeit zu verlieren, wollte er seine Tochter schnellstens zu einem abtreibungswilligen Arzt bringen. Von seinen Studentinnen – er war nach wie vor an der Hochschule tätig – bekäme er mühelos und diskret eine Adresse.

Es gab jedoch Widerstand in der Familie. Allzu schnell ging es Arne. Erst recht widersetzte sich Curd.

Er schrieb: *Das Kind hat ein Lebensrecht!*

Dann löschte er das Geschriebene und schrieb neu: *Ich adoptiere es!*

Zuletzt kam eine dritte Botschaft: *Ich erkläre mich zu seinem Erzeuger!*

Er zeigte sein Handy rundum. Auch Angel hielt er es vor Augen.

Erik sagte: "Curd, bedenke, um wessen Abkömmling es sich da handelt? Wer ist denn der Vater? Der Chef eines Motorrad-Clubs, vielleicht ein Mafioso – ein Angehöriger der Ndrangheta, wie die Kalabrier ihre Mafia nennen? Weiß der Teufel, mit wem unsre wilde Angel sich da eingelassen hat? Da unten, im hintersten Winkel Europas! Wahnsinn!"

Arne hatte ähnliche Bedenken. Er flüsterte Kathi ins Ohr:

"Erik hat recht! Das Kind passt nicht zu uns, auch wenn es nichts dafür kann!"

Kathi jedoch dachte, was sie schon so oft gedacht hatte: "Immer nur trifft es uns Frauen ..."

Angel weinte laut auf. Man hätte sagen können, sie heulte. Keiner wagte, sie in die Arme zu nehmen. Abstoßend war es, dies Heulen. Wie das Heulen einer Hündin in der Nacht um ihr verlorenes Junges.

Warum heulte sie überhaupt? Weil ausgerechnet Curd, dieser so heiß einst von ihr Geliebte und jetzt so Gehasste ihr ungeborenes Kind retten wollte? Als habe er ein allerletztes Mal noch mit ihr geschlafen? Wie oft mochte er sich danach gesehnt, davon geträumt, es sich vorgestellt haben ... ?

Anderntags traf man sich früh.

Angel saß stumm in einer Ecke, abgeschieden von den andern. Natürlich wusste sie, sie war autonom. Niemand konnte sie daran hindern, das Kind wegmachen zu lassen – selbst wenn alle dagegen wären. Aber alle bestätigten ja, sie seien dafür. Bis auf Curd.

"Lässt du uns deine Gründe wissen?" fragte ihn Arne.

Curd verneinte mit Kopfschütteln. Dann erhob er sich, ein beschriebenes Blatt in der Hand, ging zu Angel und hielt es ihr hin. Als sie es nach einigem Zögern annahm, setzte er sich wieder auf seinen Platz. Angel schien das Blatt erst weglegen zu wollen, las es dann aber doch. Wieder brach sie in Tränen aus, lautlos liefen sie ihr diesmal übers Gesicht. Sie stand auf, ging auf Curd zu, zögerte, ging hinaus. Niemand versuchte, sie aufzuhalten, sie gar zu trösten, zu umarmen. Atemlos verfolgten Erik, Arne, Kathi das unerklärliche Schauspiel.

Dann brachen die Fragen über Curd herein. Was hatte er ihr geschrieben? Er wehrte sie kopfschüttelnd ab.

Ehe einer von ihnen den Mut fand, ihn mit gebührendem Druck zu einer Antwort zu bewegen, stand Curd auf und entfernte sich. Ratlos blieben Erik, Arne und Kathi zurück. Es hatte sich noch immer nichts entschieden – die Entscheidung lag ja allein bei Angel. Deprimiert verabschiedeten sie sich voneinander.

Man wusste nur: Curd als einziger lehnte die Abtreibung kategorisch ab.

Sein Brief hatte folgenden Wortlaut:

Geliebteste Angel,

lange habe ich jeden Tag in einem Schweigekloster für den Frieden gebetet. Für den Frieden der Welt – und für den Frieden zwischen Dir und mir. Du warst einmal mein Ein und Alles. Und ich war das Deine. Wegen Joy hast Du mich dann verlassen. Und jetzt willst Du das Ungeborene umbringen?

Geliebte Angel! Auf Knien bitte ich Dich, nein, nicht etwa: gib mir dieses Kind. Sondern nur: leihe es mir! Es nur mir zu leihen, darum flehe ich Dich an. Und auch das nur für ein paar Jahre! Bis es halbwegs erwachsen ist, dann gehört es wieder Dir. Du musst es also nicht für immer hergeben, du bekommst es zurück. Du erhältst dann einen jungen Menschen, der in Liebe zu Dir groß wurde – in Liebe zu einer wunderbaren, geheimnisvollen Mutter namens Angel, die die ganzen Jahre wie ein ferner Engel über ihm schwebte.

Eine Mutter, die ihr Kind einem einsamen, autistischen Mann auslieh, der es großziehen durfte, damit er nicht an seinem Alleinsein zugrunde ging.

Mein Sprachrohr bei seiner Erziehung soll Hanno sein. Als doppelte Väter werden wir dein Kind hegen und pflegen. Du, Du allein bleibst seine Mutter.

Einstweilen jedoch bist Du frei. Tobe Dich aus, singe, fahre Motorrad, sei glücklich. Es umarmt dich und dankt Dir
Dein Curd.

Schriftlich teilte Curd am Abend der Familie mit, Angel sei bereits auf dem Weg nach Italien. Mit Gottes Hilfe erwarte Angel einen gesunden Knaben. Alles sei gut. Sie werde rechtzeitig zur Entbindung nach München zurückkehren und das Neugeborene dann ihm und Hanno zu treuen Händen übergeben.

"Zwei Papas auf einmal – Curd und Hanno!" sagte Kathi.

"Verrückt vor Freude wär' ich als Kind darüber geworden! Wenn ich an meine garstige Mutter denke. Schon für einen einzigen Papa hat sie mir ihren Fluch angedroht! Ach, dass man sich weder Vater noch Mutter aussuchen kann, nach denen man schließlich gerät! Und was kommt dabei raus? Die meisten, wie ich, sind einfach normal. Dabei wäre ich doch so gern was Besondres geworden. Ja, mit einem Vater, der mir ein Haus gebaut hätte! Ein Haus nicht aus Stein, ein Haus aus Lesen, Lernen, Studieren, aus Wissen, das keiner Mutter Fluch je hätte einreißen können!

Vielleicht hätte ich dann auch mein seltsames ICH, das irgendwo in mir drin steckt, wirklich einmal zu fassen gekriegt? Dieses von Erik verfluchte 'Erzieherinnen-Genre'? Liebes ICH, würde ich zu ihm sagen, es gibt dich ja doch! Hab's fast nicht mehr geglaubt. Kamst mir immer so armselig vor. Hast dich deshalb auch nie vor mir gezeigt. Und jetzt kommst du doch noch zum Vorschein und machst was her?"

"Armer Erik!"

Selbst Kathi konnte ihn nur bemitleiden. Ja, er trug schwer an Angels Entscheidung. Sie hatte sein Hilfsangebot wortlos übergangen.

"Jetzt ist sie weg. Für wie lange? Vielleicht für immer? Er tut mir leid."

Würde er seine Tochter jemals wiedersehen? Er dachte an seine lieblose Kindheit und Jugend. Jahrzehnte hatte ihn seine Mutter verleugnet. Großmütig hatte er ihr verziehen.

"Habe ich jemals irgend jemand irgendwas angetan?"

Jawohl, er hatte! Angels Schwangerschaftsabbruch! Ohne den mindesten Skrupel war er, ihr Vater, dafür. Weg mit dem fremden Balg!

Gottseidank hatte dann Curd die Abtreibung verhindert.

"Ich mache es wieder gut, Angel!"

Hanno würde ihm die genaue Adresse seiner Tochter in Kalabrien geben.

"Ich werde sie suchen, finden und nicht mehr aus den Augen lassen. Im rechten Moment, wenn es so weit ist, werde ich sie unerkannt, heimlich zurück nach München begleiten – bis zur Entbindung."

Binnen weniger Tage wurde Hanno aus Italien zurückerwartet. Schon lange war seine Verbindung mit Curd abgerissen, es gab keinen Kontakt mehr zwischen ihnen. Was erwartete ihn also in München? Ein Wiedersehen – mehr nicht? Denn Curd ging es doch nur um Angels Kind. Hanno sollte sein Zweit-Papa werden. Der stumme Curd brauchte ihn einfach als Sprachrohr. Zu wievielen Diensten hatte ihn Curd schon benützt! Vergeblich hatte er stets auf Dank für seine Hilfe gewartet. Nein, nicht Dank, etwas ganz anderes hatte Hanno sich von Curd ersehnt ...

"Gib es doch endlich zu! Sag's ihm! Und wenn du zu feig dazu bist, dann schreib's ihm! Dass du ihn liebst! Und dann soll er entscheiden, ob er dich immer noch haben will. Und auch du kannst es dir überlegen."

Mit einem Male wurde es Hanno leichter ums Herz. Ja, er würde sich alles von der Seele reden. Nichts mehr verheimlichen. Eine Entscheidung suchen! So oder so. Auf der Bahnfahrt von Kalabrien bis Rom fügten sich seine Gedanken im Rhythmus der Schwellen zum endlosen Monolog. In Rom wollte er ein paar Tage verbringen, um von Italien Abschied zu nehmen. Dort fände er genügend Zeit, den auf der Bahnfahrt vorgedachten Brief auf ein paar wenige Zeilen zu kürzen. Seine vergeblichen Sehnsüchte zusammenzufassen ins bittere Resümee eines endgültigen Verzichts.

Angekommen in Rom, begann er sofort zu schreiben.

Liebster Curd,

ich grüße Dich aus weiter Ferne, auf der Reise zu Dir. Doch mit Vorbehalt. Ich muss Dir etwas erklären, was ich vor langer Zeit schon hätte tun müssen. Ich war nur immer zu feige dazu. Es ist nun einmal so: ich liebe Dich. Vom ersten Tag an, als ich Dich kennenlernte.

Ich liebe Dich so sehr, dass es mir inzwischen gar nichts mehr ausmacht, nicht wiedergeliebt zu werden von Dir. So viele Jahre ertrage ich das schon, habe mich so sehr daran gewöhnt, ich kann ganz offen darüber reden. Ignoriere es einfach.

Glück in der Liebe hatten wir beide nicht. Du nicht mit Angel und ich nicht mit Dir. Aber sie vertraut Dir nun wenigstens ihr Kind an. Damit wollen wir uns trösten. Wir? Ich weiß ja gar nicht, ob Du mich nach diesem Brief noch haben willst?

Ich bin und bleibe so lange hier in Rom, bis Du mir geantwortet hast, ob Du mich noch erwartest, ob ich wirklich kommen soll.

Alles verstehend, alles akzeptierend – bin und bleibe ich der Deine, Hanno.

Die Antwort:

Ach, bitte, Hanno, komm!

Doch nur, wenn Du, was ich Dir hier schreibe, ertragen kannst!

Als Fünfjähriger – eine Waise – bin ich als armseliger kleiner Wicht ins Heim zu Kathi gekommen. Niemand wollte mit mir etwas zu tun haben. Man hielt mich für geistig behindert. Ich konnte ja nicht sprechen. Nur die kleine Angel kam, fasste mich an der Hand und ließ mich nicht wieder los. Wir wurden erwachsen. Schwanger geworden von mir, verwandelte sich Angels Liebe in Hass. Und ich? Sie war meine große Liebe. Ist sie es noch, Hanno? Ich weiß es nicht.

Wie immer Du Dich entscheidest, ich biete Dir meine Zuneigung an. Und Du musst wissen: Du wirst die Hauptperson sein für unseren Sohn, aber auch für mich. Ich werde höchstens ein Neben-Papa, der nichts zu sagen hat, weil er nicht sprechen kann. Das Kind braucht nicht mich, Hanno, es braucht Dich! Ohne Dich scheitert alles und ich muss Angel absagen.

Ich bitte Dich von ganzem Herzen um Deine Hilfe! Dein Curd.

Die Antwort: *Ich komme. Gruß Hanno*

Doch in Wirklichkeit wollte Hanno sich nochmals eine Atempause verschaffen.

Tagelang wanderte er blicklos durch Rom, schob sich durch Touristenmassen, reihte sich überall in die Schlangen Kunst- und Kulturbeflissener ein – um, immer nur in Gedanken bei Curd, sie kurz vor dem Ziel fluchtartig zu verlassen. Allerlei phantastische Ideen verwirrten ihn. Er besaß eine Armbanduhr, für die er sich einst – nach seinem Debut mit einer winzigen Rolle auf einem kleinen Provinztheater – leichtsinnig in hohe Schulden gestürzt hatte. Er trug sie sonst immer unsichtbar, jetzt aber stellte er sie – in der Hoffnung, irgendein Ganove erschlüge ihn dafür – auf nacktem Handgelenk offen zur Schau. Aber in ganz Rom fand sich kein einziger Interessent für sein Angebot. Er musste schon selbst Hand an sich legen, wenn ihm sein Ableben so wichtig war. Je länger er durch Rom irrte, desto mehr verlor er die Kontrolle über das, was vor und was hinter ihm lag. Er hatte sogar Mühe, sein Hotel abends wiederzufinden.

Zunehmend geschwächt schleppte er sich dann auf die Heimreise. Halbwegs befriedet, doch unendlich müde, fiebrig-matt, erschöpft und hustend kam er in München an.

Von Curd gab es einen Kuss, eine liebevolle Umarmung.

Auf seinem Handy begrüßte er ihn:

Sei umarmt, Hanno! Du bist mir sehr lieb!

Hanno fühlte sich schlecht. Ein Wirrwarr tobte in seinem Kopf. Er machte ihn taumeln. Er realisierte gar nicht mehr richtig, wer er war, wo er war. Hoch fiebernd schwanden ihm die Sinne. Er fiel einfach um.

Ein Notarzt wies den Bewusstlosen ins Krankenhaus ein.

"Ich kann Ihnen nichts versprechen", sagte er. "Es ist ernst. Lungenentzündung."

Die nächsten Tage verbrachte Curd an Hannos Bett – beinahe schlaflos. Er hatte sich nicht vertreiben lassen. Als Quasi-Angehöriger des Privatpatienten und mit Arnes Fürsprache durfte er – zum fiktiven Mitpatienten erklärt – bleiben. Er hatte erst nur einen Stuhl zum Übernachten, danach gab man ihm einen alten Sessel, in dem er sich zum Schlafen zurücklehnen konnte.

Wegen einer kritischen Kreislaufschwäche des Patienten schickten ihn die alarmierten Ärzte an einem der nächsten Morgen aus dem Zimmer. Unendlich lang stand er wartend im Flur, blickte auf das viele Grün, das die Klinikgebäude umgab. Unfern begann schon ein Stück Wald, das noch zum

Klinikareal gehörte. Dort konnten genesende Patienten weitab vom Straßenverkehr umherspazieren.

Intensiv in ihre Gespräche vertieft, verließen die Ärzte und Schwestern jetzt Hannos Zimmer. Der eine und andre winkte ihm zu: "Es geht Ihrem Freund besser. Bleiben Sie weiter sein guter Engel!"

Der Chef nahm ihn jedoch beiseite. Er war sehr ernst:
"Es stand Spitz auf Knopf! Wir machen uns Sorgen um Ihren Freund. Ein Stein liegt auf seiner Seele. Gegen den hilft keine ärztliche Kunst, kein Medikament – dagegen helfen nur Sie!"

Ernst, aber nicht unfreundlich ließ er ihn zurück.

"Was will er mir damit sagen? Bin ich dieser Stein? Was wünscht Hanno sich von mir? Zuneigung, Zärtlichkeit, Verständnis, Großmut? All das kommt klein, leise, bescheiden daher, bläht sich nicht auf, prahlt nicht, tut jedem wohl und niemandem weh – nur eine kleine Liebe, keine große – weil die zuallererst für unsere Kinder gebraucht wird."

Er grübelte. Wie konnte er Hanno helfen? Dann – eine Eingebung!

Der Chefarzt kam noch einmal vorbei. "Haben Sie nachgedacht?"

Curd zog sein Handy aus der Tasche. Überrascht wartete der Professor. Curd schrieb ein einziges Wort, mit Ausrufezeichen, zeigte es ihm. Der Arzt nickte. "Gratuliere!" und eilte weiter.

Es war kein Allheilmittel.

"Aber es ist wie für uns beide gedacht und vielleicht hilft es wirklich?"

Er trat ein, beugte sich über Hanno.

"Und?" fragte Hanno.

Auf Curds Handy las er: *Willst du mich heiraten, Hanno?*

Er antwortete nicht.

Er war noch sehr schwach. Man musste ihm Zeit lassen.

Würde das Heiraten wirklich etwas verändern? fragte sich Hanno. War Ehe gleich Liebe? Sollte er bleiben? Noch einmal dies ewige Hoffen, diese Enttäuschungen auf sich nehmen? Er kam zu keinem Entschluss.

Da schenkte auch ihm das Schicksal eine Eingebung: plötzlich sah er Curd vor sich – an der grünen Isar, wie er mit dem rechten Arm weit ausholte zu seinem phantastischen Wurf. Sah, wie unglaublich weit der Stein flog. Sah Curds Lächeln. Sah, wie er mit dem Mund ein Wort zu formen versuchte.

Es gelang ihm beinahe – und dann doch nicht. Hanno verstand es aber auch so:

Selig . . .

Es war jener kurze Moment, wo Hanno glaubte, jetzt würde Curd endlich reden. Wo er aber dann einsehen musste, es würde Curd niemals gelingen. Dennoch war es ein einzigartiger, wundersamer, ein wahrhaft seliger Moment – nicht nur für Curd. Er, Hanno. würde alles dafür geben, solch einen Augenblick noch ein weiteres Mal zu erleben.

Jawohl – alles!

ALLES?

Ein einziger Tag, eine einzige Nachricht genügte.
Angel Mortorradunfall tot

Konnte es jemals wieder ein ALLES geben?

Fassungslos trauerten beide, Kathi und Erik, gemeinsam um ihre Tochter. Was ohnehin alle wussten und respektierten, hatte ihm Kathi endlich erlaubt: Angels Vater zu sein. Erik musste es nicht mehr verhehlen oder gar abstreiten.

"Kathi, nur durch Zufall, zur linken Hand sozusagen, wurde uns Angel geschenkt. Nur für wenige Jahre. Und schon nimmt sie das Schicksal uns wieder weg. Dabei haben wir uns so viel Mühe gegeben, alles richtig zu machen! Sie durfte gehen, wohin sie wollte, bekam, was sie begehrte, konnte tun, wozu sie Lust hatte. Hätten wir denn irgend etwas verhindern können? Ihr Jazz-Abenteuer? Das verfluchte Motorrad? Den Kalabresen-Häuptling? Wir konnten ja nicht einmal Angel vor sich selber beschützen! Angel war Angels größte Gefahr. Nicht vor der Liebe, noch vor dem Tod ließ sie sich retten."

Natürlich verschwieg Erik der Kathi, was er eines Tages durch einen Türspalt erspäht und dann Jahr für Jahr stillschweigend geduldet hatte. Von all dem hatte die gute Kathi nicht die geringste Ahnung. Sie lebte noch immer ganz in Erinnerung an ihr eigenes Schicksal.

"Ein uneheliches Kind! Welch eine Schande! Erst hab' ich sie abgelehnt. Aber bald wurde Angel mein größter Schatz. Mit dir, Erik, hätte ich Angel nie und nimmer geteilt!"

"Ich weiß und verstand es, Kathi. Ich hatte mir genommen, was ich freiwillig von dir nie bekommen hätte. Ja, es war Gewalt – aber bedenke: aus Liebe! Aber du warst ja so engherzig. Viel hast du damit versäumt, wenn nicht alles.

Vielleicht wären wir heute... ? Na ja, ich weiß, dass dein Herz nicht für mich, sondern für einen anderen schlägt.

Wenigstens teilen wir beide jetzt miteinander Schmerz und Trauer. Ich habe Angel über alles geliebt. Jetzt hole ich meine tote Tochter samt ihrer kleinen Joy heim. Vergiss nicht, Kathi, Angel hätte ihren kalabresischen Sohn dem Curd gegeben. Anstelle ihres Babys bekommt er jetzt ihre vierjährige Joy. Wohlgemerkt – seine eigene Tochter! Er hat das erste Anrecht auf sie! Endlich erhält so der wahre Vater sein ihm so lang von Angel vorenthaltenes Kind. Gerade Angel hätte es so und nicht anders gewollt."

Der Tod seiner Tochter hatte Erik tief getroffen. Auf der viele Stunden dauernden Reise warf er einen langen, kritischen Blick auf sein Leben, unterzog all seine Versäumnisse und Vergehen einem strengen Verhör. Wie würde wohl eine jenseitige Gerichtsbarkeit damit verfahren? Noch immer besaß er ja einen Helfer und Fürsprecher dort oben. Einen, der innerhalb der himmlischen Hierarchie wohl längst ein Stück vorgerückt war? Vielleicht sogar schon in die Nähe der majestätischen Kategorie der Erzengel? Willy, der ihm, Erik, einst ein wundersames Vermächtnis hinterlassen hatte: zwei Schicksalsworte.

KLAVIER SCHÖN!

"Danke!"

Hanno wurde erst nach Wochen entlassen. Jetzt erst ging er auf Curds Vorschlag ein.

"Heiraten – im Ernst? Verbunden für immer? JA!" Hanno war selig.

Curd hingegen fragte sich im Stillen: "Was ist das – Glück? Alle begehren es. Die Kleinen ein großes Stück Liebe. Die Großen ein kleines Stück Himmel. Immerzu will man nur haben, haben. Damit ist dann auch die *wirkliche* Liebe gefährdet! Aber wer in der Schule des Lebens aufgepasst hat, weiß, manche Liebe ist eh nur Illusion. Vielleicht auch die meine, für Angel? Ich will versuchen, es Hanno in Zukunft nicht mehr entgelten zu lassen.

Die ganzen Jahre hatte Arne die Seinen stets behutsam im Auge behalten, immer bereit, jedem beizustehen, der Rat oder Hilfe brauchte. Nur seine eigenen Probleme trug er ungelöst mit sich herum. Ihm schien, es wäre Zeit für ein Resümee – für alle, für seine ganze family.

Nach wie vor unterrichtete Erik an der Musikhochschule. Monatelang war er dazwischen als Pianist unterwegs. Überall in der Welt, wo er konzertierte, besaß er Freunde und Bewunderer seiner Kunst. Unentwegt wurden ihm Einladungen und Auszeichnungen zuteil. Vielleicht half ihm das, seine Einsamkeit zu ertragen? Eine Lebensgefährtin suchte er nicht. In weiter Ferne blieb er Rodrigo verbunden. Ein Solist – im Leben, wie auf dem Klavier.

Rodrigo, der ihm viel bedeutet hatte, war ihm durch seine spanische Wut abhanden gekommen. Seine Tochter Angel, die ihm Alles bedeutet hatte, ging ihm durch ihren Motorradunfall verloren.

Um Erik machte Arne sich Sorgen. Helfen konnte er ihm nicht.

Ganz anders Curd und Hanno. Sie waren sich einmal sehr nah gewesen. Was hatte sie dann auseinander gebracht? Enttäuschungen, Misslichkeiten, Irrtümer? Oder auch nur das erbarmungslose Verrinnen der Zeit? Doch nun, nach langem Umweg, waren sie wieder beisammen. Hanno und Curd würden heiraten! Arne atmete auf. Es schien ihm ein Glücksversprechen. Für alle, für die ganze family. Auch für ihn.

Herrgott! Anstatt immer nur darauf zu warten – warum erzwang nicht auch er endlich sein Glück?

Sein Fazit:
"Ich liebe sie alle – Kathi, Erik, Hanno und Curd. Wir kennen uns nun schon so lange. Und doch ist jeder für mich ein Geheimnis. Jeder verbirgt sein Innerstes. Wie die Gioconda an Kathis Küchenwand, die ihr Lächeln für sich behält. Wir sind uns vertraut – und immer noch fremd. Eigentlich kenne ich mich ja auch selber nicht richtig. Oder will ich gar nicht wissen, wie's in mir ausschaut?

Einmal glaubte ich ja, ich sei ein großartiger Pianist und geilte mich auf an meinem angeblich virtuosen Spiel. Es fehlte vielleicht gar nicht viel. Es fehlte – wie man so sagt – nur das Salz in der Suppe? Das hatte der liebe Gott oder die Natur vergessen. Aber dann schmeckt einem die Suppe halt nicht. So ging es mir beim Klavierspielen. Es war schon in Ordnung, nur fehlte das Salz. Nicht jeder hörte das raus. Aber ich selber – ich schon!

Es ließ mir dann keine Ruhe, rumorte in mir. Würde ich niemals ein Meister? Hatte ich mir meine Begabung nur eingebildet? Die Kunst nur dazu benützt, mich in ihr zu spiegeln? Bekam ich jetzt eine Ohrfeige dafür vom Schicksal?

Entnervt gab ich – vom einen zum anderen Tag – das Klavierspiel auf.

Unser lieber Down-Syndrom-Willy konnte nur *Hänschen klein*. Andächtig weihte er es der Kunst. Den Willy nenne ich *groß* – und mich selber ein *Arschloch*. Nun ja ... ”

Letztlich hinterließ die Kunst ihm eine schmerzhafte Leere. Mit seinem sozialen Tun, seiner Hingabe und Fürsorge für behinderte Menschen füllte Arne sie nach und nach auf. Doch für sein Opfer, seinen Verzicht auf das Klavierspiel schuldete ihm die Kunst ihren Dank. Daran erinnerte nach wie vor ein imaginärer Gedenkstein in seinem Herzen.

Wie lautete also seine Bilanz?

Er hatte weder ein Buch geschrieben, noch ein Bild gemalt – und auch keine Sinfonie komponiert.

Er, der sich einst für ein Monster gehalten hatte, bereitete später unzählige Leidensgenossen auf ein gutes Leben – Beruf, Arbeit, Erwachsensein – vor.

”Ich war kein Genie wie Erik oder Rodrigo. Ich war nur eine Art Helfer, mehr nicht. Mein ehemaliges Lebensziel – unvergesslich vom Down-Syndrom-Willy in zwei Worte gefasst: Klavier schöön! – hab' ich an einen Besseren, an Erik weitergereicht.

Und was ist mit Kathi? Gibt es denn niemals ein gutes Ende mit ihr? Sie weiß doch, wie sehr ich sie liebe. Wir waren uns schon einmal so nahe. Näher können zwei Menschen einander nicht kommen als damals wir beiden, obgleich wir uns überhaupt nicht berührten. Wenn ich sie frage – jetzt gleich, auf der Stelle – und sie sagt Nein?”

Nur seine Cousine war Kathi zuerst. Sie hatte dem schwer Behinderten, dem ”Monster”, Arbeit, Unterkunft, Lohn besorgt, als er quasi schutz- und hilflos auf der Straße stand. Ihr verdankte er alles. Dann war sie seine große Liebe geworden, das Ziel seiner Sehnsucht – aber auch sein größtes Problem. Denn am gleichen Tag, als er sich damals von der Kunst lossagte, hatte er sich auch als Klavierlehrer von Kathi verabschiedet. Tief enttäuscht wandte sie sich von ihm ab. Er hatte nicht nur die Kunst verraten, er hatte auch sie, Kathi, im Stich gelassen:

War damit auch jenes einzigartige, unvergessliche, wunderbare Vierhändig-Spiel vergessen? Ihr seliges Ineinander? Arne, der aufging in Kathi – Kathi, die aufging in Arne?

Von da an respektierte Kathi ihn nur noch sachlich-kühl als Kollegen und später als Chef. Es hatte lange gedauert, bis sie wieder Vertrauen fasste zu ihm.

"Sonderbar," wunderte sich Kathi. "Wie jetzt alle noch schnell zueinander finden. Hanno und Curd heiraten und werden Eltern für die kleine verwaiste Joy. Und ich bin durch sie ja schon Oma geworden! Nur du, Arne, bist immer noch mutterseelenallein auf der Welt. Hast dir allzuviel Zeit gelassen und jetzt wird's schon fast zu spät. Hast du denn wirklich keine gefunden, die zu dir gepasst hätte?"

Arne bekam plötzlich Angst: "Verdirbt sie mir jetzt meine letzte Chance?"

Warum bloß provozierte die sanfte Kathi ihn noch schnell? Er wollte doch heute, gerade heute, ihr all das gestehen, wofür er niemals zuvor den Mut gehabt hatte. Und nun – Krieg?

"Ich liebe, liebe, liebe sie doch! Nichts und niemand wird mich dran hindern, ihr das zu sagen – nicht einmal sie selbst!"

Er gab sich den Anschein kühler Besonnenheit. Passend dazu schickte er seiner Antwort ein langes, wohlüberlegtes Schweigen samt einem theatralischen Seufzer voraus.

"Ich will mal so sagen, Kathi, wenn du schon darauf anspielst. Es gab ein Ereignis in meinem Leben, das mich stets davon abhielt, danach zu suchen. Vielleicht hat sich das Schicksal aber auch gedacht, aus mir wird nie eine passable Ehehälfte? Oder was meinst du?"

Arne drehte den Spieß also um?

Manchmal gab Arne sich mysteriös. Nie wusste sie dann, worauf er hinauswollte. Oft rätselte sie: "Vielleicht meint er . . . ?" Oder: "Wie schön wäre es, wenn er . . . ? Aber nein, so hat er sich dies oder jenes bestimmt nicht gedacht! Dafür bin ich auch längst zu alt. Er meint's ja nur gut, und das muss mir genügen. So geht's halt im Leben. Man kriegt nicht immer, was man sich wünscht."

"Es ging mir nur so durch den Kopf, Kathi – im Hinblick auf unser Problem."

"Haben wir beide denn eins?"

"Durchaus, Kathi! Aber mit einem einzigen JA schaffst du es aus der Welt!."

"Ein Ja, Arne – wofür?"

Jetzt änderte sich Arnes Ton. Er wurde ernst, bittend, verzweifelt.

"Kathi, du spürst, du ahnst es doch längst – nein, du weißt es! Ich leide. Ich sehne mich nach dir. Ich liebe dich. Nur aus Angst, du könntest mich abweisen, habe ich so lange geschwiegen. Erinnere dich: Seit damals, als ich dir den Klavierunterricht kündigte, hast du mich geschnitten. Eisern. So eisern, wie nur Frauen eisern sein können. Davor fürchte ich mich bis heute. Wir Männer, Kathi, sind weitaus größere Feiglinge als ihr euch vorstellen könnt. Und ich bin einer der größten!

Ich sag' es jetzt trotzdem:
ICH LIEBE DICH, KATHI! HEIRATE MICH! BITTE!

Am Himmel stand ein Gewitter, sehr groß, bedrohlich, schwarz. Kathi begann sich zu fürchten. Sie hatten bei ihrem Spaziergang schon Giesing weit hinter sich gelassen, die letzten Häuser waren kaum noch zu sehen.

"Lass uns einen Unterschlupf suchen, Arne!"

Sein Stichwort! Für Arne gab es kein Halten mehr. Egal, ob im nächsten Moment ein Gewitter losbrach oder die Welt unterging – auf der Stelle, jetzt, sofort musste er, was er sich vorgenommen hatte, zuende bringen!

"Einen Unterschlupf! Den hast einmal *du mir* geschenkt, Kathi, vor vielen Jahren. Mein Gott! Wie lang schon will *ich für dich* ein Unterschlupf sein. Für immer. Nicht bloß, wenn dich die Angst vor Donner und Blitz in meine Arme treibt. Ich bitte dich, Kathi, sag' JA!"

Noch ehe sie antworten konnte, sandte ein ferner Blitz ein Wetterleuchten, seinen feurigen Widerschein voraus. Und schon rollte auch der Donner über sie hin. Mit einem furchtbaren, gewaltigen Schlag entlud sich das Gewitter. In Todesangst klammerte sich Kathi an Arne. Der Regen prasselte auf sie herab.

Schutzsuchend rannten sie zurück, Hand in Hand.

Unter einem Vordach geborgen, hauchte ihm Kathi ins Ohr:

"Ja, Arne, ja. Wenn wir nur einmal noch so ineinander aufgehen könnten! Du in mir – ich in dir. Auf dem Turnhallenklavier. *Vierhändig,* Arne, *vierhändig.*"

Im Wettstreit mit dem Gewitter sagte Arne zuerst nur ganz leise:

"Klavier schön ..." Dann lauter: "Klavier schöön!"

Und zuletzt mit höchster Lust, so laut er konnte – gegen Donner und Blitz:

"Klavier schööön! Klavier schööön! Klavier schööön!"

Bis Kathi ihm den Mund zuhielt – zuerst mit der Hand und dann mit nie endendem Kuss.